講談社文庫

逆浪《げきろう》果つるところ

重蔵始末（七）蝦夷篇

逢坂 剛

JN210427

講談社

目次

挿画　中　一弥

逆浪《げきろう》果つるところ

重蔵始末（七）蝦夷篇

【逆浪果つるところ〈重蔵始末（七）蝦夷篇〉主要人物表】

近藤重蔵	御先手鉄炮組与力、長崎奉行手附出役、支配勘定をへて寛政十一年勘定（御目見以上）に昇進。第二次蝦夷地巡見隊に加わる
根岸団平	近藤家若党
橋場余一郎	御先手鉄炮組同心
最上徳内	普請役
下野源助	本名木村謙次。水戸の医師
長嶋新左衛門	普請役出役
村上島之丞	別名秦檍丸。伊勢の神官
遠山金四郎	西丸小姓組番士
山田鯉兵衛	普請役元締
高田屋嘉兵衛	船頭
南郷源右衛門	薩摩示現流の剣客
西寺裕之進	平山行蔵の門下、近藤重蔵の兄弟弟子
しげ	元宮寺吉右衛門（普請役）の妻
たね	根岸団平の妻。長崎生まれ
りよ（ルイ）	女賊
阿部助	アイノ
太郎助	アイノ

1

寛政十年（一七九八年）秋。

七月二十七日、近藤重蔵《こんどうじゅうぞう》一行はクナシリ（国後）島の北東端アトイヤから、エトロフ（択捉）島へ決死の渡海を行ない、三日後の八月一日にふたたびアトイヤ（安渡移矢）へ、無事帰還を果たした。

アトイヤで、待機していた松前《まつまえ》の家士や従僕たちと合流し、三日朝四つ半に同地を発帆する。

往路とは逆に、クナシリ島の東海岸に沿って南下し、十日昼八つに島の南端、トマリ（泊）に安着した。

重蔵一行が、四月半ばに江戸を出立してから、すでに百日を越える。

江戸の八月ならば、秋まっただ中といってよい季節だが、クナシリ島はすでに冬の気配が濃厚だ。

トマリの運上屋《うんじょうや》では、病気と称して居残った村上島之丞《むらかみしまのじょう》と、エトロフ渡海を拒んだ長嶋新左衛門《ながしましんざえもん》が、ばつの悪そうな様子で一行を出迎えた。

根岸団平《ねぎしだんぺい》は、新左衛門らが口では一行の無事を祝いながら、裏ではあまり喜んでいない様子を、感じとった。新左衛門は、エトロフ渡海を自殺行為と決めつけ、生きて公儀に首尾を復命するため、と言い抜けて同行を断ったのだ。

重蔵にすれば、エトロフ行きに異議を唱《とな》えた新左衛門を、見返す思いだったに違いないが、そのようなそぶりは毛ほども見せなかった。

トマリにもどったことで、団平もようやく一息ついた。

今になってみると、エトロフ島やアトイヤで起きた騒動が、まことのものではなかったような、不思議な思いにとらわれる。

しかし実際に、それは起きたのだ。

エトロフ島では、オロシャ人シレイタとイコトイらアイノの一団を、激戦のあげく屈服させた。

アトイヤでは、重蔵を追ってクナシリ島に潜入した女賊りよと、その手下らしき大男を相手に死闘を繰り広げ、これを返り討ちにした。

大男は、断崖の下に変わり果てた姿をさらしたが、りよは転落しながら死体が見つからず、そのまま行方《ゆくえ》が分からなくなっている。

翌八月十一日から、重蔵と最上徳内《もがみとくない》は運上屋の一室に閉じこもり、あらためてアイノの〈介抱《かいほう》〉の実情を、調べ始めた。〈介抱〉とは名ばかりで、まことは〈欺罔《ぎもう》〉〈搾取《さくしゅ》〉とも呼ぶべき、アイノに不利な交易が行なわれている。

クナシリ島は領主松前家の直領《じきりょう》で、勤番家士の土屋久右衛門《つちやきゆうえもん》と請負人の熊野屋忠左衛門《くまのやちゆうざえもん》が、それぞれ勤番所と運上屋を取り仕切る。往路でも話を聞いたが、復路は前にもまして厳しい詮議《せんぎ》が行なわれるはずで、久右衛門も忠左衛門も気をとがらせていた。

翌十二日、新左衛門は金掘りの菅野助七《かんのすけしち》、それに数人のアイノを伴って、西海岸のトショロの山へ、見分に赴《おもむ》いた。エトロフ渡海の前、トショロ近辺で下野源助《しものげんすけ》が拾って来た奇石に、金や銀が含まれている見込みがあるらしく、その真偽を調べるためだという。

重蔵らの渡海組と、顔を突き合わせるのが気詰まりだったのか、新左衛門はいかにもいそいそと、出かけて行った。

さらに十三日、松前の飛脚が源助と団平の二人に宛てた書状を、運上屋に運んで来た。

重蔵の父、近藤右膳《うぜん》が江戸から六月七日に発したもので、一行が松前到着を知らせた五月十六日の、実家宛の書状に対する返書だった。

もっとも、内容は一行が道中息災にして滞《とどこお》りなく、蝦夷《えぞ》へ到着したことを祝うだけの、ごく短い書状だ。

とはいえ、他の同行者や従僕たちに対しても、ねぎらいの言葉を伝えてほしい、と書き添えてあったのは、いかにも右膳らしい気配りといえた。

団平はその意を受け、同行の人びとにいちいち右膳の伝言を、告げて回った。

欲をいえば留守宅の様子、団平の妻たねや重蔵の囲い女しげの安否なども、知らせてほしかった。それをあえて省《はぶ》いたのは、里心がついて御用に差《さ》し障《さわ》りが出ないように、との右膳なりの配慮だったかもしれない。

その翌日、十四日の夕刻。

団平は橋場《はしば》余《よ》一郎《いちろう》に誘われて、運上屋の裏手にある丘にのぼった。

いつも陽気な余一郎が、妙にむずかしい顔をしているので、何か深刻な話があるのではないか、という気がした。

　余一郎が石の上にすわり、遠く霞《かす》む蝦夷本島を眺めながら、口を開く。

「このところ、近藤さまのご機嫌がうるわしくないのが、少し気がかりだな」

　案の定、重い口調だ。

「おっしゃるとおりでございます。徳内どの、長嶋さまをはじめ、配下のみなさまはいずれも、旦那さまより年長のかたがたばかり。気苦労も多うございましょうし、屈託も溜まっておられましょう」

「それは、向こうも同じだろう。自分より若い近藤さまを、上役に仰《あお》ぐのだからな」

「徳内どのが、旦那さまを立ててくださるのが、救いといえば救いでございます」

　徳内は、よけいな口出しをしないかわり、重蔵が何か相談を持ちかければ、適切な助言を与える。

　また、重蔵が独断で無理難題を通そうとしても、よほど理不尽なことでないかぎり、異を唱えることがない。新左衛門や島之丞とのあいだに立って、苦情をうまく取りさばく能力にも、たけている。

　年の功かもしれないが、やはり徳内の人柄によるものが大きい、と思う。

　余一郎は続けた。

「気になるのは、新左衛門も島之丞も徳内どののことを、近藤さまに自分たちの悪口を吐く、つまりいらざる讒言《ざんげん》を弄《ろう》するいかがわしい人物、と決めつけている点だ。近藤さまのこともまた、その讒言を真に受ける狭小な人物と断じて、はばからぬようにみえる」

団平もうなずく。

「そのとおりかもしれませぬ」

「二人とも、近藤さまの若党のおまえに対して、あからさまには言わぬだろう。しかし、おれの前では気が緩《ゆる》むらしくて、そんなことをこぼしたりする。それに、和語が分かるアイノの中にも、近藤さまへの苦情をおれに告げる者が、何人かいる。おまえの耳にも、はいっているだろうが」

「いくらかは、聞こえてまいります。ただ、面と向かってわたくしに告げ口をすると、旦那さまや徳内どのに筒抜けになるゆえ、慎《つつし》んでいるようでございます。旦那さまのお耳にはいれば、ただではすまぬことが分かっており、アイノたちは何よりもそれを恐れております」

余一郎は、腕を組んだ。

「近藤さまは、ただでさえ気むずかしいお人だ。おまえの言うとおり、配下の者たちがご自分より年長ゆえ、やりにくいことは確かだろう。先日、アイノに当たり散らしたのも、それが根にあるのかもしれんな」

トマリへもどる途上、ある夜アイノの人足の一人が、あやまって重蔵の差し料を踏みつけ、こっぴどくどやされる騒ぎがあった。

刀は武士の魂《たましい》、などと説教したところで、アイノに通じるわけはないのだが、重蔵もよほど虫のいどころが、悪かったらしい。そのときは、徳内が中にはいって詫《わ》びを入れ、ことなきを得た。

しかし、それ以来アイノたちはますます、重蔵の顔色をうかがうようになった。

徳内は、アイノたちをオロシャ人に親しませず、和人に帰服させるためには力よりも、慈しみをもって当たるべきだとの考えを示し、みずからそれを実践している。

しかし、重蔵はまだその域に、達していない。功のあったアイノには、酒やたばこを与えて報いるものの、過《あやま》ちがあれば容赦なく仕置きを加える。

それがときに、苛酷にすぎることもあるのだ。

余一郎が、話を変える。

「ところで、昨日松前の飛脚が右膳先生の書状を、届けに来ただろう」

「はい」

「その帰り際に、村上島之丞が飛脚を物陰に呼んで、封書を二通こっそり託したのを、この目で見た」

ちょっと驚く。

「どこでそれを、目にされたので」

「たまたま、運上屋の裏手の厠《かわや》にはいっていたら、外で島之丞の声がした。それで、節穴からのぞいて見たのだ」

団平は苦笑した。

その厠は、一行に加わった本郷《ほんごう》の大工の棟梁、清蔵《せいぞう》が新たに作ったものだった。往路で立ち寄ったおりに、清蔵は運上屋の粗末な厠に接して、眉をひそめた。そこで、復路に半日ほどの時があれば作り直す、と約束した。

その言葉どおり、清蔵はみずから鋸《のこぎり》で丸太を挽《ひ》き、半日足らずで運上屋の裏手の庭に、新しい厠を作り上げたのだ。

余一郎が続ける。

「島之丞がいなくなると、おれは急いで飛脚のあとを追いかけて、さんざんに脅しつけてやった。近藤さまに断りもなく、勝手に封書の受け渡しをするのは、固いご法度《はっと》である。へたをすると、松前家にも累《るい》が及ぶ、と言ってな」

「なるほど。して、その書状の中身は」

団平が聞くと、余一郎は鼻をこすった。

「まあ、さすがに中を読ませろとまでは、言えなかった。しかし表書きだけは、しっかり見せてもらった。一通は新左衛門、一通は島之丞の書いたものだった。新左衛門は、自分の封書を島之丞に託して、トショロへ出立したのだ」

「どなた宛の、封書でございましたか」

「二通とも、石川左近将監《いしかわさこんしょうげん》さま宛よ」

「石川さま宛の」

おうむ返しに言い、言葉を途切らせる。

勘定奉行の石川左近将監忠房《ただふさ》は、江戸にいて今回の蝦夷地巡見《じゅんけん》を統べる、事実上の責任者だ。

「そうだ。中を見ないでも、文面はおおかた想像がつく。二人そろって、近藤さまの悪口を書き立てたに違いない。ことに、新左衛門は左近将監さまの肝煎《きもい》りで、一行に加わった御仁だからな。ここを先途《せんど》と、讒言を連ねたことだろう」

そう言って、またむずかしい顔になる。

団平は、少し考えた。

「旦那さまに、そのことを知られましたら、これまた一騒動でございますな」

「一騒動では、すまぬかもしれぬぞ。おまえから、徳内どのに事のあらましを伝えて、どうしたらよいか相談してみてくれ。徳内どのから飛騨守《ひだのかみ》さまへ、別途釈明の書状をしたためてもらう、という手もあるだろう」

余一郎の案に、団平もうなずく。

同じ勘定奉行の中川《なかがわ》飛騨守忠英《ただてる》は、重蔵を長崎奉行手附出役《てつきしゅつやく》から関東郡代附出役、支配勘定へと引き立ててくれた、恩人ともいうべき存在だ。

その重蔵に、蝦夷地巡見の壮図《そうと》のきっかけとなる、若年寄堀田《ほった》摂津守《せっつのかみ》宛の建言書《けんげんしょ》を起草させたのも、飛騨守だった。

そもそも、今回の巡見はただ蝦夷地を見て回るだけの、物見遊山《ものみゆさん》ではない。この地を、松前家の独占的支配から召し上げて、公儀の直捌《じかさば》きとするための材を求め、下地作りをするのが真の目的なのだ。

それを果たすには、松前家やその家士から交易の場所を預かる、差配人ないしは請負人をはじめ、現地の運上屋を取り仕切る支配人、勤番の家士、そしてアイノとのあいだを取り持つ通詞《つうじ》など、〈介抱〉に関わる者たちを厳しく詮議し、制度の不備や取引の不正を残らず、暴かなければならない。

近ごろアイノも、支配人や勤番家士が取引で数をごまかしたり、質の悪いものを押しつけてきたりと、汚い手段で暴利をむさぼっていることに、気づき始めたようだ。その結果、アイノは松前に対する反感をしだいに強め、あくどいことを控えるオロシャ人の働きかけに、応じるようになったという。

そうした事の次第を、アイノたちからも聞き取る必要があるだろう。

和人が、失われたアイノの信頼を取りもどすためには、蝦夷地を松前家の支配から公儀の直捌きに移し、従来行なわれてきた交易の非違不法を、正さなければならない。

今回の巡見の根本に、そうした狙いが秘められていることを、新左衛門も島之丞も明確には、承知していないはずだ。

団平も、はっきりそうと聞かされたわけではないし、余一郎にしても同じだと思う。

それを承知しているのは、重蔵自身と徳内だけだろう。

重蔵が、運上屋で支配人や通詞たちを厳しく問いただし、そこに徳内が追い討ちをかけるのは、そのような事情があるからだ。新左衛門や島之丞のように、松前の家士と親しく打ち解けて、巡見をより心地よいかたちで運ぼうとする者に、重蔵や徳内の真意が分かるはずもない。

団平は、余一郎を見返して、うなずいた。

「承知いたしました。徳内どのに、善処方をとくと相談いたしてみましょう」

翌八月十五日の夜。

昼のあいだ小雨が降ったものの、夜にはきれいな満月がかかった。ただし、冷え込みがきつい。

団平と清蔵は、もち米と小豆《あずき》を使って餡《あん》入りの団子《だんご》を作り、酒とともにアイノたちに振る舞った。

クナシリ島で見る中秋の名月に、徳内も島之丞も戯《たわむ》れに和歌を詠《よ》み、源助もそれに応じて漢詩を作る。

重蔵は、そのような風流には興趣《きょうしゅ》を覚えぬごとく、ただ浜を見回ってくるとだけ言いおき、運上屋を出て行った。

団平は、余一郎とともに運上屋の前の広場で、アイノたちの踊りに興じた。

その合間に、余一郎が声をかけてくる。

「おれたちも、浜へ出てみぬか」

「あとを追えば、旦那さまがいやがりましょう」

重蔵は、ときどき一人になりたがることがあり、その邪魔をしたくなかった。

「浜は広い。そばに行かなければ、いいではないか」

徳内以下、ほかの者たちは運上屋の中で、酒盛《さかも》りをしている。

「それでは、お供《とも》いたしますか」

月明かりで、道筋はよく見える。

二人は、提灯《ちょうちん》を持たずに、浜へ向かった。

まばらな木立《こだち》を抜けると、目の前に蝦夷本島とのあいだに横たわる、暗い瀬戸が広がっていた。風がないせいで、波は穏やかだ。

岩場の手前に、幅五間ほどの砂浜が東西に延び、東側の月下に人影が見える。

重蔵だった。

重蔵は砂を蹴立て、海辺へ向かって走った。

気合とともに、振り上げた愛用の鞭《むち》を鋭くしならせ、強く振り下ろす。気を裂《さ》く音が聞こえて、砂がぱっと舞い上がった。

重蔵はその動きを、執拗に繰り返した。

余一郎が、首を振りながら言う。

「蝦夷地へ来ても、鍛錬を怠《おこた》らぬところがすごい」

「あれは、鍛練をされているのではない、と存じます。内に溜まったものを、吐き出しておられるのでございましょう」

団平が応じると、余一郎もうなずいた。

「ふむ。そうかもしれんな」

余一郎は浜へ踏み込まず、木立の端に転がった朽ち木の上に、腰を下ろした。

団平も、それにならう。

余一郎は言った。

「例の一件、徳内どのに相談してくれたか」

「はい。徳内どのも、封書の中身が旦那さまに対する讒言、中傷であろうという点で、橋場さまとお考えが一致いたしました。ただし、それを確かめる手立てがない以上、中川さまに釈明の書状を差し上げるのは、いかがなものかとのことでございます」

団平の返事に、余一郎が顎《あご》をなでる。

「それもそうだな。もっと飛脚を脅しつけて、無理やり中を読んでおけばよかった」

「まさか、封を破るわけにも、まいりますまい」

「いっそ取り上げる、という手もあったかもしれぬ。それをそのまま、近藤さまに差

し出すのだ」

「ご冗談を。それこそ、とんだ修羅場《しゅらば》になりましょう」

「とはいえ、ほうっておけば近藤さまのお役目に、差し障りが出よう。経歴にも、傷がついてしまう。徳内どのに、何かいい考えはないのか」

「一つ、お考えを示されました。徳内どのご自身が、一足先に江戸表へおもどりになられて、石川さまに直《じき》じきにお目通りを願う、というのでございます」

「直じきに」

「はい。そのときには、石川さまもすでに長嶋さま、村上さまの書状を受け取り、目を通しておられるはず。さすれば、書かれたことについて徳内どのに、ご下問がございましょう。それに対して、徳内どのが一つひとつ弁明し、あるいは反論なされるならば、石川さまもいちずに旦那さまに非がある、とはお考えになりますまい」

余一郎はうなずき、腕を組んだ。

「なるほど、それはいい考えだ。しかし、徳内どのを先に帰してしまうと、あとが困るのではないか。請負人や支配人を問いただすには、徳内どののアイノに関わる知識が、欠かせぬものだろう。蝦夷本島へもどってからも、取り調べはまだまだ続くのだからな」

「徳内どのは、江戸へもどる途上各場所の勤番所、運上屋に立ち寄って露払いを務める、との仰《おお》せでございました。そのおり、問いただすべきくさぐさの要点を、書状にして旦那さまにお送りする、と申しておられます。それを読めば、旦那さまの取り調べに遺漏《いろう》は生ぜぬはず、とのことでございます」

余一郎が、腕組みを解く。

「徳内どのは、いつ江戸表へ発《た》たれるおつもりだ」

「少なくともアツケシ（厚岸）までは、このまま一行と同道されましょう。あそこの支配人は、なかなか手ごわい相手でございますからな」

「徳内どのの帰府《きふ》に、近藤さまが反対されねばよいがな」

そのとき、背後から声がした。

「おれは、反対せぬぞ」

驚いて振り向くと、いつの間にそばへやって来たのか、赤い鞭を肩に当てた重蔵が、二人を見下ろしていた。

団平も余一郎も、あわてて立ち上がる。

「これは、ご無礼つかまつりました。内緒話が、お耳にはいりましたか」

余一郎が言うと、重蔵は薄笑いを浮かべた。

「内緒話は、もそっと小声でいたせ。今申したとおり、徳内が先に帰府することに、おれは反対せぬ。新左衛門も島之丞も、おっつけ江戸へ追い返す。あの二人、江戸で何を言い触らすやら、知れたものではない。それゆえ、徳内に火消しを頼むつもりだ」

それを聞いて、団平も肚《はら》を決めた。

「今も、橋場さまとお話しいたしておりましたが、長嶋さまと村上さまが旦那さまを誹謗《ひぼう》する書状を、石川左近将監さまに送られたらしゅうございます。まさか、石川さまがそれを鵜呑《うの》みにされる、とは思いませぬ。しかしながら、万が一のために釈明をお願いしようと、徳内どのにご相談申し上げたのでございます」

「それで、徳内が一足先に帰府する、と言い出したわけか」

「さようでございます」

「それなら、それでよい。これから先は、飛脚を使うなり置き手紙をさせるなりで、徳内とつなぎがつけられよう」

余一郎が、不安げに言う。

「して、近藤さまもそのあと松前へ立ちもどり、江戸へ向かわれるのでございますか」

重蔵は少し間をおき、おもむろに口を開いた。

「いや。おれは蝦夷で、冬を越すつもりだ。おまえたちも、覚悟しておけ」

余一郎が、ごくりと喉《のど》を動かす。

「ま、まことでございますか。どこで、越年されるおつもりで」

「まだ決めていないが、アツケシあたりを考えておる。エトロフ、クナシリよりは、しのぎやすいだろう」

重蔵の答えに、余一郎は情けない顔をした。

「わたくしには、どこも同じでございます。炬燵《こたつ》さえあれば、文句は言いませぬ」

団平も重蔵も、つい笑ってしまった。

真顔にもどって、重蔵が言う。

「島之丞は、蝦夷本島へもどったらすぐにも江戸へ、立ち帰らせる。徳内と新左衛門は、とりあえずアツケシまで、同行させるつもりだ。アツケシには、長逗留《ながとうりゆう》することになるだろう。越年するかどうかはともかく、いろいろと取り調べることがあるからな」

アツケシも、クナシリ島同様、松前家の直領だ。

往路での短い調べでも、寛政二年当時まだ志摩守《しまのかみ》だった松前大炊介道広《おおいのすけみちひろ》が、クナシり、メナシの騒動のあと公儀に差し出した、蝦夷地改正の上申書の約定《やくじょう》が守られていない、との印象が強かった。

おそらく重蔵は、その点をなお追及する所存だろう。

団平は、襟《えり》をそろえた。

「だいぶ、冷え込んでまいりました。そろそろ、もどることにいたしませぬか」

重蔵がうなずく。

「よかろう。ただし、ここでの話は新左衛門、島之丞はもちろん、徳内にも当面伏せておくのだ。徳内にはおりを見て、おれが自分で話す」

2

それから十一日後の、八月二十六日。

近藤重蔵一行は、トショロに行ったままの長嶋新左衛門、菅野助七らを残し、徳吉《とくよし》丸《まる》に乗ってトマリを発帆した。

徳吉丸はおりからの北風を背負い、水路六里ほどをつつがなく乗り切って、もっとも近い蝦夷本島の岬、ノツケ（野付）に昼八つ着岸した。

発帆前日まで、重蔵が続行したトマリの勤番家士、土屋久右衛門と請負人の熊野屋忠左衛門に対する尋問は、峻烈《しゅんれつ》を極めた。また、〈介抱〉に関するアイノからの事情聴取は、アイノ語に堪能《たんのう》な最上徳内が通詞を通さず、直じきに行なった。

そのためごまかしがきかず、久右衛門も忠左衛門もみずからの陳述と、アイノたちの言い分の食い違いをつかれて、返答に窮することがしばしばだった。

重蔵は、すべてのやりとりを橋場余一郎と根岸団平に書き取らせ、久右衛門と忠左衛門に署名と爪印《つめいん》を求めた。二人とも、それだけはなんとか逃れようと、弁明にこれ努めた。しかし、重蔵の追及をかわすことはできず、最後には応じざるをえなかった。

蝦夷地改正上申書では、他国の者に請負人を申しつけるのをやめて、松前の家士を勤番として送り込み、アイノの〈介抱〉に当たらせることになっていた。

トマリについては、確かに久右衛門が勤番所に詰めていたが、依然として取引を仕切るのは、請負人の忠左衛門だった。

直領である以上、請負人という名称をいまだに使い続けるのは、不都合といわねばならぬ。それに忠左衛門は、名目上松前に店を構えているものの、もとはといえば他国から来た商人だ。

ここでも、上申書の約定が固く守られている、とはいえなかった。むろん団平も、そのことを忘れずに書き留めた。

翌日、ノツケから岬の付け根のニシベツ（西別）へ移り、そこに十四日間逗留した。

そのあいだに、新左衛門と助七らがトマリから追いつき、一行に合流した。月が替わって九月十日、村上島之丞は松前の付添人金子《かねこ》儀八《ぎはち》とともに、江戸表へ向けて帰路についた。

健脚をうたいながら、島之丞は足の怪我《けが》といわれなき病のせいで、十分な働きができなかった。そのため、一足先に帰府せよとの重蔵の命に、従わざるをえなかったのだろう。

もっとも、島之丞にすれば書状で石川左近将監に讒言するより、帰府して直じきに重蔵の所業を難じた方がよい、という考えもあったに違いない。だからこそ、重蔵の帰府命令を渡りに船とばかり、受け入れたものと思われる。

船の便がないため、島之丞と儀八はニシベツから陸路をとり、アツケシに寄らずにそのまま、松前へ向かうことになった。

その翌日、重蔵一行はイタオマチプ（蝦夷船）二十四艘を連ね、ニシベツを発帆した。

広大なフウレン（風蓮）の入り海から、フウレン川を四里ほどさかのぼり、アンネベツ（姉別）川をへてアンネベツに到着する。

一行が、波の音が聞こえぬところに泊まるのは、久しぶりのことだった。

翌十二日、明け六つにアンネベツを発ち、陸路イトイチセンベに向かう。

そこで一夜を過ごし、翌十三日の暁七つ前に出立、夜行三里を含めて総道のり十一里を歩き、夕七つにアツケシの運上屋に、無事到着した。

その間、いくつか流れの速い川にぶつかり、水練の苦手な重蔵はアイノに負われて、渡河しなければならなかった。

運上屋では、松前の勤番家士が二人一行を出迎え、丁重に挨拶《あいさつ》した。

重蔵は、それに応じようとしないばかりか、笠を取ろうとさえしなかった。

勤番の二人が、むっとした顔をするのを見て、団平は少しはらはらした。余一郎も団平を見て、やりすぎではないかと言いたげに、鼻にしわを寄せてみせる。

重蔵にすれば、これから行なうべき取り調べに、甘い顔は見せられぬという覚悟のほどを、示したのだろう。

翌日、重蔵は聞き取りを始める前に、運上屋の壁に貼られた法度書を、団平に書き写させた。往路のシラヌカ（白糠）で目にした、運上屋法度書とほぼ同じ文言だった。

しかし、先のアツケシでは見た覚えがなく、その後に作られたものらしい。

アイノに対して、非法非分のことを申しかけぬこと。
通詞も番人も、アイノと不法の取り決めをしないこと。
アイノの介抱については、通詞番人とも遺漏なきようにすること。
アイノが病気になったときは、運上屋に引き取ってめんどうをみること。
アイノをだまして、私腹を肥やさないこと。

そのほか、蝦夷地を行き来する船は、断りなく他国へ航行しないこと、などの項目も見えたが、おもにアイノとの関わりについて、定めたものだった。

ただし、貼り紙の字は墨痕《ぼっこん》あざやかすぎて、つい今しがた書かれたようにさえ見える。あたかも、重蔵一行の到着に急遽《きゅうきょ》間に合わせた、という趣《おもむき》だ。

そのあと、運上屋の支配人利兵衛《りへえ》が差し出した、アイノとの交易を記録した帳簿をもとに、支払い勘定の監査を開始した。

帳簿は、数十冊にのぼる束になっており、一日や二日で終わる量ではない。

束の上には、それらの帳簿が真正のものであり、記載に間違いがない旨を請け合った証文が、載せられていた。

団平は、その末尾に〈アッケシ場所　請負人　小林屋平四郎《こばやしやへいしろう》〉と、署名がしてあるのを見た。

請負人、という肩書に引っかかりを覚えたものの、とりあえずは黙っていた。

トマリ場所でも、熊野屋忠左衛門が請負人と称していたが、書きもので目にしたのは初めてだ。

重蔵は帳簿に目を通しながら、交易の品目の詳細から交換の比率、使用した升《ます》や秤《はかり》の精度などを、細かく利兵衛に問いただした。

利兵衛は、ときどき額《ひたい》の汗をふきながらも、よどみなく聞き取りに応じた。

しっかりした口調で、応答は簡にして要を得たものというべく、なかなかの切れ者と察せられた。

徳内と新左衛門が、利兵衛とのやりとりを逐一《ちくいち》料紙に書きつけ、余一郎と団平がその整理に当たる。

夕刻までかかってこなした量は、帳簿の束全体の一割にも満たなかった。

ひとまず、仕事を切り上げる頃合いになったとき、利兵衛がほっとしたように今一度、小林屋平四郎の証文を手に取った。

少しのあいだ、それを読み直している風情《ふぜい》だったが、そのふっくらした顔がどういうわけか、にわかに引き締まった。

あわてたように居住まいを正し、重蔵に向かって言う。

「卒爾《そつじ》ながら、この証文にいささか間違いがあることに、たった今気がつきましてございます。小林屋さまにお伝えして、書き直しをお願いすることにいたしますゆえ、お許しをいただきとう存じます」

利兵衛の、のっぺりした青白い顔が、いっそ色を失っている。

重蔵は、じろりと利兵衛を見返した。

「証文の書き直し、とな。今さら、量目や比率に間違いがあったなどと申しても、通用せぬぞ」

「いえ、さようなことではございませぬ。実は、小林屋平四郎さまのご署名の肩書を、あらためさせていただきとう存じます」

重蔵は、利兵衛の手にある証文に、目を向けた。

「アツケシ場所請負人、とあるのを書き直したい、と申すか」

「はい。請負人を、差配人とあらためさせていただければ、幸いに存じます」

団平は、やはり、と思った。

「何ゆえだ」

重蔵に問い返され、利兵衛があらためて背筋を伸ばす。

「ご案内のとおり、アツケシ場所は松前若狭守《わかさのかみ》さまの、ご直領にございます。したがいまして、小林屋さまはこの場所での交易を、請け負っておられるわけではございませぬ。ただ、若狭守さまのご指示を受けて、この運上屋を差配するだけでございます。それゆえ、請負人ではなく差配人とするのが、至当と存じます」

重蔵が返事をせずにいると、新左衛門が横から口を出した。

「それくらいのことならば、差し支えあるまい。早々に、書き直してまいれ」

徳内が、やおら手を上げる。

「あいや、お待ちくだされ。それがし、書き直しはあいならぬ、と存じます」

新左衛門は、癇《かん》の強そうな頬骨《ほおぼね》をことさらとがらせ、徳内を睨《にら》んだ。

「あいならぬとは、いかなるご所存でござるか。請負人を差配人とするくらい、何ほどのこともござるまい」

「いや、あいなりませぬ。去る寛政元年、クナシリ、メナシの騒動に対する不手際から、ご公儀のきつい叱責《しっせき》を受けた松前家は、その当時のご当主志摩守さまの名で、蝦夷地改正の上申書を、ご老中宛に奉呈《ほうてい》いたしました。その第一項に、東西とも蝦夷地各場所の経営については、従来のごとく他国の者に請け負わせず、松前家の家士をもって直じきに介抱する、とございます。したがって、請負人と称する者は少なくとも寛政二年以降、存在いたさぬはず。それを、いまだに請負人と署名しているからには、実態がそうであるという証拠に、ほかなりませぬ。されば、その証拠を書き換えて湮滅《いんめつ》するなど、もってのほかでございます」

徳内の滔々《とうとう》たる弁舌に、新左衛門は肩を怒らせた。

「小林屋も、長年の習慣でつい請負人、と書いてしまっただけでござろう。それを咎《とが》めるのは、あまりに杓子定規《しゃくしじょうぎ》というもの」

「長年の習慣が、八年も続くとは思えませぬ。そもそも、差配人と称する者が運上屋に詰めず、ただの支配人に仕事を任せていること自体が、理不尽でござる。畢竟《ひっきょう》するに、寛政以前の請負人の制度が、いまだに続いている証しでございましょう」

団平も、それと同じことを、考えていた。

利兵衛が、割ってはいる。

「お待ちくださいませ、最上さま。小林屋さまは、所用で松前にもどられただけでございまして、ふだんはこちらに詰めておられます」

徳内は鋭い目で、利兵衛を見据えた。

「いつ当地へ、もどられるのだ」

問い詰められて、利兵衛がたじろぐ。

「されば、そろそろ冬場を迎えますゆえ、来春まではもどられぬと存じます。冬場は、この運上屋も留守居《るすい》の者を残して、引き上げるのがしきたりでございます」

新左衛門が、語気を強めて言った。

「この場所を、実際に松前の商人が差配しているのであれば、名称が請負人であれ差配人であれ、こだわることはないではないか」

徳内は動ぜず、新左衛門を見返す。

「それでは、近藤さまのご判断を仰ぐことにいたしたい、と存じます」

3

長嶋新左衛門は、近藤重蔵に目を向けた。

「いかがでござる、近藤どの。ここは一つ、物事をややこしくせぬためにも、書き直しを許すべきだ、と存ずるが」

重蔵は、新左衛門に見向きもせず、利兵衛に手を差し出した。

「それをよこせ」

「は」

利兵衛は顎を引き、死んでも放すまいというように、証文を握り締めた。

「その証文をよこせ、と申しておるのだ」

「はい」

利兵衛は、いかにも気の進まぬ様子でしぶしぶと、証文を重蔵に手渡した。

重蔵が、それをそのまま無造作に、根岸団平に突き出す。

「だいじにしまっておけ」

団平は証文を受け取り、手元の文箱《ふばこ》に収めた。

「近藤どの」

色をなして呼びかける新左衛門に、重蔵は無表情な目を向けた。

「徳内どのの言われるとおり、その証文は松前家の上申書が守られておらぬ、何より
の証し。書き直しは、無用でござる」

「しかし、それでは書き損じた小林屋の顔が立たぬ、というもの。さような些事《さじ》で、

小林屋が松前家からお咎めを受ければ、今後の差配にも差し支えが出ましょう」

重蔵は膝《ひざ》をあらため、新左衛門の方に向き直った。

「そこもとが、さまで小林屋にお気遣《きづか》いなさるのは、いかなる所以《ゆえん》でござるか。小林屋から、何か便宜でも図《はか》られたのか」

そのむきつけな言辞に、新左衛門の顔が引きつる。

「これはまた、聞き捨てならぬことを。拙者が賂《まいない》を取った、とでも言われるのか」

険悪な気配が漂い、団平は膝頭を握り締めた。

そのとき、最上徳内がそれをすかすように、利兵衛に向かって言った。

「いずれにせよ、われらご公儀の御用に差し出した証文を、今一度書き直すは不都合というもの。以後、気をつけられるがよかろう」

それでその話は終わり、と言わぬばかりに腰を上げる。

重蔵もすかさず席を立ち、徳内と一緒に部屋を出て行った。

部屋には四人が、取り残された。

新左衛門が、握り締めた拳《こぶし》を膝の上でぶるぶると震わせ、吐き出すように言う。

「追従者《ついしょうもの》めが。どれほど、蝦夷地に通じているかは知らぬが、思い上がりもはなはだしいわ」

どうやら、新左衛門と徳内のあいだに埋めがたい、深い亀裂がはいったようだ。

橋場余一郎は、われ関せずといった様子で、羽織の塵《ちり》を払っている。

団平が、困惑したまま押し黙っていると、新左衛門は続けた。

「そもそも徳内は、田沼《たぬま》さまのご時世に蝦夷地巡見に携わった者が、すべて罪を得るか召し放ちになるかした中で、さしたるお咎めもなく蝦夷地に関わり続ける、ただ一人の人物だ。おれは、徳内が有能というだけでそうなった、とは思わぬ。何か、裏があるに違いないわ」

言葉を切って、二人の顔色をうかがう。

団平は、同じような疑問を小石川の水戸《みと》屋敷で、小宮山造酒之助《こみやまみきのすけ》の口から聞かされたことを、思い出した。

しかたなく、問い返す。

「裏と仰せられますと」

「それは分からぬ。しかし、一介《いっかい》の竿取《さおとり》に過ぎなかった徳内にお咎めがなく、上役だった青島俊蔵《あおしましゅんぞう》が遠島を申しつけられ、しかも船に乗る前に獄死したのだ。このお裁きは、どう考えても納得がいかぬ。青島は、松前に火の粉が降りかからぬよう、何かと助言したためにお咎めを受けた、といわれておる。おれは、青島にそうするようにしむけたのは、徳内ではないかと考えているのだ」

それまで、黙って聞いていた余一郎が、口を挟んだ。

「そのように、お疑いになる所以のものは、何でございますか」

新左衛門が唇《くちびる》を引き結び、くやしそうな顔をする。

「確たる証拠は、今のところ何もない。そこが徳内の、狡猾《こうかつ》なところよ。ともかく、徳内は天明のころ、松前の家中から百姓上がりの竿取と軽んじられ、袖にされ続けた。その恨みを、今になって晴らそうとしておる、としか思えぬわ」

そう言ったとき、突然運上屋の外から重蔵のものとおぼしき、怒声が聞こえてきた。

団平も余一郎も、あわてて部屋を飛び出した。

新左衛門は動かず、利兵衛だけがあとを追って来る。

土間《どま》から建物の外へ出ると、重蔵が年配のアイノを地面に引き据え、鞭で打擲《ちょうちゃく》しているのが見えた。

「おのれ、不届きなやつ」

どなりながら、なおもアイノを打とうとする重蔵を、徳内が必死に引き止める。

「お待ちください、近藤さま。この者に、罪はございませぬ。わけを、わけをおただしくださいませ」

重蔵は鞭を振るうのをやめ、アイノの襟をつかんでぐいと引っ張った。

その勢いに、アイノの着ていた古い羽織が脱げて、重蔵の手に残る。

団平は、そばに駆け寄った。

「旦那さま。いかがなされたのでございますか」

ことさら、落ち着いた声で問いかけると、重蔵は少し自分を取りもどしたように、大きく息をついた。

「これを見よ」

そう言って、手にした羽織を団平に突きつける。

それは、もともと濃い茶色の羽織だったようだが、今ではすっかり色あせた古着になっていた。

目をこらすと、ほとんどくすんでしまってはいるものの、背中に薄く金色の残った紋どころが、見てとれた。

それは、葵《あおい》の紋どころだった。

そばからのぞいた余一郎が、上ずった声を漏らす。

「こ、これは、葵のご紋ではないか」

団平もとっさには、言葉が出なかった。

葵の紋どころのついた羽織が、はるばる蝦夷地まで流れてきたことに、驚きを覚える。さらに、それを一介のアイノが着用していたとは、考えも及ばぬことだった。

離れたところで、恐ろしげに様子をうかがっていた利兵衛を、重蔵が呼びつける。

「利兵衛。これを、とくと見るがよい」

利兵衛は、恐るおそるという感じでそばに来ると、羽織をのぞき込んだ。

当惑したように言う。

「これは、葵のご紋でございますな」

「ございますな、ではない。かような恐れ多い羽織を、何ゆえ当地のアイノが着用いたしておるのだ。わけを申してみよ」

重蔵に畳みかけられ、利兵衛は首をすくめた。

「何ゆえと仰せられましても、てまえどもにはとんとわけが分かりませぬ。アイノの者たちは、和人の古着を珍重《ちんちょう》いたしますゆえ、いずれは何かと交換したものと思われます」

重蔵が、目を見開く。

「これを、ただの古着と申すか。ご公儀より拝領した羽織を、アイノとの交換取引に持ち出すとは、恐れ多いにもほどがある。出所を明らかにせよ」

責め立てられて、利兵衛はますます首をすくめた。

それを見て、徳内が言う。

「ニサトリが、いかにしてこれを手に入れたものか、てまえから問いただしましょう」

そのアイノは、ニサトリという名前らしい。

徳内がアイノ語で、ニサトリに何か話しかける。

ニサトリは、かなり年配の小柄《こがら》な男だったが、なぜ打たれたか分からぬ様子で、不安げに徳内の問いに応じた。

ニサトリの答えを、徳内が伝える。

「羽織を手に入れたのは、この夏のことのようでございます。運上屋で、商い船の積み荷とラッコの皮を交換した際、中に混じっていたと申しております」

それを聞いて、利兵衛があわてたように言う。

「当地には年に一度、松前から上乗役《うわのりやく》が商い船に乗って、お越しになります。そのおり、江戸や大坂の古着商が松前に送り込んだ、大量の古着を積んでまいります。この羽織はその中に、紛《まぎ》れ込んでいたものでございましょう。決して、松前城下から流れ出たものではない、と存じます」

重蔵は、利兵衛を睨んだ。

「そうであるにせよ、かようなものが間違っても紛れ込まぬよう、あらかじめ念入りにあらためるのが、その方らの務めではないか。かりにも、ご公儀を軽んずるような振る舞いは、おれが許さぬぞ」

その厳しい叱責に、利兵衛はあわてて土下座した。

「まことにもって、申し訳ないことをいたしました。今後は、かようなご無礼不調法《ぶれいぶちようほう》のなきよう、しっかりと心配りをいたします。どうか、お許しくださいませ」

徳内が、咳払《せきばら》いをして言う。

「ニサトリは、葵のご紋がいかなるものか、まったく承知しておりませぬゆえ、お許しあってしかるべき、と存じます」

重蔵は、徳内を見た。

「ニサトリのことは、徳内どのにお任せ申す。よくよく、言い聞かせてやるがよかろう」

「かしこまりました」

徳内が返事をしたとき、ニサトリが突然跳び起きた。

重蔵の手から、羽織を奪い返そうとする。

「慮外者《りよがいもの》めが」

重蔵はどなり、ニサトリを突きのけた。

ニサトリは尻餅をつき、抗議とも哀願ともつかぬ口調で、何かわめいた。

徳内がそばに寄り、何ごとか語りかけて、しきりになだめる。

そのあいだに、重蔵は羽織を鞭の先にかけて肩にかつぎ、運上屋にもどって行った。

あとを追いながら、団平はたいせつな拝領ものの羽織を、そのように無造作《むぞうさ》に取り扱っていいものか、といぶかった。まして、たった今恐れ多いこととアイノを叱《しか》り飛ばし、取り上げたばかりではないか。

「団平。土間に控えておれ」

重蔵はそう言い残し、奥に姿を消した。

待っていると、ほどなく何かを小脇に抱え、もどって来た。

「これを、ニサトリにやってくれ。確かに、あの者に罪はないからな」

受け取るまでもなく、それは重蔵が江戸から携《たずさ》えてきた、革羽織の一つだった。

団平は、表情を緩めた。

「ありがとう存じます。ニサトリも、これで納得いたしましょう」

たとえ葵のご紋つきでも、古着の羽織より新しい革羽織の方が、よほど上等だ。

重蔵が、言い訳めいた口調で言う。

「ああでもせねば、松前に対して示しがつかぬ。たかが古着だが、葵のご紋がどれほどのものか、利兵衛に思い知らせてやったのだ」

団平も、それで納得した。

重蔵が顔を引き締め、厳しい声でつけ加える。

「このいきさつも忘れずに、書きつけておくのだぞ」

4

九月二十三日の夕刻。

翌二十四日の早朝、最上徳内は近藤重蔵の内命を受け、松前をへて一足先に江戸へもどるため、アツケシを発つことになっていた。

同行するのは、金掘りの菅野助七と徳内の中間《ちゅうげん》の長助《ちょうすけ》で、荷物を運ぶアイノの人足たちとともに、二艘の船に分かれて乗る段取りだ。

ただし、アイノがポロチプと呼ぶ大ぶりの船がなく、通常のイタオマチプしか手配できなかった。

当初は海路で、まっすぐクスリ（釧路）を目指すことになっていたが、イタオマチプで外海を行くのは、いささか心もとないものがある。

とりあえず、アッケシの入り海の対岸にあるセンポウシ（仙鳳趾）までは、渡ることができるだろう。そこで船を捨て、あとは陸路を行くしかあるまいというのが、徳内の見通しだった。

根岸団平と橋場余一郎は、重蔵と徳内が出発前に話し合う場に、同席した。長嶋新左衛門、下野源助の二人は、旅宿所にいなかった。

重蔵が言う。

「今ここで、徳内どのを帰府させるのは本意ではないが、この際やむをえぬ。先ごろ江戸へ帰した島之丞が、左近将監さまにあることないことを言いつのれば、われらの立場が失われる。ここはやはり、徳内どのから左近将監さまに、実情を正しく伝えてもらうのが、最善の策であろう」

徳内はうなずいた。

「てまえも、さよう心得ております。いずれにせよ、エトロフやウルップ（得撫）の巡見踏査は、来春以降のことになり申す。それまでは、てまえが当地を留守にいたしましても、支障はございませぬ。また、帰路に立ち寄る各場所の運上屋、勤番所で厳しく吟味《ぎんみ》すべき点を、てまえがこの目で探り出し、その都度書状にてお知らせ申す所存でござる。やむをえず、置き手紙をいたす場合は支配人、番人らに盗み読みされぬよう、てまえの印形《いんぎょう》をもって封印いたします」

「承知いたした」

余一郎が、口を挟む。

「しかし、近藤さま。村上どのを、徳内どのより先に江戸へ発たせたのは、いささか早計だったのではございませんか。村上どのには、早期の帰府命令はもっけの幸い、という様子に見えましたが」

団平も、同感だった。

余一郎は、一月以上前の八月半ば、団平に内密の話をしている。

村上島之丞が、松前から書状を届けに来た飛脚を呼び止め、ひそかに二通の封書を託すのを見た、というのだ。

余一郎が、飛脚を咎めて封書の表書きをあらためたところ、差出人は島之丞自身と長嶋新左衛門で、宛て先はともに勘定奉行の石川左近将監、となっていた。

団平も余一郎も、その封書の中身は重蔵や徳内への中傷、讒言に違いないと確信した。

すでに島之丞は、重蔵の命によって二回り（二週間）ほど前の九月十日、ニシベツから帰路についている。

書状だけでなく、島之丞が直じきに左近将監に会って讒言に及べば、重蔵と徳内の立場がいっそう悪くなることは、火を見るよりも明らかだ。

重蔵は唇を引き締め、厳しい口調で言った。

「島之丞は、越中《えっちゅう》さまに取り立てられたというが、前評判ほどの働きを見せなんだ。健脚というわりに、崖から落ちて足を挫《くじ》いたばかりか、にわかに体の具合が悪くなったと称して、肝腎のエトロフ渡海まで拒みおった。まさしく、口ほどにもないやつよ。さような不調法を咎めずにいれば、今後の巡見の士気にも関わろう。筋だけは、通さねばならぬ。よって、帰府を申しつけたのだ」

団平も、余一郎と一緒にうなずく。

島之丞は、松平《まつだいら》越中守定信《さだのぶ》が先年京都へ赴いた帰り道、伊勢に立ち寄って見出《みい》だした人物、と聞いている。それなりの才は、備えているのかもしれぬ。

しかし、今度の蝦夷地巡見に関するかぎり、いかなる事情があったにもせよ、島之丞は期待したほどの働きを、見せなかった。重蔵としても、むしろ足手まといになったという思いが、強かったのではないか。

ただ団平も、頭から島之丞の功を否定し去ることには、躊躇《ちゅうちょ》を覚える。

これまでの巡見の途上、島之丞は蝦夷地の景色やアイノの風俗を、まめに画帳に写し取っていた。その点は、多とすべきだろう。そうした絵図は、かならずあとあと役に立つからだ。

余一郎が言う。

「さすれば、おっつけ長嶋さまについても、帰府をお命じになるご所存で」

「むろんだ。ただし、新左衛門が松前で島之丞と落ち合わぬよう、しばらく間をおかねばなるまい。二人そろって、左近将監さまのところへ行かれたのでは、かなわぬからな」

重蔵はそう応じて、軽い笑いを漏らした。

「しかしながら、長嶋さまは左近将監さま直じきのお声がかりで、こたびの巡見に加わることになった、と聞いております。左近将監さまのご機嫌を、損ねはいたしませぬか」

「そのときは、そのときよ」

それを聞いて、徳内が言い添えた。

「ご心配には及びませぬ。エトロフ渡海を断ったことが、長嶋どのの命取りでござる。いかに言い訳しようと、命を惜しむゆえであったことは、明々白々。左近将監さまも、おかばいにはなれますまい」

重蔵は、薄笑いを浮かべた。

「かばったところで、痛くもかゆくもないわ」

余一郎は、ちょっと言いよどんでから、口を開いた。

「卒爾《そつじ》ながら、腹にしまっておこうと存じましたが、近藤さまがそのお覚悟ならば、申し上げることがございます。つい一昨日のこと、源助からいささか不粋《ぶすい》な話を、聞かされました」

団平は、余一郎を見た。

下野源助こと木村謙次《きむらけんじ》は、重蔵の従僕格として加わったものの、もともとは水戸の郷士《ごうし》だ。新左衛門にすれば、余一郎や団平に比べて源助には気を許しやすく、口も軽くなるだろう。

重蔵も徳内も、余一郎を見守る。

余一郎は、おもむろに言った。

「数日前、長嶋さまは源助をつかまえて、こう漏らしたそうでございます。『大過《たいか》なく、蝦夷地巡見の御用を勤めることで、おれは月に八両三分のお手当が見込める。このまま、一年も勤め上げれば、稼ぎはざっと百両を越える勘定になる。だがそれも、命あっての話よ。こたび近藤は、たまたま運よくもどって来られたが、本来ならばこの時節にエトロフへなど、渡るものではない。近藤のもとでは、とても勤まらぬわ』と」

それを聞いて、団平は苦笑した。

新左衛門の本音が、よく出ている。

重蔵はせせら笑い、懐《ふところ》から折り畳んだ紙を取り出して、余一郎に突きつけた。

「実を言えば、おれは早々に新左衛門について左近将監さまに、書状を発しておいた。これは、その下書きだ。二人に、読んで聞かせてやれ」

余一郎は顎を引き、その紙を広げた。

「長嶋新左衛門儀、先だってご普請役《ふしんやく》出役仰せつけられ、私の手につき相勤め候《そうろう》よう仰せ渡され候ところ、勤め方はかばかしき儀もござなく候につき、帰番仰せつけくだされ候よう、この段願い奉り候。以上」

団平は、もう一度苦笑した。

要するに、新左衛門の働きぶりがはかばかしくないので、もとの鎗組《やりぐみ》へ帰番するよう命じてほしい、という願い状だった。

用件だけで、よけいなことをいっさい書かないところが、いかにも重蔵らしい。

徳内が聞く。

「して、左近将監さまの、ご返事は」

「まだ、来ておらぬ。来ようが来まいが、どちらでもよい。こちらはただ、筋を通しただけのこと。かりに、蝦夷地へとどめよとの返書が来たとしても、そのころにはとうに新左衛門は、帰路についておるわ」

重蔵は、そう言って笑った。

翌朝、徳内は残留する者たちに見送られて、アツケシを発帆した。

翌日の夕刻には、徳内からの書状が早ばやとアイノの手で、重蔵のもとに届けられた。重蔵は一読したのち、余一郎と団平にも回覧した。

それによると、やはり徳内はセンポウシで船を捨て、陸路に切り替えたという。泊まりは、コンブムイになったようだ。

置き手紙に押す、と徳内が言った印影が一枚、同封されていた。

封書に、その印形が押されていなかったり、位置がずれたりしていたときは、だれかが中身を読んだことになる、という含みだろう。

コンブムイで、アイノの人足が入れ替わるところだが、一人だけシラヌカまで同行したい、という者がいるので召し連れる、とも書いてある。おそらく、徳内に心服している武助《ぶすけ》こと、ブリウエンだろう。

九月二十八日には、ふたたび徳内から二十六日付で、シャクベツ（尺別）発の書状が届いた。

コンブムイを出て、クスリで一泊したあとシラヌカに止宿《ししゆく》せず、一気にシャクベツを目指したらしい。

もっとも、シラヌカではアッケシの勤番所が発した、烽火《のろし》に関わる触状《ふれじよう》を目に留め、その写しを同封してきた。

漂着した者が、烽火台の存在を知らずに焚《た》き火《び》をしたり、自然に野火《のび》が起こったりすることが、ときとしてある。

そうした不時の火と、真の烽火との違いを正しく見極めて、ただちに知らせるようにせよ、という趣旨の触状だった。

ところが、徳内によれば支配人も通詞も番人も、危急に際しての烽火の上げ方や、烽火とそれ以外の火の見極め方を、いっさい承知していなかった。

ましてアイノは、烽火について何も聞いたことがない、という者ばかりだったという。

それが事実ならば、これまた先に松前家が公儀に差し出した、蝦夷地改正の上申書の約定に、そむくことになる。

この触状は、そうした杜撰《ずさん》さを糊塗《こと》するために、勤番所があわてて発したもの、と思われた。

徳内は、その点を重蔵から厳しく追及してほしい、と結んでいた。

翌日、重蔵は勤番所詰めの大広間番頭《ばんがしら》、松浦喜久右衛門《まつうらきくえもん》を旅宿所に呼びつけた。

団平も、往路ですでに顔を合わせているが、喜久右衛門は生気《せいき》のない三十代半ばの、小柄な男だった。

重蔵とやりとりするあいだ、終始板の間に手をつかえたまま、一度も目を上げようとしない。答える声もぼそぼそして、聞き取りにくい。

同席した団平は、そのはっきりしない応対ぶりにやきもきして、余一郎の様子をうかがった。

余一郎も、喜久右衛門の口述を逐一手録しようと、帳面と筆を構えたまま渋い顔をしている。

重蔵だけが、触状の写しを喜久右衛門に示しながら、厳しい口調で続ける。

「いかがでござる、松浦どの。かようなものを、何ゆえ今ごろ回されたのだ」

喜久右衛門は、低くした背をさらにかがめた。

「寛政二年に、当時志摩守を称しておりました当家の大炊介が、ご公儀に差し出した蝦夷地改正案を、ご存じでございましょう」

「いかにも、よく存じておる。松前家中では、なおさら周知のことでござろう。それを今さらのように、触状を回すとはいかなる所存でござるか」

「運上屋の支配人をはじめ、通詞、番人、それにアイノまでも、趣旨を徹底させるためでございます。治にいれば、乱を忘れるのが人の常。ときおり、そのような触状を発して気を引き締めるのも、わたくしどもの務めと存じます」

少し間があく。

「ならば、いつ、いかなるときに烽火を上げるか、承りたい」

喜久右衛門は、軽く咳払いをした。

「たとえば、沖合に異国船が現れるなどして、場所内で緊急の事態が出来《しゆつたい》したとき、と承知いたしております。そのおりは、諸所に築いた烽火台から烽火を上げ継ぎ、遠く松前表までお知らせ申すとともに、ただちに早飛脚を仕立てて注進するように、取り計らう所存でございます」

「諸所とは、どこどこでござるか」

「アッケシ場所で申せば、ネモロ場所との境の、オッチシ（落石）岬。外海の大黒《だいこく》島《じま》。入り海の対岸の、シレハ岬。その先のクスリ場所、トカチ（十勝）場所にも岬ごとに烽火台があり、エリモ（襟裳）岬をへてエサン（恵山）岬、シオクビ（汐首）岬、シラカミ（白神）岬へと、各所の烽火を次つぎに継いでいけば、飛脚よりもはるかに早く松前表へ、危急を知らせることができると存じます」

よどみない返答だった。

重蔵は、少し間をおいた。

「そこもとは、真の烽火と不時の野火、焚き火の違いを、見極められるか」

いきなり突っ込まれて、喜久右衛門の肩がこわばる。

「昼間ならば、見極められると存じます。しかし夜となれば、なんとも申し上げられませせぬ」

「それでは、危急の際の烽火の上げ方は、いかがでござる」

喜久右衛門は、ますます身を縮めた。

「承知いたしておりませせぬ」

これには、団平も首をかしげる。

重蔵が、畳みかけた。

「承知しておらぬそこもとが、今さらかような触状を発するとは、まことに奇妙千万。先年の改正案が、形ばかりのものであったことの、何よりの証拠でござろう」

そう決めつけ、さらに言葉を継ぐ。

「最上徳内よりの書状によれば、支配人も通詞も番人も烽火の上げ方を知らず、野火や焚き火との違いの見極め方も、承知しておらなんだとのことだ。アイノどもにいたっては、烽火について何も聞いたことがない、という者ばかりであったそうな。そこもとが知らぬのでは、それも当然のことでござろうて」

その皮肉な口調に、喜久右衛門は言葉もなかった。

重蔵が、おもむろに余一郎の方に、向き直る。

「余一郎。今のやりとりを、つぶさに書き留めておけ。松浦どのの爪印を取って、口《こう》上書《じょうがき》にするのだ」

喜久右衛門は、その場に平伏した。

「その儀は、何とぞご容赦くださいませ。烽火の一件は、まことにそれがしの落ち度に、相違ございませぬ。さっそくにも、烽火の上げ方や見極め方を確かめ、各場所へ通達いたしますゆえ、口上書だけはご勘弁くださいますよう」

「それは、あいならぬ。それがしとて、物見遊山でまいったのではござらぬ。蝦夷地のありようを、見たまま聞いたままご公儀に上申するのが、それがしの務め。事実を曲げるわけにはまいらぬ。のちほど余一郎が、爪印をいただきに上がる。お引き取り願おう」

喜久右衛門は、少しのあいだ平伏したままでいたが、やがて体を起こした。

立ち上がると、恨めしげな目でちらりと重蔵を一瞥《いちべつ》し、そのまま部屋を出て行く。

団平と余一郎は、黙って目を見交わした。

身から出た錆《さび》とはいえ、喜久右衛門に少々憐《あわ》れを催《もよお》す。余一郎も、いやな役を申しつけられた、という顔つきだ。

源助だけが、われ関せずといった風情《ふぜい》で、天井を眺めている。

重蔵が、独り言のように言った。

「ばかなやつよ。いくらでも、答えようがあろうに」

ふと源助が、重蔵に目を向ける。

「近藤さまは、烽火の上げ方をご存じで」

「存じておる。火つけ木で火をつければ、それでよいのだ」

団平は、笑いをこらえた。

源助も、あっけにとられた体《てい》で、瞬《まばた》きする。

「では、烽火と野火、焚き火の見極め方は、いかがでございますか」

「野火は、ほうっておけばしだいに広がるが、烽火は広がらぬ。焚き火の火は、烽火よりはるかに小さい。それくらい、三尺の童子《どうじ》にも分かるであろうが」

重蔵はうそぶき、低く笑った。

5

十月五日。

最上徳内、菅野助七とともに、長助がアツケシを発ってから、十日たった。

すでに、エリモの岬を回ってホロイヅミ（幌泉）を越え、シャマニ（様似）の旅宿所に着いている。

前々日は、強風を押してホロイヅミを出立したが、一里と進まぬうちに雪が降り始め、一間先も見えなくなった。

アイノたちが、この先難所が続くのでとても通行できぬ、と口をそろえて言うので、やむをえず引き返した。ホロイヅミで、丸一日天候の回復を待って翌四日、あらためてシャマニに向かったのだ。

シャマニに着いて二日目のこの日、長助は徳内について場所の様子を見て回り、徳内の言うことをいちいち書き留めた。

助七は一人、いつものように川の上流に分け入り、金銀や銅、鉛《なまり》などが眠る鉱脈を、探しに行った。

もっとも、成果らしい成果といえば、クスリの運上屋に近い川の中で、岩場から顔を出す錫《すず》らしきものを、見つけてきたくらいだ。

夕刻の食事どきは、かならず三人そろって膳《ぜん》に向かう。

「助七、長助。くどいようだが、いかに腹が減ろうと飯と香の物のほかは、食してはならぬぞ」

徳内はそう言って、膳を引き寄せた。

「はい。承知いたしております」

長助は、汁椀の蓋《ふた》に伸ばしかけた手を、膝にもどした。

助七も、恨めしげな顔をする。

皿の上には、食べてくださいと言わぬばかりに、鰊《にしん》の開きが載っている。

生唾《なまつば》が出たが、長助はぐっとこらえた。

徳内が、アイノからもらった鯨《くじら》の油を、飯の上にかけ回す。

それを、さもうまそうに掻《か》き込むのを見て、少し気分が悪くなった。

アイノが、そうやって飯を食うのは知っているが、長助にはとてもまねのできないことだった。においがひどい上に、口の中が尋常ならぬほどぬるぬるして、食べられたものではないのだ。

それを徳内は、平気で平らげる。外見からも振る舞いからも、ほとんどアイノになり切っている。

近藤重蔵の一行を追って、六月半ばに松前に着いてからというもの、徳内は旅宿所で供される食事に、警戒を怠らなかった。松前家の差し金で、旅宿所の者が毒を入れる恐れがある、というのだ。

長助も、アイノたちが松前家中の者に毒殺されるのを、異常に恐れているという話を何度か、耳にしたことがある。

実際、過去に勤番所や運上屋の役人に妻や娘を奪われ、苦情を述べたり訴えたりしたアイノが、毒を盛られて殺される例があったらしい。

さらに、松前家中でも跡目《あとめ》相続などを巡《めぐ》り、何度か毒殺が行なわれたことがある、とも聞く。

したがって徳内の用心も、決していわれのないことではなかった。

前日の昼過ぎ、ホロイヅミからシャマニへの途上、ホロマンベツまで来たとき、九月二十九日付の重蔵の書状を携えたアイノの飛脚が、追いついて来た。

徳内によれば、その書状は江戸表へもどってからあとの、振る舞い方を記したものだという。

そのほかに、飛脚は先ざきの運上屋に休泊、人馬継ぎ立ての手配を求める、長嶋新左衛門の先触れを、持参していた。どうやら、新左衛門も村上島之丞に引き続いて、帰府を命じられたらしい。

食事のあと、徳内は重蔵の書状に対する返書を、書き始めた。

徳内の筆まめなことに、長助はいつも感心する。

書状をしたためながら、徳内はしばしば長助が書き留めた控えを見たり、自分の記憶に間違いがないかどうか、長助に聞いて確かめる。

したがって長助も、諸事に気を抜くことができない。

徳内に引き抜かれる前、本多《ほんだ》三郎《さぶろう》右《え》衛門《もん》利明《としあき》の下で働いているとき、読み書きを習っておいてよかった、とつくづく思う。

長い書状を書き上げると、徳内はそれを長助に読み聞かせて、もう一度確かめる。ことに、烽火については支配人や番人を厳しく詮議し、不具合の儀を事細かに聞き取って、口上書にしたものを同封する周到さだった。これによって、重蔵が後日吟味するにあたり、言い逃れができないことになる。

役儀の上とはいえ、松前家の蝦夷地支配に対する徳内の取り調べは、苛烈を極めた。

その裏には、松前の家士や請負人がアイノをたばかり、〈介抱〉と称して搾取するやり方への、強い不信感と怒りがある。それは長助にも、よく分かっていた。

徳内が、松前家による毒殺を恐れるのも、ゆえなしとしない。

それどころか、あらゆる方策で徳内を亡き者にしようと、悪巧《わるだく》みが巡らされているのではないか、という不安もある。

その証拠となる噂《うわさ》を、この日長助は土地のアイノから聞き込み、徳内の耳に入れた。

松前から昆布《こんぶ》を採りに来た和人が、和語を解するアイノがいるとも知らずに、徳内のことをあれこれ噂するのを、聞き及んだというものだった。

それによると、こういうことだ。

最上徳内という人物は、蝦夷地のことにはなはだ詳しく、江戸でいろいろと松前の悪口を、言い立てる。

おかげで松前の領主、家士も請負人も、迷惑をこうむっている。

その徳内が、先年上方《かみがた》のどこかで死んだと伝えられ、一同ほっと胸をなで下ろしていたのに、生きてまたぞろ今年やって来たので、胆《きも》がつぶれた。

徳内には、毒のはいった食事を供したこともあったが、まるで薬のように食べてしまった。とても毒殺できる相手ではない、うんぬん。

長助は、その噂話をした和人を見つけて、さらに詳しく取り調べるよう、徳内に進言した。

しかし徳内は、うんと言わなかった。

和人たちは、どうせ話をうやむやにして言い抜け、逆に内報したアイノを見つけて、仕返しをするだろう。アイノが難儀をするだけだから、ほうっておけというのだ。

ただし徳内は、そのことも重蔵宛の書状に詳しく書きつけ、十分気をつけるように警告するのを、忘れなかった。

十月八日、五つ時。

長嶋新左衛門は、内心何を考えているかは知らず、表向きは淡々とした様子で、近藤重蔵に言った。

「拙者、お役目をまっとうせずに帰府するのは、まことに無念の極み。これはあくまで、貴殿の勝手な意向によるもの。拙者はいささかも、納得しており申さぬ。くどいようだが拙者、貴殿の命によりやむをえず、帰府するのだ。さよう、心得られよ」

重蔵も、平然と応じる。

「心得おり申す。東蝦夷地の巡見については、それがしが責めを負う立場。先般、エトロフ渡海を拒絶なされたことで、そこもとのお考えがよく分かり申した。この分では、われらが蝦夷地で越年することにも、異を唱えられるでござろう」

「近藤どのが、当地で越年するお考えとあれば、異を唱えるつもりは毫《ごう》もござらぬ。拙者は、もともと蝦夷地に冬が到来する以前に、帰府する所存でござった。それゆえ、こたびの帰府のご沙汰《さた》はむしろ幸便《こうびん》、というべきでござろう」

新左衛門の、少しも悪びれたところのない口ぶりに、根岸団平はいっそ感心した。

金よりも、命の方がだいじと公言するだけあって、考えに揺るぎがない。

重蔵が、初めて新左衛門に帰府の沙汰を伝えたのは、九月二十七日のことだった。

その場にいた団平は、新左衛門の顔が一瞬こわばるのを見た。

それは、帰府命令が不本意だったからではない、と思う。

新左衛門にすれば、重蔵から本来の役目を果たしていないことを、むきつけに指摘されたようなもので、面目《めんもく》を失った気分になったのだろう。

ともかく新左衛門の本心は、初めから蝦夷地で越年するつもりがなく、帰府する気でいたと白状する以上、渡りに船の沙汰に違いなかった。

重蔵が、付け加えて言う。

「帰府したのちは、どのように振る舞われてもかまわぬが、エトロフでの騒動には触れぬよう、心得ていただきたい。もっとも、その目で見てもおられぬことを、うんぬんできるものではござるまいが」

新左衛門は、冷笑を浮かべた。

「念には及ばぬ。拙者は、エトロフ渡海を暴挙と見たゆえ、異を唱えたのでござる。貴殿が無事に帰還されたのは、ただただ運がよかっただけのこと。その点については、拙者も自分なりの考えとして、お上に告げまいらせる所存でござる」

重蔵も、冷笑を返した。

「好きになされよ」

いずれにせよ、新左衛門は恨みがましいことを一言も言わずに、帰府の沙汰を受け入れた。

翌日には、アイノに先触れを持たせて送り出し、帰路の用意を整えさせた。

そして今。

背後の船着き場では、四艘の船に荷物を積み込んだアイノの人足たちが、二人のやりとりをわけの分からぬまま、じっと見つめている。

新左衛門は、控えて立つ団平と橋場余一郎、下野源助、そして清蔵に目を向けた。

「今一度言うが、おれとともに帰府したいと願う者があれば、この場で申し出るがよい。おれから近藤どのに、口添えしてやるぞ」

団平が答えずにいると、新左衛門は余一郎に声をかけた。

「どうだ、余一郎。寒さに弱いおぬしとしては、おれと一緒に帰府したいというのが、本音であろうが」

余一郎は困惑した顔で、額をごしごしとこすった。

「仰せのとおりながら、わたくしは微禄者《びろくもの》ゆえ月づきのお手当が、何よりの薬でございます。長くいればいるほど、懐が温まるという次第。それを思えば、越年の寒さなど苦にもなりませせぬ」

新左衛門が、唇を引き締める。

源助に漏らした〈年百両〉の愚痴が、重蔵をはじめほかの者に伝わったのではないか、と疑ったようだ。

源助を、睨むように見る。

「おぬしはどうだ、源助。団平と違って、もともと近藤どのの従僕ではないゆえ、おれと行《こう》をともにしたところで、どこからも苦情は出まい」

源助は、頬をぴくりとさせた。

「おいとても、水府《すいふ》にもどりたいのは、山やまでござる。しかしながら、こたびの巡見の行く末を見届けずに、このまま去るのは惜しい気がいたします。かような体験は、なかなかできるものではござらぬゆえ」

新左衛門は、ふんと鼻を鳴らし、清蔵を見た。

「おぬしには、聞かぬことにするぞ、清蔵。大工がいなくなれば、ご一同は越年できぬからな」

清蔵はにこりともせず、黙って新左衛門を見返す。

新左衛門は、重蔵に目をもどした。

「しからばこれにて、ごめんこうむり申す。ご自愛なされよ、とは言わぬが花でござろうな」

「いかにも。長嶋どのには、道中くれぐれもお気をつけられるように、と申し上げておこう」

重蔵が言葉を返すと、新左衛門は何も言わずにきびすを返し、船着き場へ向かった。

通詞の木下与八《きのしたよはち》だけが、それにつき従う。

間なしに、船は対岸のセンポウシを目指して、アツケシの入り海へ漕ぎ出した。

それを見送りもせず、重蔵はさっさと旅宿所の方へ、もどって行った。

団平と余一郎、清蔵も少し遅れて、あとを追う。

源助一人が、船着き場に残った。

翌々日の、十月十日。

かねて、手入れを施《ほどこ》していたアツケシの神明社《しんめいしゃ》が、修復を終えた。

寛政三年、最上徳内が建立したあと風雨にさらされ、半分朽《く》ちかけたままになっていたのを、修理再建したものだ。

重蔵は、神明社に弁財天《べんざいてん》と稲荷社《いなりしゃ》を合祀《ごうし》して、額を納めた。

額の文言は源助が書き、アツケシのタネサンクルというアイノが、それを板に彫りつけた。

この日の夕刻、そして翌十一日の夕刻と、アイノの飛脚が立て続けに、徳内からの書状をもたらした。

それによると、どの商い場所の支配人、通詞、番人も烽火の上げ方を知らず、野火や焚き火との見分けもつけられない、という。

その旨を、しぶしぶ申し述べたと思われる、支配人らの口上書が同封されており、あらためて重蔵の詮議を求める、としてあった。

書状の閲覧を許したあと、重蔵は団平らにアツケシでの越年を取りやめる、と申し渡した。

アイノの人足、阿部助《あべすけ》ことアベヌヤシから奥蝦夷での、冬場の厳しさを懇々《こんこん》と説《と》き聞かされて、さすがに考えを変えたらしい。

この上は松前へもどり、これまで取り調べた事実に基づいて、松前家中の者たちを厳しく糾明《きゆうめい》する、という。

さらに来春を期して、ふたたびエトロフまで足を延ばし、今回踏査できなかった島の北部を、巡見するもくろみのようだ。

それを聞いて、いちばん喜んだのは寒さが大の苦手の、余一郎だった。

団平は、アツケシも松前も同じ蝦夷地だから、寒さもさほど変わらないだろうと思う。とはいえ、アツケシに比べて松前はずっとにぎやかで、過ごしやすい。余一郎ならずとも、その方がありがたかった。

十月十四日に先触れを出し、強風が収まった十六日の朝五つ半に、一行は船を連ねてアツケシを発った。

その夜は、コンブムイに宿泊した。たまたま月食があり、アイノたちはいっせいに薪《まき》を叩《たた》いて、早く終わるように祈った。翌日からクスリ、シラヌカ、シャクベツ、オホツナイ（尾払内）、トウブイ（当縁）をへて、二十四日の夕七つごろ、ビロウ（広尾）の運上屋に到着した。

その間、悪路が続く上に寒さが募り、厳しい旅程になった。夜は雨から雪に変わった。翌日も悪天候が回復せず、ビロウに足止めを食らった。

二十六日は晴れたものの、そこから先はさらに険《けわ》しい悪路が続くため、阿部助、太《た》郎《ろ》助《すけ》ことイロンシスの二人が、様子を見に行った。

もどって来た二人の話によると、ルベシベツまでは山中をたどって行けるが、そこからビタタヌンケ（鐚田貫）にいたる海沿いの断崖は、近ごろ崖崩れしたとみえて手がかりがなく、荷物をかついではとても通行できない、という。

重蔵をはじめ、一行の者たちは往路で同じ道筋を通ったから、その険しさをよく承知している。なにしろ、海辺は錐《きり》のようにとがった岩場が延々と続き、そこへ断続して荒波が押し寄せる。まして崖が崩れたとなれば、たとえ荷物がなくとも通り抜けはむずかしい、と思われた。

だれもが、途方に暮れた。

しばらく考えたあと、重蔵がにわかに組んだ腕を解いて、源助を見た。

「やむをえぬ。海沿いの岩場が通れぬとあれば、山の道を行くしかあるまい」

源助が、首を捻《ひね》る。

「と仰せられましても、山の道などございませぬぞ」

「道がなければ、作ればよいのだ」

源助は顎を引き、意味が分からぬというように、団平に目を向けた。

団平は、重蔵に尋ねた。

「つまり、山を切り開いて新たに道を作れ、との仰せでございますか」

「ほかに策はあるまい」

重蔵はそう言って、口元に不敵な笑みを浮かべた。

6

十月二十七日。

根岸団平は、切り立った崖から身を乗り出し、下をのぞいた。

ほとんど垂直な断崖で、高さは十五丈ほどもあろうか。崩れた岩石や土砂が、わずかに残っていた砂浜を埋め尽くし、その先は険しい岩場になっている。

朝早くビロウを出たあと、海辺の道を避けて山中を通り抜け、昼前にオシラベツ（音調津）という浜に出た。

昆布小屋があったが人けはなく、浜に砂まみれになった昆布の切れ端が、打ち捨てられていた。

そこから海沿いに進み、ようやくルベシベツに、たどり着いたばかりだった。

やはり昆布小屋があったが、同じように人の姿はない。

これから先は、往路でもひどく苦労した難所の一つで、崖が崩れた今はそれをはるかに上回る、危険な通路になっていた。

下野源助が、首を振りながら言う。

「確かに、これでは通れぬな」

団平もうなずいた。

「荷物を下ろすにも、相当難儀をいたしましょう」

新道開鑿《かいさく》に従事するのは源助、団平、橋場余一郎、ビロウの運上屋の通詞豊吉《とよきち》のほか、阿部助、太郎助、そしてトノライ、チコハカと呼ばれるアイノ四人の、合わせて八人にすぎない。大工の清蔵と、そのほかのアイノは近藤重蔵とともに、ビロウに残った。

作業の頭数を増やすのはたやすいが、鬱蒼《うつそう》とした森林でいちどきに仕事をするには、大人数はかえって邪魔になる。屈強のアイノが、四人もいれば十分間に合うというのが、重蔵の考えだった。

ちなみに、阿部助によればルベシベツは、正しくはルペシペッと呼ぶらしい。ルは道、ペシはたどる、ペツは川を意味する、という。

川に沿って道をたどる場所、とでもいったところだろう。おそらく、アイノがこの山中を抜けるときは、川沿いに行くのが習いと思われた。

余一郎が、雪の残る行く手の急斜面を見上げて、首を振る。

「しかし、この崖の上に道を切り開くのも、一仕事だぞ。だいいち、アイノでも重い荷物を背負っては、ここをのぼれまい」

太郎助は、仲間とその崖を何度か越えたことがあるが、わずかにけもの道らしきものがあるだけ、と言った。

ただ、川沿いにどんどん歩き続ければ、いずれはまた海辺に出るらしい。

源助は、野袴《のばかま》の裾《すそ》を払った。

「近藤さまのご命令とあらば、いやもおうもあるまい。さっそく、取りかかろうではないか」

そう言って、襷掛《たすきが》けを始める。

余一郎は、あわててそれを止めた。

「ちょっと待て、源助。山中にはいってからでは、何かと不便もあろう。ここの昆布小屋で、少し早めの中食《ちゅうじき》にした方が、よいのではないか。腹が減ってはなんとやら、というからな」

それを聞くと、源助は襷掛けの手を止めて少し考え、あっさりうなずいた。

「そうかもしれぬな。おいも、腹が減ってきた。ここで腹ごしらえをいたそう」

昆布小屋で火を起こし、茶をわかして中食をとった。

日が中天にのぼったころ、食事を終えて準備に取りかかる。

豊吉が、四人のアイノがかついで来た袋を、あけさせた。

袋の中から鉞《まさかり》、鉈《なた》、鎌、唐鍬《とうぐわ》、麻縄などの道具類が、次つぎと取り出される。道なき道を行くために、替えの草鞋も十足ほど用意してあった。

源助が言う。

「まず、この崖の上へ上がる踏み段を、作るのだ。取りかかれ」

豊吉がその指示を、アイノたちに通弁《つうべん》する。

阿部助は、源助の言った和語が分かったらしく、真っ先に唐鍬を取り上げた。

太郎助が、麻縄を首から肩に掛けて斜面をのぼり、天辺《てっぺん》の立ち木に結びつける。

残った二人のアイノが、垂らされた麻縄を伝ってのぼりながら、鉈で斜面に生え出た笹や雑木を、切り払っていく。

熊《くま》よけのため、腰紐《こしひも》にくくりつけた大きな鈴が、にぎやかな音を立てた。この時節、熊はすでに穴籠《あなご》もりしたはずだが、念のため用意して来たのだ。

斜面がならされるのを待って、阿部助が唐鍬を入れ始める。

そのあいだに、団平は源助、余一郎と一緒に、切り落とされた雑木の枝を払い、平たく束ねて踏み板を作った。

一刻《いっとき》ほどで、どうにか急斜面に踏み段らしきものが、でき上がった。

崖の上にのぼり、阿部助らが木と木のあいだを縫って、熊笹や下草を鎌で切り払う。雪はさほど、降り積もっていない。

あとに続く団平らが、鉞と鉈で邪魔な枝を落としながら、少しずつ先へ進んだ。切った草や枝は、そのまま両側に寄せ上げて残し、目印にする。

川に沿って、上流へ向かった。

小山や崖にぶつかると、川を離れて迂回路《うかいろ》を探す。

流れを越えて、対岸へ渡らなければならぬ場所も、何ヵ所かあった。そのときは、幅の狭いところを探して渡り口とし、その周囲を大きく切り広げる。

鉞で、近くに立つ楓《かえで》、柏《かしわ》、榛《はしばみ》などの木を切り倒し、橋のかわりに流れに渡した。

湿地では、周囲の小笹を刈り取って地面に敷き詰め、新たな道とする。

ほとんど休みなしに働いたので、思ったよりは仕事がはかどった。

日暮れに近づき、あたりがそろそろ暗くなるころ、一行はルウチシと呼ばれる小高い峠に、到達した。西側の山中から流れて来る川が、そこで南北の二筋に分かれる、分岐点になっている。

太郎助が、身ぶり手ぶりを交えて、豊吉に何か言った。

聞き終わると、豊吉はそれを通弁した。

「ここまでは、ルベシベツ川を上流に向かっておりましたが、これからは枝分かれしているもう一つの川、ビタタヌンケ川に沿ってくだることになります。そろそろ日が暮れますゆえ、今夜はここで野宿ということにいたしませぬか」

だれもが疲れ切っており、異存のある者はいなかった。

阿部助らが持参した、アザラシの干し肉を水で煮立て、そこに味噌を加えて食べる。

豊吉によれば、乞食雑炊《こじきぞうすい》と称するものらしい。粥《かゆ》のような仕上がりで、なかなかうまかった。

団平も余一郎も、三杯おかわりをした。

日が落ちると、雪の残った山中は冷えが厳しく、震えが止まらない。

寒さに弱い余一郎は、焚き火に顔を突っ込むようにして、苦情を言った。

「まったく、こういうときに熊の毛皮でもあれば、しのげるのだがなあ」

源助が笑う。

「その様子では、とても蝦夷地での越年は、無理だろうて。江戸へもどしてほしいと、近藤さまに泣きつくしかあるまいな」

余一郎は、アツシ（アイノの着物）を体に巻きつけ、歯を鳴らしながら応じる。

「このアッシがなかったら、きっと今夜のうちに凍え死《こご》ぬに違いない。徳内どのには、あらためて礼を言わねばならぬ」

そのアッシは、帰府する徳内が出立の間際、余一郎に贈ったものだ。

突然、焚き火のそばに横になっていた阿部助、太郎助がむくり、と体を起こす。

ほとんど同時に、トノライ、チコハカの二人のアイノも、それにならった。

横たわったまま、豊吉がアイノ語で何か話しかけると、阿部助が短く答えた。

団平の耳には、カムイうんぬん、と聞こえた。

豊吉が飛び起きる。

「熊が近くにいるようだ、と申しております。においがしたらしゅうございます」

団平は驚き、同じく中腰になった余一郎と、顔を見合わせた。

カムイとは、神のほかに熊を意味する言葉だ、と思い当たる。

片膝立ちになった源助が、豊吉に聞いた。

「熊はとうに、穴籠もりしたのではないのか」

「そのはずでございますが、熊によってはまだ餌《えさ》の食いだめが終わらず、うろつき回るものもいる、と存じます」

豊吉の返事に、余一郎が上ずった声で言う。

「焚き火をしていれば、熊は近づいて来ぬだろう」

「熊はかならずしも、火を怖がりませぬ。ただ、熊がこれだけの人の気配に気づかぬ、ということはないはず。にもかかわらず、アイノににおいを嗅《か》ぎつけられるほど、そばに寄って来るとは解せませぬ」

「よほど、腹をすかしているのではないか」

団平が言うと、豊吉はうなずいた。

「やもしれませぬ。さきほど食べた飯の残りは、においが散らぬように川へ捨てましたゆえ、それに引かれて来たとは思えませぬが」

「穴籠もりの前の熊は、人も食うのか」

余一郎の問いに、豊吉は焚き火の火に顔を赤く染めながら、小さくうなずいた。

「確かに、人を食ったことのある熊は、味をしめておりますから、襲ってくる恐れがございます」

年は、まだ三十を出たばかりのように見えるが、落ち着いたくちぶりだ。

源助が口を挟む。

「飯を食った人間から、飯のにおいが消えるまでには時がかかる、と聞いたことがある。そのにおいを、嗅ぎつけたのかもしれぬて」

阿部助と太郎助が、腰につけた鈴を取って高く掲げ、からからと鳴らした。

少しのあいだ耳をすまし、あたりのにおいを嗅ぐように、鼻を上げる。

それから、豊吉に何か言った。

豊吉はうなずき、団平たちに通弁した。

「アイノたちが、交替で寝ずの番をする、と申しております。明日も、力仕事が待っております。眠ることにいたしましょう」

団平はその晩、うとうととしては目を覚ますことの繰り返しで、よく眠れなかった。

結局、夜が明けぬうちにみなが起き出し、朝飯になった。

どうやら熊の気配は消えたらしく、トノライとチコハカがいくらか緊張しながら、森の中へ薪を集めに行った。

団平と余一郎は、川で水を汲《く》んで来た。

朝食をとり、残飯を川に流すころには、東の空が明るくなった。

一行は、野宿したところを何も残さず片付け、新たにビタタヌンケ川に沿って道を開きながら、海の方へくだって行った。

熊を近づけぬ用心に、鈴を鳴らしたり声高に話をしたりしながら、仕事を続ける。

途中で、西から流れてくる川との合流地点にぶつかり、そこで中食をとった。そのほかは前日同様、休まずに働いた。

幸い、覚悟していたほどの難所にもぶつからず、順調に新道開鑿が進んだ。

おかげで、まだ日も傾かぬうちに山を抜け、ビタタヌンケの海辺に出た。

無人の昆布小屋で休みながら、余一郎が源助に聞く。

「思ったよりはかどったが、合わせてどれほどの道のりを切り開いたものか、見当がつかんな」

源助は、茶を飲む手を休めて、目を上に向けた。

「おいにもよう分からぬが、まず三里ほどはこなしたでござろうな」

団平は、三里どころか五里ほどもこなしたように、感じていた。

しかし、落ち着いて考えれば、そこまではいかなかった、という気もする。

起伏があって、しかも曲がりくねった道筋を切り開いたために、長い距離に感じたのではないか。実のところは、二里ほどだったかもしれない。

団平は言った。

「ともかく、これでビタタヌンケまでは断崖を伝わらずに、歩いて行けましょう」

「欲を言えば、馬で通れるほどの幅がほしかった、という気もするが」

余一郎の言葉に、源助が目を光らせる。

「それは、ないものねだり、というもの。ついでながら、おいたちが切り開いた山道は、トカチ場所の内にある。トカチ場所は松前家の家臣、蠣崎蔵人《かきざきくろうど》の知行所《ちぎようしよ》でござるぞ。おいたちは、知行主の許しも得ずに勝手に新道を作った、ということになる。近藤さまは、知行主どころかお上にも断りなく、新道作りを命じられたのだ。あとあと、悪い沙汰にならねばよいがな」

その皮肉な口調に、団平は少しいやな気がした。

新道作りが、重蔵の独断で行なわれたことは、間違いない。

ただ、ビロウの運上屋の支配人も、反対しなかった。新道によって、和人もアイノも恩恵を受けるわけだから、悪い沙汰になることはあるまい。

半刻ほど休んだあと、できたばかりの新道を見分しながら、もどることになった。

川に沿って、手入れの足りぬところを直しながら、山をのぼって行く。

ちょうど、前夜野宿した場所に着いたところで、日が暮れた。

そこで、もう一夜を過ごすことになり、切り集めておいた熊笹や小枝で、大きな焚き火を焚いた。

また乞食雑炊を作り、腹一杯食べる。

昼間天気がよかったせいか、山の中も前夜ほどは冷えなかった。

その夜も、アイノが交替で見張りを引き受けると言い、最初はチコハカが立つことになった。

二日間の重労働で、団平もさすがに疲れ切っており、すぐに眠りについた。

どれくらい眠ったか分からないが、団平はすさまじいうなり声を耳にして、はっと目を覚ました。

すぐには何が起きたか分からず、とっさに手近の鉈を引き寄せる。

赤あかと燃える焚き火の向こうに、チコハカの体を抱きかかえて牙《きば》をむく、巨大な熊の立ち姿が見えた。

チコハカの上半身は、血だらけだった。

7

根岸団平は、隣で寝ている橋場余一郎の肩を、どんとついた。

「熊、熊でございます」

余一郎はつかの間、わけが分からぬ体で首を浮かしたが、すぐに飛び起きた。

下野源助と豊吉もすでに目を覚まし、その場に這《は》いつくばっている。

阿部助、太郎助、トノライの三人は、手に手に鉞や鉈を振りかぶって、声を立てながら熊を追おうとした。

身の丈は一間半《いっけん》を越え、大柄なチコハカが小さく見えるほどの、巨大な熊だった。

前脚で抱えられたチコハカは、首がちぎれそうになるほど横にねじれ、手足がぶらりと垂れ下がっている。

もはや、息があるようには見えなかった。

「鉄炮《てっぽう》、鉄炮を」

団平が叫ぶと、余一郎はあわてふためきながら荷を探り、鉄炮を引き出した。

「と、時を稼いでくれ。火縄の、よ、用意をせねば」

そこで、喉を詰まらせる。

トノライが、異様な雄叫《おたけ》びを上げて鉞を振りかざし、熊に向かおうとした。

それを、阿部助と太郎助が両脇から押さえ、引き留める。

熊は、焚き火の明かりを浴びているせいか、毛並みが目に赤黒く映った。人も火も、まったく恐れる様子を見せず、血にまみれた口をあけて咆哮《ほうこう》する。

這いつくばった豊吉が、アイノたちに向かって何か叫んだ。

それを聞くと、阿部助はトノライの扱いを太郎助に任せて、自分の荷物に飛びついた。

弓を取り、矢をつがえる。

アイノの矢には、トリカブトから作った猛毒が塗ってあり、かすり傷だけでも致命傷になる、といわれている。

時を稼ごうと、団平は焚き火の中から勢いよく燃える枝を、取り上げた。

尻込みしそうな自分を励まし、なんとか退散してくれないかと願いながら、枝を大きく振り回す。

炎が風を切り、火の粉が闇に散った。

しかし熊は、少しもたじろがない。いかにも落ち着き払った様子で、こちらの出方をうかがっている。

阿部助は矢をつがえたものの、すぐには射ようとしなかった。

太郎助に押さえられながら、トノライが大声で阿部助に何か言う。

阿部助は、矢先を脇へそらした。

どうやら、熊にかかえられたチコハカの姿が、射るのをためらわせるらしい。

万が一、チコハカにまだ息があるとすれば、体のどこかに毒矢が当たった場合、命取りになる。

トノライはおそらく、そのことを指摘したに違いない。

焦《こ》げくさいにおいが、あたりに立ち込めた。

余一郎が、鉄炮の弾込めを終えて、火縄に点火したのだ。

とたんに、まるで危険を察知したかのごとく、熊がくるりと背を向けた。

巨体に似合わぬすばやさで、チコハカを前脚に抱きかかえたまま、熊笹の茂みに飛び込む。

その背に向かって、阿部助がひょうと弓を射かけた。

矢は、一瞬熊の背に当たったかに見えたが、厚い毛を滑って闇に消えた。

同時に銃声が鳴り響き、熊笹の中に立つ木の幹の一部が、はでに砕け散る。

しかし、そのときには熊の姿は熊笹の奥に消え、逃げ去る気配だけが伝わってきた。

揺れていた熊笹が、たちまちもとどおりに収まる。

それとともに物音が消え、恐ろしい静寂が訪れた。

われに返ったように、トノライがあとを追おうとして、もがき立てた。

それを、阿部助と太郎助が引き留め、必死になってなだめる。

源助と豊吉は、最前から地に這いつくばったままでいたが、ようやく体を起こした。

豊吉が、震え声で言う。

「チコハカは、トノライの弟でございます。よって熊を追いかけ、かたきを討とうと」

最後まで言いあえず、ごくりと喉を動かした。

トノライが、阿部助と太郎助に両肩を押さえられ、うずくまって泣きわめく。

手の施しようがなく、団平も余一郎も熊の消えたあとの闇に、ただ呆然《ぼうぜん》と目を向けるだけだった。

熊笹はすでに、そよとも動かなかった。

源助が、呼びかける。

「余一郎どん。おぬし、今の熊をよく見たか」

余一郎は、まだ火縄銃を両手に握り締めたまま、源助に目を向けた。

「見たような、見なかったような。いかさま、弾が当たらなかったところをみれば、見ていなかったかもしれぬ」

あいまいなその返事に、源助はようやく肩の力が抜けたごとく、苦笑いを浮かべた。

「おいが言うたのは、そいなこってはない。熊の耳を見たか、と聞いたのだ」

気が緩んだのか、言葉に訛《なま》りが出る。

「熊の耳」

余一郎は繰り返し、団平を見た。

団平もわけが分からず、首を振るしかなかった。

源助が息を吸い、ゆっくりと続ける。

「熊が背を向けたとき、おいはしかと見届けた。あの熊はのう、右の耳が欠けておったぞな」

「それが」

どうかしたのか、と続けようとして、団平は言葉を途切らせた。

余一郎を見ると、これも表情をこわばらせている。思い当たることがあったのだ。

源助はうなずいた。

「さよう。今の熊はこの五月、小沼《こぬま》付近でおぬしが仕留めそこなった、あの赤熊よ」

余一郎の喉が、音もなく動く。

「まさか、そのようなことは」

「いや、あの赤黒い毛並みといい、とてつもない大きさといい、間違いあるまい」

団平も、生唾をのんだ。

五月下旬、松前から内浦《うちうら》の海辺へ向かう途上、箱館《はこだて》の北五里ほどの小沼のほとりで、巨大な熊と遭遇した。

案内人の鎌田《かまた》幸七《こうしち》は、その熊を赤熊と呼んだ。

並の熊に比べて、赤熊は一回りか二回りほども大きく、より獰猛《どうもう》で狡猾なのだという。近藤重蔵は、驚いたことにその赤熊の前に立ちはだかり、開いた唐傘《からかさ》を水車のように回して、敢然《かんぜん》と立ち向かった。

熊は概して、自分より大きなものと不意に出会うと、驚いて恐れを抱くという。

その赤熊も、回転する蛇《じゃ》の目《め》模様を巨大な獣《けもの》の目と見たのか、一瞬ひるんで攻撃をやめた。

そこへ、余一郎が火縄銃の弾を浴びせたので、赤熊は泡を食らって逃げ出した。

あとで調べると、弾は赤熊の頭をかすめて飛んだらしく、そがれた血まみれの耳の切れ端が、見つかった。

そのとき、一緒にいた長嶋新左衛門が冗談まじりに、熊は執念深いゆえ仕返しに気をつけよ、と言ったものだった。

余一郎が、首を捻って言う。

「いかにもせよ、あの赤熊が百五十日もかけて、ゆうに百里を越える陸路を、追って来るとは思えぬ。別の熊ではないか」

豊吉も、当惑した顔で言った。

「熊が、執念深いことは承知しておりますが、そのようなためしは聞いたことがございません。あまりに場所が、離れすぎますゆえ」

しかし、源助は引かない。

「広いとはいえ、この蝦夷地に片耳の欠けた赤熊が何頭いる、というのだ」

だれもが、口をつぐむ。

団平も半信半疑だったが、たった今目にした熊の大きさは、あのときの熊に劣らぬものだった。

それに、毛並みが赤黒く見えたことも、確かだ。

源助が言うとおり、片方の耳が欠けていたとすれば、同じ熊とみてよいかもしれぬ。

もっとも、それほど長い期間と距離にわたって、臭跡《しゅうせき》をたどる力が熊にあるかどうか、疑わしい気もする。

いずれにしても、この騒ぎでだれもが眠気など、吹き飛んでしまった。

全員、焚き火を囲んで一睡もせずに、日の出を待つ。
あたりが明るくなると、トノライが豊吉に何かを訴えた。
豊吉は、身振りを交《まじ》えてなだめようとしたが、トノライは引き下がらない。
阿部助も太郎助も、トノライの言うことに真剣な顔で耳を傾け、もっともだという
ようにうなずく。
団平がわけを聞くと、豊吉は困惑した様子で言った。
「トノライは、熊を追ってチコハカのかたきを討つ、と申しております。それができ
ぬなら、せめてチコハカの遺骸《いがい》だけでも持ち帰りたい、とのことで」
団平は、余一郎と源助の顔を見比べた。
余一郎が、いかにも言いにくそうに言う。
「遺骸といっても、あのありさまでは、まともに残っておるまい」
源助は、それを引き取って続けた。
「残ったとしても、熊はそれをどこかに埋めるなどして、隠す習性がある。あとでま
た、取りにもどるのだ。そんなおりに出くわそうものなら、熊の恐ろしさはあの程度
ではすまぬぞ。熊は、一度食らったものに、どこまでも執着する。自分の餌を奪われ
たと思って、前後の見境《みさかい》がなくなるのだ。嵐のように、猛《たけ》り狂う。何よりも恐ろしい

ぞ」

豊吉もうなずいた。

「そのことは、トノライもよく承知しております。それでもなお、弟の遺骸を運んで帰りたい、と申すのでございます。熊と出会えば、それこそ弔《とむら》い合戦もいとわぬ覚悟、と思われます」

少しのあいだ、沈黙が流れる。

団平は、和語を聞き分ける阿部助に、声をかけた。

「おまえさんたちは、どう考えているのだ」

阿部助は、太郎助と何か言葉を交わしたあと、アイノ語で豊吉に返事をした。

豊吉が、通弁する。

「阿部助らも、チコハカの遺骸を引き取りに行けば、ふたたび熊に出くわす危険があることを、重々承知しております。さりながら、弟を思うトノライの気持ちを考え、一緒に探しに行ってやりたい、とのことでございます」

源助は一度唇を引き結び、おもむろに意見を述べた。

「しかし、チコハカの遺骸を持ち帰れば、熊はそれを取り返そうと、おいたちを追って来よう。そうなれば、ビロウで待機する近藤さまをはじめ、ほかの者たちにも危険が及ぶやもしれぬ。トノライには、あきらめてもらうしかあるまい」

余一郎がうなずき、自分に言い聞かせるように言う。

「おれたちには、ご公儀より命じられた、だいじな務めがある。できるだけ、危険は避けねばならぬ。トノライの気持ちも、分からぬではないが」

それでも、すぐには肚を決めかねる様子だった。

団平は、口調をあらためた。

「それでは、こういたしましょう。橋場さまは源助どの、豊吉どのと一緒にビロウへ、おもどりください。わたくしは、アイノたち三人とともにここに残り、チコハカを探しにまいります」

それを聞くと、余一郎はにわかに眉根《まゆね》を寄せ、考え込んだ。

ため息をつき、おもむろに口を開く。

「まあ、待て。おまえを残しておれ一人帰る、というわけにはいかんぞ。近藤さまに、大目玉を食らうからな」

「旦那さまのことは、お気になさらずともようございます」

団平は言ったが、余一郎は首を振る。

「いや。このまま逃げるのは、やはり寝覚めが悪い。そもそも、あれがまことにくだんの赤熊なら、やつの狙いはおれということになる。後ろを見せるわけにはいくまい」

急に、勇ましいことを言い出したので、団平はとまどった。

「無理をなさらず、先におもどりください。チコハカの遺骸が見つかれば、熊が引き返して来ぬうちに運び出して、どこか別の場所に埋葬いたします。トノライには、ビロウへ運びもどすのをあきらめるよう、よく申し聞かせましょう」

しかし余一郎は、頑固《がんこ》に言い張る。

「気遣いはいらぬ。こうなったら、一思《ひとおも》いに赤熊を仕留めるまでよ。ここで退治しておかねば、一行がこの新道を通るときにまた執念深く、襲って来るやもしれぬ」

その口ぶりから、堅い決心のように思われた。

団平は、それ以上言いつのってもむだだ、と判断した。

「そこまでお考えならば、仰せのとおりにいたします。おもどりのご両所には、太郎助を供としてつけましょう。帰り道で、何が起こるか分かりませぬゆえ」

源助がうなずく。

「分かった。近藤さまには、おいからわけをお伝えしておく。くれぐれも、気をつけるのだぞ。ここで、おぬしらに万一のことがあったら、お役目をまっとうできぬからな」

8

下野源助と豊吉、太郎助がビロウへ向かったあと。

根岸団平と橋場余一郎は、阿部助とトノライのあとについて、赤熊が逃げ去った熊笹の茂みに、恐るおそる分け入った。

余一郎は、いちはやく鉄炮に早合《はやごう》（薬莢《やっきょう》）を詰め、いつでも撃てるように備えをした。団平は、右手に太郎助から借りた鉈を持ち、左手に山刀を構えていた。

太郎助によると、熊と戦うには鉈の刃を向けるのではなく、背の方を使うのだという。

熊の弱みは、鼻面《はなづら》にある。そこへ痛撃を加えるのが、もっとも功を奏するそうだ。ただし、刃を使うと滑ってはずす恐れがあり、背の方を叩きつけるのがこつらしい。

阿部助は先頭に立ち、地面に残るチコハカの血の跡と、赤熊の足跡をたどって行った。

トノライは、いつでもつがえられるように矢羽を指に挟み、左手に持った弓で熊笹を掻き分ける。

その後ろに、鉄炮を握った余一郎が続き、しんがりを団平が務めた。

新道をはずれ、起伏の多い斜面を何度ものぼりおりして、痕跡をたどり続ける。ときに、小さな渓流にぶつかるものの、阿部助らの嗅覚に迷いはなかった。

沢の水は、足が凍りつくように冷たかったが、気が張り詰めているせいか、さして苦にならない。

半刻《はんとき》ほど、鬱蒼とした森の中を進んだあたりで、阿部助が足を止めた。

団平も余一郎も、二人のアイノの背後から首を伸ばし、前方をのぞいた。
四、五間先の低地に、不自然な形に盛り上がった、枯れ葉の山が見える。
阿部助が余一郎を見返り、手にした山刀でそれを指し示した。

「あそこ、チコハカ、埋まっている」

なるほど、チコハカが着ていたアツシの一部が、おおわれた枯れ葉のあいだから、のぞいていた。

トノライが、団平には分からぬアイノ語で、悲痛な声を漏らす。

団平は、あたりの物音に耳をそばだてた。

風の音しか、聞こえない。森の中でも、そこはわりに見通しのよい場所だが、赤熊どころか栗鼠《りす》一匹、目につかなかった。

どうやら、赤熊は食い残したチコハカの体を土中に隠し、どこかへ姿を消したらしい。いや、物音がしないからといって、油断は禁物だ。赤熊が、去ったふりをして近くに身をひそめ、様子をうかがっているやもしれぬ。

阿部助が、何ごとかトノライに話しかけ、トノライがそれに答えた。

二人は、そうやって少しのあいだ、言葉をやりとりした。

やがて話がついたとみえ、阿部助が余一郎と団平に向き直る。

「チコハカ、運ばない。あそこ、埋める」

余一郎は、どうするかという顔つきで、団平を見た。

団平は、阿部助に言った。

「ただ埋めただけでは、掘り返されてしまうぞ」

「ほかの場所、埋めても同じ。カムイ、におい追って来る。同じこと」

団平は、少し考えた。

「それでは、できるだけ深く埋めることにいたそう。四尺も掘って踏み固めれば、いくら赤熊でも掘り返すことはできまい」

余一郎が、眉をひそめる。

「掘るだけの、余裕があればよいがな」

赤熊が、引き返して来ることを、心配しているのだ。

団平は、ふと思った。

トノライは、はなからチコハカの遺骸を運んで帰る気がなく、もう一度赤熊と対決して仇《あだ》を討とう、という腹づもりではないのか。

そのために、この場所に埋葬することで時を稼ぎ、赤熊がもどって来るのを待つ。

そして、阿部助もまたトノライの仇討ちに、力を貸す決意をしたのではないか、という気がした。

いや、そうに違いない。

熊の習性については、団平たちよりもアイノの方が、はるかに詳しいはずだからだ。

しかし、今さら引き返しもならず、団平は迷った。

命が惜しいのも確かだが、近藤重蔵に断りもなく危険を冒すことには、少なからずためらいがある。

余一郎の顔を見ると、やはり阿部助らのもくろみを察したらしく、当惑の色を浮かべている。

「どういたしましょう」

団平の問いに、余一郎もすぐには答えなかった。

しばらく考え、それから珍しくまじめな顔つきで、重おもしくうなずく。

「やむをえまい。近藤さまのお怒りを覚悟の上で、この者たちの言うとおりにしようではないか。もし、赤熊がもどって来れば、立ち向かうまでのことだ。ほうっておいて、江戸まで追って来られたのでは、かなわぬからな」

そううそぶいたものの、浮かべた笑みがこわばっていた。

団平も、ほぞを固めた。

「それでは、そのようにいたしましょう。旦那さまに叱られるならば、わたくしも本望でございます」

叱られるためには、生きてもどらなければならない。

余一郎が言う。

「おれと阿部助が、見張りに立つ。おまえとトノライで、墓穴を掘ってくれ」

「承知いたしました」

阿部助とトノライは、唐鍬をおのおの一丁ずつ背中の荷物に、くくりつけていた。

それを取って、赤熊がチコハカを埋め隠した場所のそばに、墓穴を掘り始める。

腐った落ち葉の下は、冷え固まった土だった。唐鍬で掘り進むのは、容易なことではない。

小半刻もすると、汗まみれになった体から湯気《ゆげ》が立ちのぼり、息が上がってきた。

見かねた余一郎が、交替しようと申し出てくれたので、団平とトノライは唐鍬を二人に引き渡し、見張りに立った。

さらに小半刻たち、もう一度交替する。

ほどなく長さ六尺、幅三尺、深さ四尺ほどの墓穴が、でき上がった。

トノライと阿部助は、変わり果てたチコハカの遺骸を、落ち葉の中から引き出した。

アツシはおおかた引きちぎられ、まともに残っているのは顔と左手、右の足くらいのものだった。

トノライが、声を上げて泣く。

阿部助の目にも、涙が浮かんでいた。

二人のアイノは、とりあえず遺骸を脇に寝かせて、狭い穴の中におりた。

団平と余一郎は、チコハカをていねいに抱え上げて、二人の手にゆだねた。

遺骸を穴の底に横たえると、トノライは自分のアッシを脱ごうとした。

すると、阿部助はそれを押しとどめて、何か言った。

トノライは、それに言葉を返したものの、不承不承《ふしようぶしよう》脱ぐのをやめた。

首を振りながら、切れぎれになったアッシを寄せ集め、チコハカの遺骸にかぶせる。

さらに、持ち運んで来たチコハカの荷物から、いつも使っていた椀《わん》、箸《はし》などの食器、山刀や短刀を取り出して、遺骸の周囲に置いた。

団平と余一郎は、二人に手を貸して墓穴から引き上げ、遺骸に手を合わせた。

阿部助が見張りに立ち、残った三人がかたわらに積み上げた土を、少しずつ穴へ落としていく。

穴が埋まると、トノライは墓の上に這いつくばるようにして、泣きながら土を平らにならした。

団平と余一郎が、改めて墓に手を合わせようとしたとき、阿部助が叫んだ。

「イヤイ、イヤイ」

とたんにトノライは跳ね起き、そばに置いた弓矢をつかんだ。

イヤイとは、確かアイノ語で危ない、という意味だ。

団平はあわてて、背後に向き直った。

十間ほど離れた木立のあいだに、小山のような赤黒い塊《かたまり》がうずくまり、こちらを見ている。獣特有の、ぞっとするような冷たい目が、薄闇に光った。

赤熊だ。

赤熊が、もどって来たのだ。

余一郎が、すでに弾込めを終えた鉄炮を取り上げ、かねて用意の火種から火縄に点火する。

阿部助とトノライは、臆する風もなく弓矢を構えた。

団平も、山刀と鉈を手に取る。

全身から、どっと冷や汗が噴き出し、思わず喉を鳴らした。所詮《しょせん》、修羅場をへたアイノとは、胆のすわり方が違うのだ。

阿部助が、ささやくように言う。

「まだ、撃つの、早い。カムイ、立つ。そのとき、撃つ」

赤熊が立ち上がり、急所の胸をさらすのを待って撃て、ということだろう。

「分かった」

応じた余一郎の声が、かすれているのが分かる。

赤熊は、木立を包んで密生する熊笹の大海から、さながら大岩の突端がせり出すような具合に、体の上部をのぞかせていた。

丸まるとした背中に、たくましい肩が巨大な瘤《こぶ》となって、盛り上がるのが見える。

息を詰めて待ったが、赤熊は立ち上がるどころか、動こうともしない。向こうは向こうで、こちらの出方をうかがっているようだ。

矢で狙いをつけたまま、阿部助とトノライが小さな声で、短く言葉を交わす。

次の瞬間、トノライの矢が弦音《つるおと》を立てて放たれ、赤熊に吸い込まれた。

と見る間に、赤熊の巨体が熊笹の海に沈み、目の前から消えた。

矢は、赤熊の背後に立つエゾマツの幹に、ぶるんと突き刺さった。

熊笹の海に、細かいさざ波が立つ。

さざ波は、熊笹を縦に割りながらすさまじい勢いで、四人の方へ突き進んで来た。

赤熊の巨体は、人の丈《たけ》ほどもある熊笹の茂みに隠れ、瘤の頂点がわずかにのぞくだけだった。

それが近づくにつれ、地鳴りのような恐ろしい音がして、足元が揺れる。

たまらず、余一郎が引き金を絞ったとみえ、銃声とともに煙が散った。

その音に引かれたように、阿部助の矢も弦を放れた。

しかし、赤熊の突進は寸時も止まらず、むしろ速さを増した。

弾も矢も、厚い毛にはね返されたのか。

まるで、海原を分けて鯨が盛り上がるように、熊笹から赤熊が飛び出した。

団平は、われ知らず後ずさりして、身をかがめた。

前にいる余一郎も、鉄炮を握り締めたまま、腰を引いている。

団平はささやいた。

「時を稼ぎます。今一度、弾込めを」

緊張のあまりか、余一郎は返事をしようともせず、それでもじりじりと後退して、大木の背後に回った。

赤熊は、地のにおいを嗅《か》ぐように頭を低く垂れ、左右にゆっくりと打ち振りながら、こちらの様子をうかがう。

片方だけ残った左の耳を後ろに伏せ、突き出した下顎からよだれを流すさまは、文字どおり殺気の塊といえた。

まさしく、余一郎がこれで前後三度も撃ちそこねた、宿敵の赤熊に相違ない。首筋をおおう毛が、まるで針のように逆立っているのが、はっきりと見える。

自分の餌を奪い取られた、と思い込んだときの熊は何よりも恐ろしい、と源助が言っていた。

トノライが、すでに二の矢をつがえて、狙いをつける。

一の矢は、おそらく赤熊を怒らせ、立ち上がらせるための、誘いだったのだろう。

しかし赤熊は、その誘いに乗らなかった。

阿部助は早くも弓を投げ捨て、オプと呼ばれる長さ五尺ほどの鎗《やり》を取って、赤熊を迎え撃とうとする。

団平は勇を奮って、阿部助の反対側から赤熊に迫ろうと、一歩二歩回り込んだ。

赤熊の注意を自分に引きつけ、その隙《すき》に阿部助に一撃を加えさせるのだ。熊狩りにたけたアイノなら、何も言わなくても分かるだろう。

赤熊が怒って立ち上がれば、トノライの毒矢か余一郎の鉄炮の弾が、隙のできた腹に撃ち込まれる。

赤熊を倒す手立ては、それしかない。

団平は、じりじりと赤熊の左側ににじり寄り、左手の山刀を静かに突き出した。

赤熊は、口を半開きにしたまま粘りの強いよだれを、だらだらと垂らし続ける。

無表情にも見える小さな目は、団平と阿部助のどちらに向いているのか、よく分からなかった。

団平は、ともすれば逃げ出したくなる足を励まし、そろそろと山刀を振りかぶった。

赤熊が、ほとんど地をなめぬばかりに頭を下げ、低く唸り声を上げる。

団平は、山刀を勢いよく赤熊の顔に、振り下ろした。

とたんに、左手に雷が落ちたような衝撃を受け、山刀が吹っ飛ぶ。

赤熊が、巨体に似合わぬすばやさで前脚を動かし、山刀を払いのけたのだ。

しかし、それは団平の読みのうちに、はいっていた。

間髪《かんはつ》をいれず、団平は右手に握った鉈の峰を、赤熊に叩きつけた。

鉈は、狙い違わず赤熊の鼻柱《はなばしら》を打ち砕き、赤熊は高く咆哮して半身を起こした。

それを狙いすましたように、阿部助が両手に握ったオプとともに体ごと、赤熊の横腹にぶつかっていく。

赤熊は無造作に、左の前脚を振った。

オプは、わずかに赤熊の横腹に突き立ったか、と見えた。

しかし、阿部助は折れた柄を持ったまま、ひとたまりもなく熊笹の茂みに、はじき飛ばされた。

怒り狂った赤熊が、咆哮とともに立ち上がる。

一間半を越えるその巨体は、目の前に大岩が立ち塞がったように、あたりの視界をおおった。

トノライが、すかさず二の矢を射る。

その矢は、赤熊がとっさにかざした前脚の上を滑り、木立の奥へ飛び去った。

同時に、鋭い銃声が鳴り響く。

赤熊の肩口から、埃《ほこり》のようなものがぱっと舞い立ち、血しぶきが飛び散った。

余一郎の放った弾が、かろうじて命中したのだ。

しかし、赤熊はたじろぐことなく、さらに吼《ほ》えた。蚊《か》に刺されたほどにも、痛痒を感じていないらしい。

トノライが、言葉にならぬわめき声を上げ、マキリ（小刀）を構えて赤熊に突っ込む。赤熊は強靭《きょうじん》な前脚で、それを払いのけようとした。

間一髪、トノライは赤熊の懐《ふところ》に飛び込んで、腹にしがみついた。

赤熊が吼え、トノライの背に爪を立てて、掻きむしる。

しかし熊の前脚は、自分の腹を強く掻くようにはできておらず、トノライのアッシが破れただけだった。

熊笹から転げ出た阿部助が、叩き落とされた団平の山刀を拾って、赤熊の背に切り

つける。

赤熊は、トノライにしがみつかれたまま体を回し、阿部助に向かおうとした。トノライは、振り放されまいとするのが精一杯で、右手に握ったマキリを使うことができない。

赤熊が背を向けるのを見るや、団平は鉈の刃を返して振りかぶり、盛り上がった瘤に切りつけた。

あまりの固さに、刃がはね返される。

向こう側から、赤熊に打ち下ろされた阿部助の山刀が、はじき飛ばされてきた。赤熊と団平の頭上を越えて、余一郎のそばにそびえる大木の幹に、がんと突き立つ。

団平は、ふと赤熊の横腹に突き刺さったままの、オプに目を留めた。穂先が、わずかに三寸ほどはいっただけで、折れ残った柄がのぞいている。

とっさにその柄に飛びつき、死に物狂いで赤熊の横腹に押し込んだ。

赤熊は、赤いよだれを吐き散らしながら、驚くほどのすばやさで体を回した。

オプの柄をつかんだまま、団平は体ごと赤熊に振り回され、余一郎の足元に転がった。

赤熊は、その拍子《ひょうし》に巨体の釣り合いを失ったごとく、腹に張りついたトノライを抱え込んだまま、その場にどうとうつ伏せに倒れた。

おそらく、百貫を越える重さに押しつぶされて、トノライが悲鳴を漏らす。

余一郎が、火縄銃を逆手に持ち直して振り上げ、四肢《しし》をばたばたさせてもがく赤熊の背に、叩きつけた。

それは、ちょうど弾の命中した肩口に当たったが、なんと銃床はあっけなく折れ曲がって、ばらばらに飛び散った。

団平は跳び起き、木の幹に突き立った山刀を引き抜いて、赤熊の頭に切りつけた。

がつん、と鈍い音がして赤熊の額が割れ、血が噴き出す。

赤熊は、すさまじい唸り声を発して体を起こし、その場に仁王《におうだ》立ちになった。

トノライの体は、赤熊の重みにつぶされてほとんど平らになり、長ながと伸びていた。いつの間にか、弓を拾った阿部助が赤熊の前に回り、腹部に必殺の矢を射込む。

矢は、赤熊の下腹のいちばん柔らかいところに、ずぶりと突き刺さった。

赤熊は、断末魔のうめき声を漏らしながら、そこに立ちはだかったままの格好で、三人を睨み据えている。

どれほどの時がたったか、赤熊の体がゆらりと揺らいだかとみる間に、巨木が倒れるように地響きを立てて、どうと横倒しになった。

血だらけの口から、長い舌がべろりと垂れたまま、動かなくなる。

阿部助が名を呼びながら、トノライに取りすがりついた。

団平もそばに這い寄り、トノライの血と土に汚れた顔を袖《そで》でぬぐい、鼻に耳を当てた。かすかに、息がある。

「生きているぞ」

団平が言うと、阿部助はうれしそうにうなずき、トノライの体をなで回した。

生きてはいるが、おそらくは骨が何本か折れているのでは、と危ぶまれる。

余一郎に声をかけられ、団平は振り向いた。

「団平。見てみろ」

余一郎が、横向きに倒れて絶命した赤熊の腹に、顎をしゃくってみせる。

のぞき込んだ団平は、思わず声を漏らした。

「これは」

赤熊の心の臓とおぼしきあたりに、トノライのマキリが柄も通れとばかりに、深ぶかと突き立っていた。

9

十一月十七日。

最上徳内と長助は、無事に江戸に帰着した。

近藤重蔵らを残して、アッケシを発ったのが九月二十四日、松前着は十月二十一日のことだった。

松前に着いてからも、長助は三日後三厩《みんまや》へ向けて発帆するまで、徳内とともに多忙の日々を送った。

中間の雑用をこなしながら、徳内の仕事の筆記役としても、大いに働いた。

蝦夷地では、松前までの旅程を通じて風雨にさらされ、吹雪《ふぶき》に出会うこともまれではなかった。

そのため、つねに背中まで水気がしみとおるので、夜寝ているあいだに衣服を乾かす、という毎日だった。

松前には、徳内より半月も早く帰路についた、村上島之丞がまだ滞留していた。

島之丞は、八日ほど前に先着していたが、三厩へ渡る船が天候不良に妨げられ、二度までも松前へ吹きもどされた、という。

そのため、あらたに三度目の発帆を試みようと、日和《ひより》待ちをしているところだった。

松前に着く十日ほど前、アブタ（虻田）で受け取った御用状について、徳内と松前家中のあいだに、激しい論争があった。

御用状は、三橋藤右衛門《みつはしとうえもん》の隊にいた普請役の中村小市郎《なかむらこいちろう》から、近藤重蔵、最上徳内、長嶋新左衛門の三名に、連名で宛てたものだった。

松前の寺社町奉行所は、その御用状を上箱に封じて新たに上書きし、各場所の運上屋の支配人に継送《つぎおく》りするよう、回状を添えて飛脚に託した。

しかるに、その上書きは重蔵、徳内、新左衛門の三名とも〈殿〉づけにされ、松前家から差し回された付添人の、鎌田幸七および金子儀八宛となっていた。

すなわち、幸七か儀八がその上箱を受け取って開封し、中の御用状箱を三名のいずれかに手渡す、という段取りのようだった。

しかし、幸七はいまだ重蔵と行をともにしており、儀八は島之丞と先発してしまった。幸七、儀八宛になっている以上、二人のどちらかでもその場にいないかぎり、開封できない。

そう言い張って、徳内は受け取りをこばんだ。

さらに上書きの宛名が、すべて〈殿〉づけになっていることにも、苦言を呈した。同役以下の者ならばともかく、公儀の役人に対しては〈様〉づけにするのが通例、というのが徳内の言い分だった。

いずれの場合も、杓子定規にすぎるのではないか、という見方もあろう。

しかし長助は、松前家の定法《じょうほう》やり方を細かく吟味し、厳しくとがめるのが徳内の当面の仕事だ、と分かっていた。単に、重箱の隅をつつくだけが、目的ではないのだ。

松前に着いたあと、徳内は寺社町奉行下役の工藤千右衛門《くどうせんえもん》を宿に呼び、この件について糾問《きゅうもん》した。

長助は、そのときのやりとりを逐一書き留め、口達《こうたつ》の覚えとした。

「たとえ、われら三名に向けた御用状であるにせよ、上書きが付添人宛になっているのでは、勝手に開封できぬであろう。これは、いかなるご所存か」

徳内の詰問に、千右衛門は這いつくばりながら、抗弁した。

「おのおのさまには、かならず松前差し回しの付添人が同行している、と存じておりました。御用状は、継送りするあいだに手ずれする恐れがあるため、上箱に入れて付添人からお手渡しするのが、松前の習いでございます」

「付添人が、死去したり他行したりするなど、なんらかの事情で不在の場合は、どうするつもりだ。そもそも、近藤、最上、長嶋の三名に対して、付添人が二名しかついておらぬのは、手落ちではないか。現に、本隊より先に帰府するみどもには、付添人がおらぬ。急な御用であった場合、これではただちに弁ずることができず、不都合も生じるであろう」

千右衛門は、身を縮めた。

「付添人不在の場合は、もよりの勤番の者が上箱から状箱《じょうばこ》を出し、お手渡しすることになっております。そのために、上箱におのおのさまのご姓名をしたため、御用状と表記するのでございます」

「何ゆえ、付添人を介さずじきじきにわれらの名宛で、継送りすることができぬのだ」

千右衛門が、汗をふく。

「できぬこともございませぬが、粗相《そそう》のないようにするため当方で上箱に入れ、お届けいたすのでございます」

「そもそも、付添人宛に上箱を送るのならば、われらの姓名を上書きする必要は、ないではないか」

「継送りの者たちが、万が一にも上箱を粗末に扱わぬよう、お届け先を明らかにしておくのでございます」

ここで徳内は一息入れ、さらに話を進めた。

「その方ら、寺社町奉行所の役人が陪臣の身で、ご公儀の御用を務めるわれらに、同輩以下に用いる〈殿〉づけをするとは、礼を失すると思わぬか」

千右衛門は、ますます身を縮めた。

「お役目は、まことにごくろうさまと存じますが、ご公儀にても御目見《おめみえ》以下のみなさまがたには、〈殿〉づけとするのがしきたりにございます」

「江戸表から、それにてかまいなしとのお達しでも、あったと申すのか」

「いえ、お達しはございませぬ。ただ当地では、前まえよりこのようなしきたりで、御用状をお届けしておる、ということでございます」

このような具合で、いっこうにらちが明かなかった。

しかし、いかに小さなことでもないがしろにせぬ、という徳内の姿勢だけは千右衛門にも、伝わったはずだ。

長助は、同行の金掘り菅野助七と手分けして、和語の分かるアイノや町屋の者から、このたびの重蔵一行の評判を、聞いて回った。

むろん、その者たちも噂話で聞いただけのことだが、中に役に立つ沙汰も含まれているやもしれぬ。風評を書き留めておくのも、だいじな仕事の一つだった。

案の定、重蔵を巡る風評は、飛び抜けて悪い。

重蔵は、どの商い場所でも何かと難癖をつけたり、当たり散らしたりして請負人を困惑させる、という。

一方、島之丞の評判はきわめてよく、悪い噂をきかない。

ただ、それがために重蔵の機嫌をそこねて、帰府を申しつけられた、と取り沙汰されている。

徳内も、重蔵に劣らず評判が悪いが、それは以前からのことだった。

さらに、重蔵、徳内、新左衛門がそれぞれ論判に及び、意見が分かれて決裂したため、三人ばらばらに帰路につくことになった、との噂も出ていた。

それを聞くと、徳内は笑って言った。

「その噂はむしろ、好都合ではないか。長嶋新左衛門はともかく、わしと近藤さまが喧嘩《けんか》別れした、と見られているならば、そのままにしておけばよい。裏で考えが割れながら、表向き気が合うように見せるのは、愚かな振る舞いというもの。心を一にしながら、割れているると見せかけるのが、いちばんの仕法であろう」

長助は、徳内が夜を徹して書き上げた重蔵宛の、長い書状を見せてもらった。

そこには、自分が告げたことや徳内自身の口から出たことが、そのまま忠実にしたためてあった。

徳内の筆まめなことには、いつもあきれてしまう。

松前で日和を待ち、島之丞とともに徳内一行が三厩へ向けて発帆したのは、十月二十四日のことだった。

往路で知ったことだが、津軽《つがる》とのあいだの瀬戸には白神《しらかみ》の潮、中《なか》の潮、龍飛《たっぴ》の潮と、三つの潮の流れがある。東へ向かう白神の潮、西へ向かう龍飛の潮がぶつかるところに、中の潮が渦巻いている。そこが、いちばんの難所だった。

とりあえず、中の潮を乗り切れば一安心なのだが、そこでにわかに風が弱まった。

そのため、船が激浪に揉まれてほとんど進まず、あわやという事態に直面した。

それでも、なんとか荒れる瀬戸を乗り切って、向かいの龍飛崎に着船したときは、暮れ合いになっていた。

そこから、夜漁に出る漁船に図合船《ずあいぶね》を引かせて、なお先を急いだ。

途中烏鉄《うてつ》をへて、東南三里にある三厩へたどり着いたのは、夜半過ぎのことだった。

三厩は、別の旅の一行が控えていて混雑が激しく、翌朝の人足の手当てがつかない。

そこで、出立を一日延ばして二十六日とし、さらに遅れを取りもどすために陸路を避けて、海路を行くことにした。

津軽と下北《しもきた》に挟まれた、広い入り海を東南の方角に横切り、一気に野辺地《のへじ》を目指した。

しかし、今度は強風のため目的地に到達できず、一里ほど手前の馬門《まかど》に上陸した。

そこから陸路、野辺地へ向かうことになった。

野辺地には、徳内の妻ふでの実家島屋《しまや》があって、一行はそこに旅装を解いた。

数日後、桑折《こおり》の宿場に来たところで、金掘りの菅野助七は一行と別れて、国元へ向かった。

一方、島之丞はその間を通して徳内、長助と同宿を続けた。

しかし、宇都宮《うつのみや》にいたって徳内は一日滞在を延ばし、島之丞を江戸へ先発させた。

別に、宇都宮に用があったわけではないので、長助はその理由を尋ねた。

すると徳内は、笑いながら答えた。

「考えてもみよ。島之丞は、蝦夷地では地理風俗を描き留めるほどの、ささやかな仕事しかできなんだ。病気と称して、エトロフ渡海も避けたくらいよ。とはいえ、もともとは一日に三十里、四十里を行く健脚の持ち主、といわれた御仁《ごじん》だ。せめて一日でも、わしより早く江戸へ帰してやらねば、顔が立たぬではないか」

どうやら、徳内なりの配慮だったらしい。

しかし長助には、納得できないものがあった。

「旦那さまは、長嶋、村上のご両所が石川左近将監さまに、近藤さまやご自身の悪口を言わせまいとして、ご帰府なされるのでございましょう。村上さまを一足先にお帰ししたのでは、後手を引くことになりはいたしませぬか」

「それでよいのだ。先に好きなだけ悪口を言わせて、それをいちいち論破する方が楽、というものよ。先に陳弁したところで、あとから聞く悪口の方が耳に残るものゆえ、なんの役にも立たぬ」

先の先まで、考えているのだ。

江戸へもどった当日、徳内はその足で長助を引き連れ、赤坂にある勘定奉行石川左近将監の屋敷を、訪れた。

用人を通じて、重蔵から託された御用状を奉呈するとともに、面会を申し入れた。

しかし、あいにく左近将監は風邪で臥《ふ》せっており、三、四日して出直すように、との内意を受けた。

徳内はそのまま、大手御門外の若年寄堀田摂津守の屋敷へ回り、同じく重蔵の御用状を用人に託した。

小《こ》石川《いしかわ》金剛寺《こんごうじ》坂上《ざかうえ》の、鶯谷《うぐいすだに》にある自宅にもどったのは、すでに日が暮れてからだった。

翌十八日。

先に帰府した巡見使の一人で、勘定吟味役の三橋藤右衛門から、呼び出しがかかった。藤右衛門の屋敷は、牛込《うしごめ》の御《お》徒組《かちぐみ》大縄地《おおなわち》のそばにあって、鶯谷とごく近い。そのため早々に、徳内の帰府を聞きつけたらしい。

長助は、中間部屋で茶を飲みながら待っていたが、徳内は小半刻とたたぬうちに用を終え、奥座敷から出て来た。

帰り道の話によると、藤右衛門は徳内が一足先に帰府したわけと、重蔵らが蝦夷地のどこで越年するつもりかを、聞きたがったという。

「石川さまに、取り急ぎ言上《ごんじょう》したきことあって帰府したが、子細があって詳しくは申し上げられぬ。また越年の件は、近藤さまとアツケシでお別れしたきりなので、承知しておらぬとお答えしておいた」

徳内は、もともと武家の出ではないにもかかわらず、どのような上役に対しても物怖《もの お》じせず、自分の考えどおりに直言する。

その振る舞いが、ときに相手を不快にさせることがあるのを、長助は承知していた。

しかし、それが徳内の徳内たるゆえんであってみれば、中間としてなんの不満も述べる筋合いはない。

むしろ、狷介《けんかい》な重蔵を主人に持つ根岸団平の方が、よほど苦労が多いと思う。

十九日には、徳内とともに鶏声《けいせい》ヶ窪《くぼ》の近藤家を訪れ、その後柳原土手《やなぎわらどて》の関東郡代《かんとうぐんだい》屋敷に中川飛騨守を訪ねて、それぞれ重蔵の書状と土産物《みやげ》を手渡した。

父の右膳は、重蔵が息災にしていると聞いて満足したが、母の美濃《みの》は徳内をつかまえて放さず、詳しい消息を聞き出そうとした。

そのあいだに、長助は長屋に住まう団平の妻たねと、あれこれ話をした。

たねは、重蔵の長崎在勤中に団平と親しくなり、一年半ほど前に二人が江戸へもどったとき、一緒について来て夫婦になったという。

長崎訛りの残る、気立てのよさそうな女だったが、団平の話をするとすぐに涙ぐむのには、閉口した。

話をしている最中に、年増の美しい女がたねを訪ねて来た。

たねは、その女をしげ、と呼んだ。

近くの追分で一人暮らしをする、重蔵の存じ寄りの女だという。

しげは、取り立てて重蔵のことを尋ねようとせず、世間話に終始した。

すると、たねが団平のときと同じように熱心な口調で、重蔵の消息をことこまかに聞き始めた。まるで、しげのかわりに問いただす、といった趣だった。

その様子から、しげは重蔵の囲い者か何かに違いない、と見当がついた。

鶯谷へもどる道すがら、長助がその様子を話して聞かせると、徳内は首を振りながら言った。

「あの近藤さまが、女子《おなご》に惚《ほ》れることがあるなどとは、考えてもみなんだわ」

「わたくしは逆に、近藤さまに惚れる女子があるなどとは、信じられませぬ」

二人して、大いに笑った。

左近将監に目通りがかなったのは、翌二十日の夜五つのことだった。

徳内は、二人のやりとりを正しく記録にとどめるため、長助を次の間に控えさせてよいか、と用人を通じて許しを請うた。

その趣を聞くと、左近将監は書き留めた記録の写しを差し出す、という条件でそれを許した。

長助は、料紙と筆と硯《すずり》を自分で用意して、次の間から二人のやりとりを聞いた。

五十歳を過ぎた左近将監が、いくらかしわがれた声で言う。

「重蔵よりの書状で、蝦夷地での首尾はおおむね、承知しておる。詳しくは、重蔵が帰府してのちに、聞くことにいたす。島之丞によれば、重蔵やその方と長嶋新左衛門のあいだに、いささか齟齬《そご》が生じたようだな。そのあたりのいきさつを、聞かせてくれぬか」

やはり、島之丞は帰府早々に左近将監と会い、言上に及んだらしい。

風邪と称して、徳内とすぐに会うことを避けたのは、そのためかもしれなかった。

「仰せのとおり、少々行き違いがございました。近藤さまもてまえも、ともに蝦夷地巡見の真の狙いを、松前家中に知られぬように振る舞うことが肝要、と心得ておりました。しかるに、長嶋さまはお考えを胸中にしまっておけぬ、いわば密談のなりがたいお人柄でございます。よって、真の狙いを長嶋さまに打ち明け申せば、かならず松前家中の者たちに察知されましょう。さすれば、松前はてまえどもに知られたくないこと、不都合なことをすべて耳目に触れぬよう、隠そうといたします。それをさせぬためには、松前家中に不意打ちを食らわせるよりほか、手立てがございませぬ。したがいまして、長嶋さまには申し訳ないことながら、詳しい事情をお話ししなかったのでございます。それもこれも、こたびの巡見の成果を挙げるための、苦肉の策でございました。長嶋さまが、石川さまのご推挽で隊に加わったことは、重々承知いたしております。しかしながら、敵をあざむくにはまず味方からせよ、とのたとえもございます。なにとぞ、事情をご賢察《けんさつ》いただきとう存じます」

要するに、徳内は新左衛門を口の軽い男だ、と決めつけているのだ。

左近将監が、徳内の歯に衣《きぬ》を着せぬ物言いに、どんな顔をしているか想像がつく。

間をおいて、左近将監が言った。

「重蔵もその方も、松前家中の者や運上屋の者たちに、かなりきつく当たったようだの」

「さようでございます。松前の家中は、先年大炊守さまがご公儀に奉呈された、蝦夷地改正の上申書の条項を、守っておりませぬ。第一に、他国の者に商い場所を請け負わせぬと明記しながら、依然として他国者を請負人に使っております。そればかりか、今もって請負人の名称を用い続ける不都合に気づき、これを差配人と書き直そうといたしたのでございます。長嶋さまは、その程度の訂正ならば許してやれ、と仰せられました。しかし、訂正を許せば松前家の欺瞞《ぎまん》を暴く証拠が、失われてしまいます。したがいまして、近藤さまもてまえも長嶋さまの言をいれず、訂正を許さなかったのでございます。長嶋さまの目には、それがあまりに苛烈すぎるように、映ったのでございましょう」

「その方、新左衛門が松前家中と内通しておる、とでも申すのか」

左近将監の声に、かすかな怒りのようなものが認められ、長助はひやりとした。

しかし徳内は、少しも動じない。

「さようなことは、ござりませぬ。ただ、もし長嶋さまに真の事情を伝えたならば、その言葉の端ばしから松前の者たちは、われらの狙いを察して対策を立てましょう。松前家中に、不都合を隠す余地を与えてはならぬというのが、近藤さまとてまえの一致した所存でございます。この間の事情は、近藤さまも書状にしたためがたきゆえ、ご帰府のおりに直じきに石川さまに、言上されましょう。しばらくは、さまざまな風評がお耳にはいると存じますが、何とぞ近藤さまがご帰府なされるまで、お聞き捨てになられますよう、伏してお願い申し上げまする」

頭を下げる気配があった。

また少し、間があく。

やがて左近将監が、自嘲《じちょう》めいた口調で言った。

「なるほど、新左衛門を一隊に加えたのはこの左近将監だが、いささか配慮が足りなんだやもしれぬ。新左衛門は直情径行の者ゆえ、年若の重蔵にあれこれ指図されるのが、耐えられなんだのであろうな」

「恐れ入りましてございます。さりながら、ただ今申し上げたいきさつは、あくまで徳内めの言い分。いずれ、石川さまも長嶋さまから直じきに、復命を受けられましょう。そのおりに、彼我《ひが》の食い違いをご判断くださいますよう、お願い申し上げまする」

長助は、二人のやりとりを急いで書き留めながら、徳内の老獪《ろうかい》な話術にほくそ笑んだ。

10

近藤重蔵一行は、十一月一日にビロウを出発した。

同じく四日シャマニ、ミツイシ（三石）、さらにニイカップ（新冠）をへて、同十日モンベツ（門別）に着いた。

初めはモンベツを足場に、中途からユウフツ（勇払）に拠点を移して、周辺の川沿いの奥地を踏査する。

その間、最上徳内から順次届いた手紙が、運上屋での取り調べに大いに役立ち、松前家のずさんな蝦夷地経営が、いよいよ明らかになった。

この十一月、蝦夷地はことのほか風雪が激しく、旅程はなかなか進まなかった。凍りついた川を渡り、雪深い山道を踏み分け、掻き分けして、一寸刻みに先へ進む行程が、延々と続く。

重蔵をはじめ、下野源助、橋場余一郎、根岸団平、そして付添人の鎌田幸七も、さすがに体調を崩した。元気なのは、棟梁の清蔵一人だった。

今一人の付添人、金子儀八は村上島之丞と行をともにし、通詞の木下与八は長嶋新左衛門に付き添って、すでに松前にもどった。

体調不良は、おおむね野菜不足からくるもので、源助自身の調合する薬が唯一《ゆいいつ》の頼り、といってよかった。

よほど具合が悪いときや、天候が大荒れに荒れたときは、諸所に点在するアイノの小屋が、救いになった。

一日、太郎助の存じ寄りのアイノの家に、泊まったおりのことだ。

炉《ろ》を囲んでのひととき、問わず語りに太郎助が以前ネモロ（根室）へ来たという、オロシャ人の話を始めた。

「オロシャ人、オロシャの銭《ぜに》良い、日本の銭悪いと言って、唾を吐きかけて、捨てた。おれ言った。日本の銭良い、オロシャの銭悪い。唾かけて、捨てた。オロシャ人、怒った。追いかけて来た。おれ、逃げた。おれ、足速い。オロシャ人、追いつかなかった」

そう言って、仲間ともども笑い転げる。

重蔵は、その話がいたく気に入ったとみえて、あとで太郎助に酒を与えるように、団平に命じた。

そのほかに、炉端でしばしば話の種になったのは、あの新道開鑿の大仕事だった。完成の翌日、重蔵は源助に命じて、新道開鑿のいきさつを板に書き記させ、十勝神社に奉納した。

さらに、でき上がった新道を通るにあたって、重蔵は全文平仮名の〈覚え〉を、みずから草した。

それを板に彫らせ、新道の両端に一本ずつ立てて、榜札《ぼうさつ》とした。

おぼへ
このみちは　はまとおり
トモチクシならびにビンナイとう
のなんしよ　ありて　わうらい
のもの　なんぎすべきによりて
このたび　あらたに　きりひらき
たるあいだ　このみち　わうらい
のもの　ひとえだのき　いつぽん
のよしなりとも　きりすかして
ながく　わうらいのためを　ここ
ろがくべきものなり
寛政十年午十月　　　近藤重蔵

仮名遣いの乱れは、ご愛嬌《あいきよう》だ。
もう一つの話柄は、むろん熊退治のことだった。
さしも凶暴な赤熊も、トノライの必殺のマキリを心の臓に食らい、阿部助の毒矢を腹に射込まれて、息が絶えた。

及ばずながら団平も、いくらかは加勢したつもりだ。

しかし余一郎は、赤熊相手に何発も火縄銃を撃ちながら、かすり傷を負わせただけの結果に終わった。

しかも、あまりに当たらぬ鉄炮に業《ごう》を煮やし、銃床を赤熊に叩きつけたところ、これも折れて吹っ飛んでしまった。

面目《めんぼく》ない、とばかり頭を抱える余一郎の姿に、アイノたちも大笑いするのだった。

赤熊の下敷きになったトノライは、幸い命を取りとめてビロウに残った。

道中、アイノの人足は順繰りに交替したが、阿部助と太郎助だけは最初から最後まで、供をすることになっていた。

日を追って、寒さも天候もますます厳しくなり、断続的に吹雪が襲ってくる。

川も沼も厚い氷が張り、すべて徒《かち》で渡ることができる。

滝でさえも、凍結した。

大木は凍りついて、立ちながら裂ける。

人も、歩いているうちに髪や髭《ひげ》、睫《まつげ》までが白く固まる。

夜になって眠れば、寝息で夜着の襟《えり》が凍る。

茶碗に、酒や湯を入れたまま捨てておくと、朝にはこちこちの氷になってしまう、というありさまだ。

モンベツを拠点にしているあいだに、徳内が十月二十二日から二十三日にかけて、松前でしたためた三通の長文の書状が、飛脚によってもたらされた。

重蔵は順にそれに目を通し、読み終わると余一郎と団平に回した。

徳内が、十月二十一日に松前に着いたところ、先発した村上島之丞が船の日和待ちのため、まだ滞留していたという。

坊間に流れる、重蔵や徳内、島之丞らの噂も、書き連ねてある。

予想にたがわず、重蔵は請負人のあいだで、評判が悪い。

島之丞とは、江戸の近くまで一緒に旅を続けたあと、最後に早駆けで一足先に帰府させる、との申し合わせをしたようだ。

足が達者、という触れ込みの島之丞の顔を立てる、徳内らしい配慮と思われた。

そのほか、松前家中の者が蝦夷地を通行する際に、アイノの人足を無賃で働かせていないか、数日働かせる場合食料をどの程度与えているか、また運上屋での働きにどれほど手当を払っているか、などを尋ねる松前家への質問状と、その回答書が同封してあった。

また重蔵と徳内、長嶋新左衛門の三名へ連名であてた、御用状入りの上箱の上書きに、〈様〉ならぬ〈殿〉づけをした一件で、町奉行所に釈明を求めたいきさつも、詳述されていた。

団平は、徳内の筆まめなところに感心するとともに、その執念にも驚かされた。

アイノの扱いについて、徳内が松前家にこれほど強い糾問を行なうとは、思っていなかった。

天明以来の、徳内の松前家に対する怨念がこもっているようで、そら恐ろしくなるほどだった。

重蔵一行は十一月下旬から、シコツ（支笏）を拠点に川の流域を一月ほどかけて、つぶさに踏査検分した。

その後シラオイ（白老）をへて、内海に面したエトモ（絵鞆）にたどり着いたのが、暮れも押し迫った十二月二十九日のことだった。

往路では、対岸の砂原《さわら》から船で内海を横切り、一気にエトモへ渡って来た。

しかし、この季節に長い海路を乗り切るのは、危険が大きすぎる。

かといって、陸路を行けばかなりの遠回りになり、しかも厳しい風雪と寒気が待ち受けている。

やむなく、重蔵はエトモで越年することを決め、運上屋に旅装を解いた。

運上屋には、留守居の番人が二人いるだけで、重蔵らが泊まる余裕は十分にある。

アイノの人足たちは、それぞれ近隣の集落に分散した。

翌日の大晦日《おおみそか》は、年明けの元日と立春がたまたま重なることから、節分を祝う巡り合わせになった。

そのため、煎り大豆をまいて厄払いが行なわれ、アイノを含む全員に節分と越年の祝い酒が、振る舞われた。

明けて、寛政十一年。

元日は晴れたものの、それから連日強い西風が吹きまくって、雪に閉じ込められた。

一月八日、雪がやむのを見計らって、朝五つに図合船を連ね、エトモを発つ。

モルラン（室蘭）、モウヘツをへて、昼八つにウス（有珠）の運上屋に着いた。

重蔵はここでも、支配人孫兵衛《まごべえ》以下勤番の者を相手に、厳しい詮議を行なった。

滞在二日目、十二町ほど北に位置するアブタの運上屋から、支配人の上原熊次郎《うえはらくまじろう》が挨拶にやって来た。

熊次郎とは、往路ですでに話し合いをすませている。

アブタ場所は、松前家の家士酒井《さかい》新六《しんろく》の知行所《ちぎょうしょ》だが、熊次郎は他の場所で行なわれている不正を、驚くほど率直に打ち明けたのだった。

徳内とは旧知のあいだがらで、その薫陶《くんとう》を受けたせいかアイノに理解があり、アブタ場所ではいっさい不正な取引を行なわない、と請け合った。

そのせいで、熊次郎は知行主からも松前家からも、快く思われていない。

しかし、アイノ語が堪能なことも含めて頼りになるため、首を切るに切れない存在になっているのだ。

熊次郎は、手土産と称してイリコやニシンの塩辛、生タラ、酒などを携えて来た。

しかし、重蔵は例によって公儀御用を理由に、受け取るのを拒んだ。

熊次郎は、それらの献上物を松前からの音物《いんぶつ》ではなく、自分からの気持ちだと説得に努めたが、重蔵は首を縦に振らなかった。

余一郎は、往路で松前の不正を率直に告げた熊次郎を、そこまで他人行儀に扱わなくてもよいではないか、と団平に漏らした。

これには、団平も答えあぐねて、往生《おうじょう》した。

熊次郎に下心などあるまいが、重蔵がそれを受け取ったと分かれば、ウスの運上屋の支配人たちが、何を言い出すか分からない。

重蔵は、それをおもんぱかったのだろう、と考えるしかなかった。

源助は、たわむれに狂歌を詠んで、団平と余一郎に示した。

楽しみは
三度食うまま　草まくら
掻き数ふれど
ほかなかりけり

楽しみといえば、三度食う飯と寝ることだけで、あとはいくら数えても思いつかない、というわけだ。

源助の気持ちも分かるので、二人とも苦笑するしかなかった。

さらに二日後、熊次郎がふたたびウスに足を運んで来て、今度はアツシを差し出した。厚手のアツシは、アイノたちばかりでなく重蔵らにも、暖を取るのに大いに役立つ。

重蔵は、それらを受け取るかわりに玄米やたばこを、熊次郎に与えた。あくまで、疑惑を招かぬように、との配慮に違いなかった。

年が替わってから、新しい暦がどの運上屋にも届いておらず、日付が混乱している。月の大小どころか、日めくりがないと元日から何日たったのか、分からなくなるのだ。

源助も団平も、毎日の出来事を手短に書き留めるようにしているが、一度それを怠ると日付が混乱する。

二人で、たがいの覚えを照らし合わせても、確かな答えが得られない。

暦がないと、こんなにも不便なものかと、あらためて思い知らされた。

雪に降り込められ、ウスでの逗留《とうりゅう》が長引いた。

ようやく、好天に恵まれた、ある朝。

日がのぼってほどなく、松前の小林源蔵《こばやしげんぞう》という足軽が江戸からの御用状を、運上屋にもたらした。

読み終わった重蔵は、黙ってそれを余一郎と団平に示した。

御用状は、蝦夷地巡見を差配する勘定奉行、石川左近将監からの帰府命令だった。

詳しい理由は書かれていないが、蝦夷地経営についてなんらかの改革が行なわれるらしく、重蔵に新たな沙汰をくだすための帰府命令、と思われた。

重蔵は言った。

「この御用状が発せられたのは、十一月二十一日のことだ。そのころには、島之丞も徳内もすでに、帰府していたはず。石川さまは二人の話を聞き、おれの書状を読んだうえで、この帰府命令を出されたに相違ない」

余一郎が、不安げに眉を曇らせる。

「まさかに、島之丞の讒言をまともに受け取られて、近藤さまを呼びもどそうというのでは、ございますまいな」

「それなら、それでよいわ。おれが直じきに、石川さまに申し開きをするまでよ。ついでに、中川さまを通じて今一度若年寄筋へ、建白書を上げてやろう。江戸で、のうのうとしておる木《こ》っ端《ぱ》役人どもに、差し迫った蝦夷地の事情を理解せよと申しても、分かるわけがないからな」

中川飛騨守ならば、これまで重蔵を引き立ててきた支持者でもあり、何かと口添えをしてくれるだろう。

同日の昼八つに、重蔵一行は荷物をまとめてウスを発ち、アブタの運上屋へ移った。

団平は、重蔵に先触れを出すように命じられ、夜のうちに触書を書き上げた。

翌朝、熊次郎を通じてアイノの飛脚に、それを託した。

しかし、豪雪に見舞われてすぐには発つことができず、数日間アブタに逗留を余儀なくされた。

重蔵は、熊次郎から往路で聞き漏らしたこと、追及しきれなかったことを問いただし、松前家の不首尾、不取締の糾明に余念がなかった。

そんなある夜、団平は時ならぬ怒号と物音に目を覚まし、飛び起きた。

余一郎、源助ともども暗い廊下へ転げ出し、騒ぎの聞こえる厠の方へ駆けて行く。

柱の掛け燭台《しよくだい》に照らし出されたのは、アイノを組み伏せた重蔵の姿だった。

雨戸の一部がはずれ、廊下のあちこちに雪が散らばっている。

団平は、声をかけた。

「旦那さま。いかがなされましたので」

重蔵は、大きな体の下にアイノを引き据えたまま、不機嫌に応じた。

「おれが厠に立ったとき、こやつがそこの雨戸をこじあけて、忍び入ろうとしたのだ。見かけぬ男ゆえ、供の人足ではあるまい。どこの何やつか、詮議せねばならぬ」

アイノが、手足をばたばたさせながら、しきりに何かを訴える。

団平には聞き取れず、源助も余一郎も持て余すだけだった。

そのとき、騒ぎを聞きつけた熊次郎が、廊下を駆けて来た。

「何ごとでございますか」

熊次郎の問いに、団平は重蔵の説明を繰り返した。

熊次郎は、組み伏せられたアイノの前に膝をつき、アイノ語で問いかけた。

燭台の下で、熊次郎の顔色が変わるのが見え、団平はひやりとした。

熊次郎は膝をそろえ、重蔵に言った。

「この者は、ウエンシュイと申す、松前在住のアイノでございます。松前から、急な知らせを持ってまいりましたが、表が閉まっているゆえ雨戸をこじあけ、中にはいったとのことでございます」

重蔵が、なおもアイノを押さえつけたまま、聞き返す。

「急な知らせとは、なんのことだ」

熊次郎は顎を引き、当惑したように言った。

「それが、レキカムイが松前で毒殺された、と申しておりますので。レキカムイとは髭の将軍、つまり最上徳内さまのことでございます」

「なに」

重蔵はもちろん、団平も余一郎も一様に驚き、色めき立った。

源助が、熊次郎を促《うなが》す。

「もちっと詳しく、問いただしてみい」

熊次郎は、首筋を掻いた。

「それがその、詳しいことはウエンシュイも、知らぬようでございます。ただ、手伝いをしている松前の商人に、徳内さまが毒殺されたらしいと聞かされ、あわてて松前を出たと申しております。以前より、徳内さまにかわいがられていたゆえ、これは自分の身も危ないと、独り合点したらしゅうございます。いずれにせよ、徳内さまに限ってさような不覚をとる、とは思えませぬ。ウエンシュイの、早とちりでございましょう」

余一郎が口を挟む。

「おれも、そう思う。徳内どのは、ふだんから松前に対して十分すぎるほど、用心していた。食事についても、人一倍気を配っていたゆえ、毒殺されるなどありえぬことだ。徳内どのの死を願っている者が、ためにする噂を流しただけにすぎまい」

団平も、同感だった。

そもそも、左近将監が重蔵に帰府命令を出したのは、徳内の報告を聞いたあとに違いないから、徳内が松前で殺されたはずはないのだ。

重蔵も、そのことに思い当たったとみえ、ウエンシュイの襟首を放した。

「人騒がせなやつめ。一晩、物置にでもほうり込んでおけ」

不機嫌そうに言い捨て、あらためて厠に向かう。

11

さらに、その翌日。

アブタの空が、久しぶりに抜け上がるほど晴れて、内海も穏やかに凪《な》いだ。

上原熊次郎が、これならば雪深い陸路を行くより、船を仕立てて内海を渡る方がよい、と進言した。

近藤重蔵は、いやもおうもなく、それを受け入れた。

もっとも、じかに砂原へ海を横切るのは危険なので、陸地に沿って行けるところまで行く、ということになった。

熊次郎が用意した図合船二艘、アイノたちが乗るイタオマチプ七艘は、朝五つ半にアブタを発帆した。

根岸団平は、重蔵、清蔵とともに先頭の図合船に乗り込み、橋場余一郎と下野源助、鎌田幸七は、あとの一艘に乗った。

それぞれ、十数人のアイノを水主《かこ》として使い、残余のアイノを荷物とともに、イタオマチプに振り分ける。

好天に加えて、おあつらえ向きに北東の風だ。ただし、吹きつける勢いがもう一つで、それが不安の種だった。

アブタの運上屋から差し回された、二人の船頭の考えは一致していた。

この時節の天気は変わりやすいので、とりあえずは西南西の方角にあるホロナイ、シラリカを目指す。

それならば、天候が悪化した場合に、内海の北岸に避難できる。

好天が続けば、さらに南下してヤムクシナイ、あるいは砂原方面へ針路を変える。

図合船は、作りだけは大型の弁才船《べざいせん》と同じだが、二艘とも八十石積みの小さなものだ。

海上が穏やかな上に、微風で船足があまり進まぬせいもあって、船酔いをする者はいない。

右手に、雪におおわれた陸地を見ながら、図合船はゆっくりと進んだ。この期の蝦夷地としては、おそらくめったにない暖かな航海日和、といえるだろう。

船はしばらく、順調に航海を続けた。

しかし、一刻ほどすると頼みの風が吹きやみ、海面が鏡のように凪いでしまった。風を頼りに走る図合船は、発帆のおりの不安が的中したごとく、内海に立ち往生するはめになった。

やむなく重蔵は、それぞれの図合船にイタオマチプをつなぎ、掻送《かきおく》りで引かせるように命じた。

そうやって、しばらくは曳舟《ひきふね》に頼りながら進んだものの、風が立つ気配はいっこうにない。

結局、このままではヤムクシナイどころか、ホロナイ（幌内）も無理という評定が出た。

そこで、重蔵は針路を西へ変え、直近のオシャマンベ（長万部）へ向かう、との判断を下した。オシャマンベで空模様を見て、風待ちをするか陸路に切り替えるかを、決めるのだ。

イタオマチプに引かれながら、団平は重蔵と並んで船縁《ふなべり》にもたれ、遠く陸影を眺めた。江戸に残してきたたねの顔が、真っ白な山の頂きに浮かんでくる。

長崎から連れ帰り、重蔵の父右膳夫婦の媒酌《ばいしゃく》で祝言《しゅうげん》を挙げたのが、ついこのあいだのことのように、思い出される。

江戸と長崎では、暮らしの様子がだいぶ違うから、とまどいも多いことだろう。去年の正月も、そうだった。

長崎では、正月になるとチャルメラ吹きが練り歩き、家の中まで上がり込んで来る。

俵子《トウラゴ》（生のなまこ）を、俵子売りから買って膾《なます》に入れる風習も、今ではなつかしい。その俵子を、江戸では手に入れることができず、たねはずいぶんこぼしたものだ。

今年は鶏声ヶ窪の長屋で、どんな正月を迎えたのだろうか。

「おたねのことを、考えているのだな」

突然、重蔵に声をかけられて、団平はうろたえた。

「い、いや、さようなことは」

重蔵が笑う。

「隠さずともよいわ。おれも、おしげのことを考えていた」

「は。さようで」

団平は重蔵を見たが、それ以上は言えなかった。

この長旅のあいだ、重蔵の口からしげの名が出たことは、一度もなかった。それに気づいて、とむねをつかれる。

「長崎から呼び寄せたものの、おれは半年足らずで蝦夷地巡見に出てしまった。おたねにしても、祝言を挙げて一年もせぬうちに、おまえと引き離された。二人そろって、さぞ淋《さび》しい思いをしたであろうな」

珍しく、しみじみとした口調だった。

「めっそうもないことでございます。お上の御用とあれば、いついかなるとき、いかなる場所へも赴くのが、われらの務め。おしげさんもおたねも、とうに覚悟はできております」

「おしげは、もと武家の出だが、おたねは百姓の娘だ。そんな覚悟は、できておるまい」

団平は、また陸地に目を向けた。

「いずれにせよ、あと一月か一月半のうちに、江戸へもどれましょう。今少しの、辛《しん》抱《ぼう》でございます」

そのとき、背後でアイノたちの騒ぐ声が、耳にはいった。

団平は振り向き、太郎助に声をかけた。

「どうしたのだ」

太郎助が、鼻を泳がせる。

「何か、においする。焦《こ》げ臭《くさ》い、においする」

団平も鼻を上げ、においを嗅いだ。

重蔵が言う。

「確かに、におうぞ」

それから、にわかに緊張した面持ちで、船縁から身を起こした。

「これは、火薬のにおいだ」

団平の鼻も、それをとらえた。

「いかにも、火薬で」

言い終わらぬうちに、艫《とも》の方ですさまじい爆発音が起き、船が大きく揺れた。

重蔵も団平も、危うく船縁から投げ出されそうになり、あわてて垣立《かきたつ》にしがみついた。アイノたちの喚《わめ》き声が、あちこちでわき上がる。

舵《かじ》の周囲から、炎の混じった黒煙が吹き出し、アイノが矢倉板《やぐらいた》の上から胴間《どうのま》に、転げ落ちた。

何が起こったのか分からず、団平は揺れる船から振り落とされまいと、なおも垣立にしがみついた。

重蔵がどなる。

「火を消せ。水だ、水だ」

それを聞いて、太郎助もワッカ（水）、ワッカと叫んだが、動転したアイノたちは、右往左往するばかりで、だれも艫の方へ行こうとしない。

間なしに、舵の周囲に水がはいったと見えて、炎が小さくなった。

それとともに、舳先《へさき》がしだいに上を向き、踏立板《ふたていた》がかしぎ始める。船底に、穴があいたらしい。

アイノの中には、早くも海の中へ飛び込む者が現れ、収拾のつかぬ騒ぎになった。

団平は叫んだ。

「飛び込むな。凍え死ぬぞ」

太郎助が、それをアイノ語で繰り返したようだが、効き目はなかった。

団平は、すぐそばで同じように垣立にしがみつく、重蔵を見た。

重蔵の顔は蒼白で、頰がこわばっていた。

重蔵に、水練の心得がないことを思い出して、団平は焦った。

そのとき、騒ぎの中に余一郎の叫び声が、かすかに聞こえた。

「近藤さま。近藤さま。これへ、これへおつかまりください」

振り向くと、反対側の船縁に余一郎の乗った図合船が、近づくところだった。

余一郎が、阿部助を指す。

阿部助が、太い綱を両腕いっぱいに抱え上げ、こちらの船に投げようとしている。

「旦那さま、あれを」

団平は重蔵に呼びかけ、余一郎を指差して見せた。

重蔵も、すぐに余一郎の意図《いと》を察したらしく、踏立板を転がるように斜めに滑って、反対側の船縁に移った。

団平と太郎助も、それに続く。

阿部助が綱を投げ、太郎助がその端を受け止めた。

余一郎の船のアイノが、あるだけの綱を掻き集めて、同じように投げてくる。

阿部助が、向こうの綱を垣立に巻きつけるのを待って、太郎助はこちらの綱の端を重蔵に渡した。

団平は、声を励まして言った。

「お跳びください。たとえ海に落ちても、綱を放してはなりませぬぞ」

「分かっておる」

重蔵は、いかにも平静を装った口ぶりで応じ、それでもさすがにためらうことなく、船縁によじのぼった。

そのまま、宙に身を躍《おど》らせる。

綱が長すぎ、重蔵は一度ざぶりと海中にもぐったが、すぐに水面に姿を現した。

余一郎と阿部助が、必死の形相《ぎょうそう》で綱を引く。

重蔵の体は、たちまち向こうの図合船に、手繰《たぐ》り寄せられた。

ずぶ濡れになりながら、重蔵は船縁に足をかけて体を支えつつ、余一郎と阿部助の手で無事船上に、引き上げられた。

そうこうするうちにも、船はどんどん傾きを増していく。

団平、太郎助をはじめ残ったアイノたちは、繰り返し投げ渡される綱をつかんで、海に飛び込んだ。

最後の一人が乗り移ってほどなく、艫の底に穴のあいた図合船は釣り合いを失い、帆柱《ほばしら》の重みに耐えかねたように、ゆっくりと横倒しになった。

それまでに、船を引いていたイタオマチプは、すべて綱を切った。

その上で、飛び込んだ仲間を助け上げながら、沈没の渦に巻き込まれぬように、船から離れる。

図合船は、徐々に船尾の方から沈んでいき、ほどなく海中に姿を消した。

幸い、そのころからふたたび丑寅（北東）の風が吹き始め、残った図合船は倍の数のイタオマチプに引かれて、もっとも近いオシャマンベの船着き場に向かった。

だれもが、何ごともなかったように船を飲み込んだ海を、信じられぬ思いでしばらく眺めていた。

その後一行は、狭い艫矢倉でありったけの炭火をおこし、暖を取りながら衣類を乾かした。

余一郎が、あらためて重蔵に聞く。

「何ゆえに、突然あのような爆裂が起きたものか、お心当たりがございますか」

重蔵は、乾いた布で裸の二の腕をこすりながら、そっけなく応じた。

「鉄炮の火薬に、火がついたのであろう」

「しかし、鉄炮も火薬もこちらの船に積み込みましたゆえ、あちらに火の気はないはずでございます」

「何者かが、ひそかに火薬を持ち込んで、火をつけたのよ」

こともなげな口調だ。

「とおせられますと、乗り込んだアイノの中のだれかが、火をつけたと」

「団平や清蔵が、火をつけたのでなければな」

団平は、清蔵と顔を見合わせて、苦笑いをした。

源助が、独り言のように言う。

「あるいは、松前の者のしわざやもしれぬな」

それを聞いて、幸七が色をなした。

「何をおおせられます。ご一行の中にいる松前家中の者は、わたくし一人でございます。しかも、わたくしが乗っていたのはこちらの船で、沈んだ船とは関わりがございませぬ。ご冗談にも、ほどがあるというもの」

源助は動ぜず、なおも言い募る。

「おぬしのほかに、船頭がいるではないか。あれも、松前の手の者であろう」

幸七は、ますますいきり立った。

「船頭は、だいじな船を燃やしたり、沈めたりいたしませぬ。そもそも、船頭はつねに舳先か艫の矢倉の上にいて、寝るときのほか船底へおりることは、ございませぬ」

団平は手を上げ、二人の口論を制した。

「お待ちください。ここで、仕掛けた張本《ちょうほん》の詮議をしても、始まりますまい。ひとまず、オシャマンベに着船してから、ということにいたしましょう」

オシャマンベは、松前家士青山園《あおやまその》右衛門《えもん》が知行する、ユウラップ（遊楽部）場所に含まれる。

オシャマンベから、内海に沿ってヤムクシナイにいたる海岸は、珍しくなだらかな砂浜が続く、という。

たとえ雪があっても、陸路を行くのにさほどの困難はない、と思われる。

重蔵一行は、図合船を船着き場の半町ほど手前まで寄せ、イタオマチプに分乗して上陸した。

そのあいだ、団平はアイノたちをさりげなく見張ったが、挙動不審の者はいなかった。

上陸が終わると、重蔵は沈没船に乗り込んでいたアイノたちを、一ヵ所に集めた。

余一郎と団平を、意味ありげに見る。

「勝手に、火薬に火がつくはずはないゆえ、だれかが点火したに違いない。こやつらの、アツシのにおいを嗅いでみよ。手指と爪のあいだも、あらためるがよい。火薬のにおいがしないか、あるいは滓《かす》が残っていないか、よく調べるのだ」

そう言い捨てると、迎えに出た番所の番人に案内されて、幸七や源助、清蔵とともに旅宿所へ向かった。

それを見送りながら、余一郎がぼそりと言う。

「たとえ火をつけたにせよ、アイノたちも海に飛び込んだのだ。においも滓も、落ちてしまっただろう」

そばで聞いていた太郎助が、目を怒らせて詰め寄る。

「アイノ、火薬さわらない。船、沈めない」

団平は手を上げ、太郎助をなだめた。

「まあ、落ち着け、太郎助。これは、かたちばかりのお調べだ。少なくとも、おまえさんの存じ寄りのアイノに、さような不届きなまねをする者は、おらぬだろう。参考までに聞くが、この中におまえさんの見知らぬアイノが、いくたりかいるのではないか。いたら、教えてくれぬか」

太郎助は、何か言いたげに頰をふくらませたが、不承不承アイノたちに目を向けた。

ひとわたり見回してから、沈没船に乗り込んだ十五人のアイノのうち、アブタで新たに加わった五人を、選び出した。

余一郎は、その者たちのアツシと手指を調べ、残りの十人を団平が引き受ける。

案の定十五人の中に、火薬のにおいや滓を付着させたアイノは、一人もいなかった。

ほっとしたように、太郎助が頬を緩める。

「おれ、言ったとおり。ここ、悪いアイノ、いない」

団平はうなずいたが、太郎助が選んだ五人を目で示し、阿部助に念を押した。

「この者たちに、どこから人足の口がかかったのか、またどこのコタンからやって来たのか、聞いてみてくれぬか」

阿部助が、それを問いただす。

団平は、受け答えをするアイノたちの様子を、それとなく見守った。

目を伏せたり、おどおどしたりする者がいれば、追及するつもりだった。

しかし、怪しいそぶりを見せるアイノは、だれもいない。

ただ一人、阿部助を相手に真剣な顔つきで、何やら言い立てるアイノがいた。

阿部助もまた、そのアイノの言うことに耳を傾け、ときどきうなずく。

ようやく話を終えて、阿部助は団平の方に向き直った。

「このアイノたち、みなクマジロどんに集められて、アブタとウスのコタンから、やって来た」

熊次郎のお声がかりなら、信用してもだいじょうぶだろう。

「分かった。それより、そこのアイノとずいぶん長話をしていたが、どんなやりとりをしたのだ」

　団平の問いに、阿部助は太い眉を曇らせた。

「このアイノ、名はカラリケ。カラリケ、前の晩、沈んだ船に見慣れぬアイノ、乗るのを見たと言った」

　余一郎が乗り出す。

「前の晩。どういうことだ。今ここに、そのアイノはいないのか」

「そのアイノ、船に乗り込んで、艫矢倉にはいった。そのあと、出て来るところ、カラリケ見てない」

　団平は、首を捻った。

　図合船の艫矢倉は、大型の弁才船に比べると、かなり狭い。予備の船具や網、綱などを置いてあるので、七、八人も寝れば、いっぱいになる。

「今ここにいないとすれば、一度乗り込んだものの船出の前におりた、ということか」

　団平が自問すると、余一郎は反論した。

「しかし、それでは火薬に火をつけられまい」

「時をおいて、自然に火がつくような仕掛けを施したとは、考えられませぬか」

余一郎が、首を振る。

「そのような仕掛けが、容易にできると思うか」

団平は、腕を組んだ。

「よほど、入り組んだ仕掛けを工夫すれば、できなくもないと存じます。しかし、やはり狭い艫矢倉の中では、無理でございましょうな」

「だとすれば、ずっと船具や網の下などに身を隠して、火をつける間合いを計っていた、としか考えられぬな」

「それならば、そのアイノが今この場にいても、おかしくないはず。まさか、火をつけたあと海へ飛び込んで逃げる、というわけにもいきますまい」

いくら頑健なアイノでも、一月の蝦夷で海中を漂えば凍え死ぬか、心の臓が止まるのがおちだ。

「上陸する際に、混乱に紛れて姿を隠したのかもしれぬぞ」

「念のため、わたくしは船をおりる際に逃げたり、怪しい振る舞いをしたりする者がいないかと、目を光らせておりました。さような者は、一人もおりませなんだ」

余一郎が、阿部助を見て言う。

「カラリケに、前夜見かけたアイノが、どのような様子をしていたか、聞いてみてくれ。顔つきとか、背格好とか、アツシの模様とかをな」

阿部助は、カラリケと少しのあいだやり取りしてから、余一郎に言った。

「アツシの色、黒と赤。アツシ大きすぎて、裾引きずっていた。顔は、見てない」

「アツシが大きすぎた、とはどういうことだ。逆に言えば、そのアイノが小柄だった、ということか」

余一郎が聞き返すと、阿部助はうなずいた。

「そう、そのアイノ、小さかった。メノコだったかもしれぬと、カラリケ言っている」

団平は、思わず口を出した。

「メノコ。つまり女だった、というのか」

カラリケは、メノコという言葉を聞き取ったらしく、しきりにうなずいた。

団平は、余一郎と顔を見合わせた。

余一郎が、ささやくように言う。

「まさかその女、りよではあるまいな」

12

翌朝、明け六つ。

近藤重蔵一行はオシャマンベを発ち、強い風と雪の中を陸路南へ向かった。

運上屋に届いた暦で、その日が寛政十一年一月二十五日と分かり、いくらか気持ちが落ち着いた。

海沿いの道は、それまでの道程に比べれば平坦といえたが、船旅に比べるとはるかにきつい。

しかし、前日と打って変わったこの吹雪では、とても船は出せない。

前夜、根岸団平と橋場余一郎はカラリケから聞いた話を、重蔵に詳しく告げた。

重蔵はむずかしい顔で、しばらく考えていた。

「そのメノコが、りよではないかと申すのか」

重蔵の問いに、余一郎が自信なげに顎を引く。

「いっときは、そんな気がいたしました。しかし、正直に申せばりよどころか、そのアイノがメノコかどうかさえも、はっきりいたしておりませぬ」

団平は、口を開いた。

「そもそも、りよはクナシリ島のアトイヤの断崖から落ちて、死んだはずでございます」

余一郎が、団平を見る。

「転落した、正体の知れぬもう一人の薩摩者《さつまもの》の遺体は、岩場に残っていた。しかし、りよの遺骸は、見つからなかったではないか」

「あの高さから落ちて、無事でいるとは思えませぬ。遺骸はおそらく、波にさらわれたに相違ない、と存じます」

そう答えながら、団平は自分でもそれを信じていないことを、意識していた。

あのりよが、そう簡単に死ぬとはどうしても思えず、さらに言葉を続ける。

「かりに、りよが生きていて図合船にもぐり込んだにせよ、火薬に火をつけて海へ逃げ出すことは、できぬわざでございます。かと申して、船に残れば見慣れぬメノコゆえ、見つかってしまいましょう」

重蔵は、懐に入れた手を襟元から出し、顎をなでながら言った。

「いや、そうとも限らぬ。あの、どこにだれがいるとも分からぬ騒ぎで、身を隠すことはむずかしくない。一度海に飛び込んだあと、余一郎らの乗った図合船の後部に取りつき、オシャマンベの近くまで運ばれて来る、ということも考えられるぞ。さすれば、おれたちがイタオマチプで上陸するあいだに、近くの浜辺へ泳ぎつくこともできよう」

「たとえ日和がよくとも、濡れた体で一刻ほども船に取りつく離れわざが、できましょうか」

団平の疑問に、重蔵は即座に応じた。

「りよならできる」

団平は言葉を失い、思わず唾をのんだ。

重蔵が、笑って言う。

「おまえを見ると、よほどりよに生きていてもらいたくない、という顔をしているぞ」

団平も苦笑した。

「仰せのとおりでございます。ありていに申せば、団平めはあの女子がだれよりも、恐ろしゅうございます」

そのようなやり取りが、あったのだった。

りよについては、分からぬことばかりだ。

まず、どうやって江戸からこの蝦夷地まで、やって来たのか。

次いで、重蔵に鞭でしたたかに打たれ、顔にくっきりと残った醜《みにく》い傷痕が、なぜあれほどきれいに、消えてしまったのか。

さらに、転落した断崖の下でなぜりよの遺骸が、見つからなかったのか。

雪を搔き分け、蟻《あり》が這うように浜通りを進みながら、団平はそんなことばかり、考えていた。

阿部助、太郎助を先頭に、アイノたちが道をつけてくれるおかげで、まだいくらかは楽に進める。

それでも、吐く息が瞬時に凍って不精髭《ぶしょうひげ》に張りつき、ごわごわした。少し目をつぶっていると、上下の瞼《まぶた》がくっついてしまう。

とにかく、江戸では考えられぬ寒さだ。

シラリカに着いたのは、四つ半ごろだった。

オシャマンベから、およそ五里を二刻半ほどで、踏破したことになる。雪中の行軍としては、上出来というべきだろう。

シラリカには、宿泊できるような建物が一つもなく、粗末な番小屋があるだけだった。雪は降りやまないが、あと四里ほどをこなしてヤムクシナイに行けば、相応の宿泊所が用意されている。

中食をすませたあと、一行はふたたび雪の中へ出た。

左手に荒れる海を見ながら、右手の低い山とのあいだの深い雪道を、ひたすら歩く。

そろそろ、ユウラップに差しかかろうとしたとき、右手の木立から何かを叩《たた》くような、乾いた音がした。

同時に、重蔵の前を行くアイノが声を上げて、荷物ごとのめるように雪の中へ、倒れ込んだ。

余一郎が叫ぶ。

「鉄炮だ。気をつけろ」

重蔵も団平も、すばやく雪に伏せた。

ほとんど間なしに、立て続けに二発、銃声が起こる。

前後を行くアイノのうち、二人が悲鳴とともに雪煙を上げて、その場に転がった。

団平は、何者が狙撃してきたのか知ろうと、雪から顔を起こした。

一度は身を伏せた重蔵が、にわかに飛び起きて叫ぶ。

「余一郎、団平。行くぞ。あやつらの一人でもよい、取っつかまえるのだ」

「近藤さま、危のうございます」

余一郎が、引き止めようと呼びかけたが、重蔵は聞かなかった。

雪を蹴散らしながら、木立に向かって突進する。

やむなく団平も、荷物を投げ出して重蔵のあとを追った。

弾を詰め替えているのか、銃声が少しのあいだ途切れる。

その隙に、重蔵は猛然と雪を蹴立てて斜面を駆け上がり、いちばん手前の木に隠れていた男に、赤い鞭を振り上げた。

団平は相手を見て、驚いた。

男はアツシを身につけ、マタンプシと呼ばれる鉢巻きを頭に巻いた、髭面のアイノだったのだ。

男は、手にした鉄炮を重蔵に投げつけると、身をひるがえして逃げ出した。

新たに銃声が二発轟《とどろ》き、重蔵と団平もその場に伏せる。

余一郎が、下から呼びかけてきた。

「近藤さま、深追いは無用でございますぞ」

重蔵はかまわず、銃声が途切れたのを見計らって、身を起こした。

降りしきる雪をものともせず、ふたたび猛然と斜面を駆け上がる。

あちこちの木陰から、アツシ姿のアイノがばらばらと飛び出し、抜き放った山刀を振りかざした。逃げた男も、それに加わる。

総勢四人、と知れた。

団平も余一郎も、柄袋《つかぶくろ》をはずして抜刀《ばっとう》した。

そのとき、あとを追って来た阿部助と太郎助が、アイノ語で男たちに何かどなる。

男たちは答えず、雄叫びを上げて重蔵らに襲いかかった。

団平と余一郎は、重蔵の左右を固めるかたちで、応戦した。

重蔵が、最初に狙いをつけた男に詰め寄りながら、うそぶく。

「おれはこやつを、生け捕りにする。おまえたちは、そやつらを全員、切り捨てよ」

追いついた阿部助が、山刀を抜いてどなる。

「こいつたち、アイノ違う。シャモ、シャモ」

団平はもう一度驚き、男たちを見直した。

確かにアツシ、マタンプシといういで立ちで、髭も生やしているが、阿部助や太郎助たちと、様子や動きがどこか違う気がする。

阿部助の指摘に、男たちは少したじろいだ。

雪を蹴散らしながら、重蔵は狙いの男を目がけて勢い猛《もう》に迫り、赤い鞭を振るった。

男は、山刀でそれをはねのけようとしたが、鞭はそれをかいくぐって男の手元に、鋭く打ち込まれた。

手首を砕かれた男が、悲鳴を上げて山刀を取り落とす。

それを助けようと、別の男が重蔵に切りかかった。

団平は気合を発して、二人のあいだに割り込んだ。

男は、その勢いに気おされたように山刀を引き、くるりと後ろを見せた。

甲高《かんだか》い声で叫ぶ。

「引け、引け」

あからさまな、和語だった。

やはりこの男たちは、アイノではなかったのだ。

その声に、ほかの者たちもにわかに浮足立ち、わらわらと雪の中を逃げ出した。

重蔵に打ち据えられた男だけが、手首を押さえて雪の中を転げ回る。

重蔵は鞭を腰にもどし、団平に顎をしゃくった。

「こやつを、そこの立ち木に縛りつけよ。両の手首を縛って、真上の枝から吊り下げるのだ。足が雪につかぬように、五寸ほど浮かせておけ」

団平は、男が苦痛の声を漏らすのにも容赦せず、余一郎の助けで手を縛りにかかった。

そのとき、アツシの袖がまくれ上がって、砕けた男の右手首に彫られた、妙な形の入れ墨がのぞいた。

腕輪のような二本の線に、それと縦に交わる一本の線。

そばに来て、それをつくづくと見た鎌田幸七が、声を震わせて言う。

「こ、これは、松前の寺社町奉行所で咎人《とがにん》に彫り込む、入れ墨でございますぞ。この模様は、確か賭博で三たび重ねて、咎を受けたしるし」

余一郎は、呆《あき》れた顔で聞き返した。

「すると、この男は松前で入牢したことがある、というわけか」

幸七が、少し迷う。

「あるいは、牢抜けをしたばかりやもしれませぬ。先ほどの様子を見ますと、仲間もいたようでございますし、獄舎から鉄炮を奪って逃げたのでは」

「しかし、その悪党どもがなぜわれら一行を、襲わねばならぬのだ」

余一郎に問い詰められて、幸七はひるんだように口をつぐんだ。

「それは、こやつの体に聞けばよい」

重蔵はそう言って、男の手首を縛った縄を枝に投げ上げ、端をつかんでぐいと引き下ろした。

軽がると宙吊りにされた男は、新たに悲鳴を上げて足をばたつかせた。

甲高い声で、哀願する。

「お、下ろしてくれ。正直に言うから、下ろしてくれ、頼む」

重蔵は、せせら笑った。

「何をぬかす。言うまでは、下ろさぬぞ。かりにも、アイノになりすましてわれらを狙うとは、おのれらの考えではあるまい。だれに頼まれたのだ。言わねば、このまま凍え死ぬまで、ほうっておくぞ」

男は、髭面を歪《ゆが》めた。

「お、女に、女に頼まれたのだ」

「女だと」

重蔵は繰り返し、余一郎と団平の顔を見た。

男に目をもどす。

「どんな女だ。名はなんと申す」

男が口を開こうとしたとき、ひゅうという鋭い弦音が吹雪を切り裂いた。

次の瞬間、どこからか飛んで来たアイノの矢が、両腕を吊るされた男の首筋に、ずぶりと突き立った。

男は目をむき、声も立てずに血を吐いた。

重蔵をはじめ、そこにいた者たちは全員身をかがめ、あたりの様子をうかがった。

団平は、右手の小高い斜面の木立の中に、黒ずくめの人影を認めた。

その人影が、さながら挨拶を送るような具合に、手にした弓をゆっくりと左右に、打ち振ってみせる。

降りしきる雪に、団平はりよの幻を見た気がした。

13

一月二十五日。

小屋の木戸が、音もなく開いた。

鰐口武兵衛《わにぐちぶへえ》は、ぎくりとして刀を引き寄せた。

はいって来たのは、黒装束に身を固めたルイだった。イカヨプ、とアイノが呼ぶ矢筒を背負い、左手に弓を持っている。

わり直す。

武兵衛は肩の力を緩め、刀を茣蓙《ござ》の上にもどした。

一緒に、囲炉裏の端で体を暖めていた喜代松《きよまつ》、好助《こうすけ》の二人も、ほっとしたようにすわり直す。

武兵衛は聞いた。

「どうした、新十郎《しんじゅうろう》は」

ルイはすぐには答えず、沓《くつ》のまま土間から板の間に飛び上がって、炉端にすわった。

短めの髪が、うなじのあたりできつくくくられ、小さな房になっている。

ルイは矢筒をはずし、弓を置いて答えた。

「死んだよ。あいつらに捕まって、なぶり殺しにされそうになったから、あたしが弓で引導を渡してやった」

「おめえが」

武兵衛は言葉を途切らせ、喜代松と好助を見た。

二人の顔に、おじけづいたような色が浮かぶのを認め、自分も冷や汗が出てくる。

敵の手に落ちたとはいえ、自分の仲間をあっさり始末するとは、どういうことか。

この、つかみどころのない女の心中を測りかねて、薄気味悪くなる。

今戸《いまど》新十郎を含めて、武兵衛たちはみな髪と髭を野放図に伸ばし、アツシの上にユクウル（袖《そで》なしの鹿皮胴着）を着込んで、外見をアイノにこしらえた。もともと、牢屋にいて髪も髭も伸び放題だったから、化けるのは容易だった。

しかし、今ではそのいでたちがばからしくなり、みじめにさえ感じられる。

武兵衛は言った。

「それにしたって、話が違うじゃねえか。鉄炮を使ったあとは、おめえが近藤重蔵のとどめを刺すというから、話に乗ったのによ」

喜代松も好助も、そうだそうだというように、うなずき合う。

ルイの頬に、冷笑が浮かぶ。

「それは、一発でも重蔵に当たったときの話さ。最初に、そう言ったはずだよ。鉄炮を使わせたら、百発百中だと風呂敷を広げるから、当てにしていたのに。なんだい、あのざまは」

武兵衛は、憮然とした。

「おれの鉄炮は、あの吹雪《ふぶき》で火縄が消えちまって、撃つことができなかったんだ。だいいち、百発百中と言ったのは新十郎で、おれじゃねえ。確かに新十郎もおれも、武《ぶ》州忍《しゅうおし》で鉄炮方を務める家柄に生まれたが、仕事はおもに手入れと修理だった。新十郎はただ、はったりをきかせただけよ。おれは、鉄炮を扱ったことがあると言っただけで、撃ち方の名人だなどと言った覚えは、さらさらねえ」

正確にいえば、武兵衛も新十郎も鉄炮方の同心を務める、軽輩《けいはい》の家柄の次男坊と三男坊で、いわゆる厄介者だったのだ。

四年前、二人そろって蝦夷地へ流れて来たのは、賭博開帳がばれて親から勘当された、という事情による。

ルイが、喜代松と好助に、目を移す。

「あんたたちもそうだ。二人とも、熊や猪を数え切れぬほど撃った、という触れ込みだったくせに、その腕はどこへ忘れてきたのさ」

喜代松は、いまいましげに肩を揺すり、言い返した。

「人を撃つのと、獣を撃つのとじゃあ、勝手が違うずら。しかたあんめえよ」

好助も、負けじと言い立てる。

「んだ。吹雪で、あれだけ先の見通しが悪けりゃ、どんな名人もはずすわな。とにかく、供の三人に当たっただけでも、りっぱなもんだべ」

ルイは、鋭い音を立てて小枝を二つにおり、囲炉裏の火に投げ込んだ。

「供を撃ってどうするのさ。一行の中で、一目でそれとわかる大男と教えてやったのに、かすり傷一つ負わせられないとは、聞いてあきれるよ。ちょっとでも当たれば、あとはなんとかできたのに」

「そんなことを言うなら、おめえがその弓で仕留めりゃ、よかったんだ」

武兵衛が反論すると、ルイは醜い傷痕を向けてきた。

「もちろん、おまえさんたちが風を食らって逃げたあと、あたしも重蔵を狙ってみたよ。やはりあの猛吹雪で、手元が狂ったんだろう。狙いがそれて、新十郎に当たっちまったのさ。それはそれで、よかったけどねえ」

だれもが口をつぐむ。

強い風が、小屋を揺らした。

武兵衛は、しゃがれた声で言った。

「狙って引導を渡した、というわけじゃねえのか。重蔵を狙った矢が、たまたまはずれて新十郎に当たった、と」

「そうさ。まったく、悪運の強い男だよ、重蔵は」

武兵衛は、唇を引き締めた。

ルイは、あやまって新十郎を殺したことなど、なんとも思っていないらしい。

武兵衛にとって、新十郎は子供のときから一緒に育った、いわば竹馬《ちくば》の友だ。

その新十郎を、うっかりみみずでも踏みつけたように殺し、顔色一つ変えずにいるルイに、強い怒りを覚える。

同時に、得体の知れぬある種の恐ろしさも、感じずにはいられなかった。

とはいえ、自分も重蔵らの反撃にあったとき、新十郎を見捨てて逃げ出したことを思えば、あからさまにルイを責めるわけにもいかない。

ともかく、重蔵は考えていたよりはるかに、手ごわい男だった。踏みとどまれば、自分も斬られていただろう。

気を取り直して、武兵衛は話を変えた。

「歴《れっき》とした巡見使ならともかく、松前の家中はなんでまたあんな下っ端の侍を、始末しなきゃならねえんだ」

「松前家にとって、重蔵は不都合なことばかりほじくり出す、巡見使以上にやっかいな男だからさ」

ルイの返事に、首を振る。

「あんな下っ端を始末したところで、ご公儀は痛くもかゆくもねえだろう。せいぜい、もっと手ごわい別の下っ端を、送り込んで来るだけよ。松前の家中も、それくらい分かっているだろうに」

二十日ほど前、賭博の罪で牢屋入りしていた武兵衛は、寺社町奉行所の下吟味役霜《しも》国八郎太《くにはちろうた》から、奇妙な取引を持ちかけられた。

もし、言われたとおりの仕事をやってのけたら、これまで重ねてきた賭博の罪を帳消しにし、牢から出した上に報奨金三十両を払う、というのだ。

むろん、罪を帳消しにしてもらったところで、腕の入れ墨が消えるわけではない。

とはいえ、無罪放免に加えて三十両をもらえるとなれば、大いに食指が動く。

その一方で、あまり話がうますぎて、裏に何かあるのではないか、と不安にもなった。

どちらにしても、命に関わる危険な仕事に違いあるまい。

しばらく考えたが、自由の身になれる上に多額の報奨金が出る、と聞かされれば断る理由はない。

迷いを残しながらも、武兵衛は一緒に声をかけられた新十郎、喜代松、好助とともに、その申し出を受け入れることにした。

四人とも、賭博で捕らえられたのは初めてではなく、おそらく裁きが出れば蝦夷地構いか、へたをすると奥尻島《おくしりとう》あたりへ流される恐れがある。

それを思えば、一か八かで取引に応じるのも悪くはない、という計算もあった。

翌日の夜四つ半過ぎ、四人は八郎太に獄舎から呼び出され、牢問いに使われる暗い土間へ、連れて行かれた。

そこには、黒覆面で顔を隠した女が一人、待っていた。

八郎太は、四人にその女の指示に従うように告げ、もし仲間内から一人でも裏切り者が出たら、ただちに全員死罪に処するゆえ覚悟せよ、と言い渡した。

たとえ逃亡しても、蝦夷地から抜け出すことはできぬ、とくどく念を押すのを忘れなかった。

八郎太が出て行ったあと、女は無造作に覆面をはずした。

その顔半分をおおう、醜い傷痕に武兵衛も新十郎も息をのみ、喜代松と好助は腰を引きさえした。

女はルイと名乗り、そんな四人の様子に委細かまわず、仕事の話を始めた。

近藤重蔵をかしらとする、幕府巡見隊の分隊一行をヤムクシナイ付近で待ち伏せ、襲撃する。

目当てはただ一人、重蔵の息の根さえ止めることができれば、あとの者はほうっておいてもよい。

なお、確実を期するために、鉄炮を使う。

そう言われて、武兵衛は自分と新十郎が選ばれたわけを、初めて知った。最初の取り調べで、二人とも浪人ながら鉄炮方の家柄の出だ、と白状したのを思い出したからだ。

ルイは、四人にアイノになりすますよう命じ、用意してあったアツシやユクウルに、着替えさせた。

さらに、奉行所からひそかに持ち出したと思われる、使い古した鉄炮四丁をそれぞれに配り、弾薬と火縄を与えた。

吹雪に備えて、火縄が消えぬように用心しながら、いっせいに重蔵一人を狙い撃つ。

たとえ一発でも、重蔵の体のどこかに命中すれば、それでよい。そのあと、とどめを刺すのは自分の仕事だ、とルイは言ったのだ。

今さらのように、武兵衛は奇妙な仕事を引き受けたものだ、と内心自嘲する。

少しのあいだ、黙って火に当たっていたルイが、突然口を開いた。

「もう一度、やってもらうよ」

それを聞くなり、喜代松と好助がそろって武兵衛に、目を向ける。

武兵衛は言った。

「一行はそろそろ、ヤムクシナイに着くころだろう。もう先回りは、できねえよ」

「それに、鉄炮も三丁置いて逃げたから、好助の一丁しか残ってねえ」

喜代松が付け足すと、好助は脇に置いた鉄炮に手をやり、そっとなでた。

「おらあ、当てる自信がねえだよ、もう」

ルイは、ぞっとするような笑みを浮かべた。

「どうしたんだい、大の男が三人そろってさ。先回りできなきゃ、背後から襲ったっていいんだよ。いいかい。やつらは、おそらく鷲《わし》の木《き》から山道を南へとって、大野《おおの》へ向かうだろう。大野を過ぎて、箱館に面した内海へ出れば、あとは浜沿いに松前まで、ほぼ一本道だ。向こうは大人数、こちらはたったの四人。楽に追いつけるし、先を越すのもたやすいことさ」

だれも、何も言わない。

ルイは続けた。

「鉄炮だって、一丁あれば十分だ。今日は、この吹雪に邪魔をされたし、距離があきすぎていた。吹雪がやんだとき、十間《じっけん》かそこらの近場から狙い撃てば、はずすことはないさ。そうだろう、武兵衛どん」

武兵衛は、首を振った。

「相手に気づかれずに、それほど近くに寄るのは無理だ」

「先回りして、しっかり鉄炮の備えをした上で、相手が近づくのを待つのさ。何も、こっちから近づくことはないんだ」

「勘のいいやつなら、火縄のにおいでそれと分かっちまう。おれは、ごめんだな」

武兵衛が応じると、ルイは頬を引き締めた。

「おまえさんが、重蔵を撃つんだ。そういう約束だよ。喜代松と好助は、弓で供のやつらの列を乱す。そのすきに、あたしが重蔵のとどめを刺す。おまえさんたち、それくらいのことができなくて、どうするのさ」

喜代松が、首を振る。

「弓の扱いは、アイノにかなわねえ。こっちが一本射るあいだに、向こうは三本がとこ射返すわな。とても勝負にならねえよ」

「不意をつけば、やつらもうろたえるさ。とにかく、重蔵を仕留めるまで食いつくのが、最初からの約束だ。覚えてるだろう」

喜代松と好助が、そろって武兵衛を見る。

武兵衛は言った。

「やるだけのことは、やったんだ。これで、勘弁してもらおう」

ルイが、あざ笑う。

「やるだけのことはやった、だって。冗談をお言いでないよ。雪の中を、駆けて逃げただけじゃないか。仕事はこれからだよ」

「いや、もうおしめえだ。三十両とは言わねえ。一人あたま十両ずつで、手を打とうじゃねえか」

喜代松と好助も、一緒にうなずく。

「虫のいいことを、言うんじゃないよ。報奨金どころか、このままじゃあまた、牢屋へ逆もどりだ。分かってるだろう」

武兵衛は、刀を引き寄せた。

「いや。もう、牢屋へもどるつもりはねえ。金をよこしな」

ルイは、せせら笑った。

「そんな大金を、持ってるように見えるかい。仕事を終えて、松前へもどらないかぎり、一文にもならないよ。それが、霜国さまとの申し合わせだ」

「嘘を言え。おめえの胴巻きに、金がうなってることは、お見通しだ。さっさとここへ、出してもらおうか」

喜代松と好助も、山刀に手を伸ばす。

ルイの表情は、少しも変わらなかった。

「そんなにほしけりゃ、自分たちの手で取ってみな」

小屋の中に、気味の悪い静寂が流れる。

静かに鯉口《こいぐち》を切ると、武兵衛はものも言わずに鞘《さや》を払い、片膝を立てて抜き打ちにルイに、斬りつけた。

ルイの体が、すわったまま天井に向かって飛び上がった、と武兵衛の目に映った。

次の瞬間、額に恐ろしく冷たいものが突き刺さり、武兵衛はどうと仰向けに倒れた。

14

一月二十八日の深夜。

松前の寺社町奉行所下吟味役、霜国八郎太は文机《ふづくえ》から顔を起こした。

廊下を蹴立てる、あわただしい足音が耳を打つ。

ここ数日、八郎太は享保以来の裁きの記録を、罪状ごとに分類して綴じ直す仕事を、夜遅くまで続けていた。

足音が高まり、御用部屋の縁頬《えんがわ》に駆け込んで来たのは、牢屋掛の逸見《はやみ》蔵之丞《くらのじょう》だった。

「何ごとだ」

思わず声高にとがめたが、蔵之丞はかまわず部屋に踏み込んで来るなり、八郎太の前にへたり込んだ。

「ルイが、おルイが立ちもどりまして、ございます」

息急《いきせ》き切って言うのに、八郎太は思わず顎を引いた。

「おルイが、もどったと。ほかの者は、どうした。新十郎や武兵衛は」

「おルイ一人でございます。ほかの者は、もどっておりませぬ」

蔵之丞のうろたえた顔を見て、逆に落ち着いた声で聞き返す。

「どこにいるのだ、おルイは」

「牢屋敷の、牢問い部屋に控えております」

「おルイは、何か申したか」

「いえ、まだ何も。霜国さまに、じかにお話し申し上げたい、とのことで」

八郎太は、立ち上がった。

「分かった。一緒に行こう」

奉行所は、領主松前家の館の東側に位置しており、牢屋はさらにそこから東へ七十間ほど離れた、高い崖の下にある。

八郎太は蔵之丞を引き連れ、雪の降り積もった横町《よこまち》通りを、牢屋へ急いだ。

歩きながら、考える。

寺社町奉行の新谷《あらや》六左衛門《ろくざえもん》が、ひそかに八郎太のもとにルイを送り込んできたのは、およそ一月前のことだった。

上の者も承知しているゆえ、何ごともルイの望みどおりに力を貸すよう、取り計ってもらいたいとの趣旨の書状が、添えられていた。ルイの素性には、いっさい触れていなかった。

その言い回しで、この一件は領主に近い筋から六左衛門に話がおり、六左衛門から八郎太に回されてきたもの、という気配が感じられた。

ルイは、六左衛門が書いたその書状を携《たずさ》え、夜四つ過ぎに蔵町《くらまち》の北詰めにある、八郎太の屋敷にやって来た。

八郎太は、人払いをしてルイに対面した。

ルイは裁着袴《たつつけばかま》をはき、髪を無造作に後ろに束ねただけの、男のようなこしらえをしていたが、はっとするほど美しい女だった。

ルイの話は、八郎太を驚かした。

蝦夷地に、いまだ滞留している幕府巡見隊の一人、近藤重蔵をひそかに亡き者にするゆえ、人手を貸してほしいというのだ。

このたびの蝦夷地巡見では、大河内善兵衛《おおこうちぜんべえ》ら三人の巡見使よりも、その配下にいる近藤重蔵と最上徳内の方が、松前家にとってはるかに害をなすもの、とみられている。

中でも、徳内は天明のころから蝦夷地を跋渉《ばっしょう》し、何かと松前家のやり方にけちをつけることで、疫病神《やくびょうがみ》のように嫌われていた。

家中には、徳内をひそかに始末すべきだとの意見が強く、事実方策を講じる動きもあった。

しかし、その危険を十分に承知している徳内は、なかなか隙を見せなかった。

今回の巡見でも、結局松前家中はなんの手もくだせぬまま、徳内に帰府を許してしまった。

もう一人の重蔵は、どうやら徳内と肝胆相照《かんたんあいて》らす仲になったらしく、いっそう厳しい姿勢を示した。

不都合なことがあると、取り調べた者たちからかならず口書きを取り、後日の証拠にしようとする。賄賂も音物も、いっさい受け取らない。実に扱いにくい男、という評判だった。

その重蔵を、一気に亡き者にしようというのだから、八郎太が驚いたのも無理はない。

上の者も承知だ、と六左衛門が書状で請け合うからには、領主松前若狭守章広《あきひろ》自身か江戸在府の隠居、大炊介道広の黙許も得られている、とみていいだろう。

つまり、松前ぐるみで小うるさい重蔵を消し去る、ということなのだ。

八郎太が言葉に窮していると、ルイは美しい顔に笑みさえ浮かべながら、付け足した。「この一件には、薩摩のご隠居島津《しまづ》上総介《かずさのすけ》さまのご内意も、含まれております」

八郎太はまた驚き、おうむ返しに言った。

「薩摩のご隠居」

島津上総介重豪《しげひで》は、将軍徳川家斉《いえなり》の岳父《がくふ》でもあることから、内外に隠然たる勢力を張っている、したたかな古狸だ。

「はい。ご承知のとおり、上総介さまと大炊介さまは旧知のあいだがら。重蔵憎しのお考えも、一致しておられます」

ともに、今現在の領主たる息子に対して、あからさまな支配力を振るう二人の隠居が、そろって重蔵の命を狙うことに同意している、というのか。

だとすれば、それを実行に移すべく使命を託されたこの女は、いったい何者だろう。

「ルイどのは、薩摩のご隠居をご存じか」

「はい。重蔵は薩摩のためにならず、また松前のためにもならぬ。そのお考えを、大炊介さまにお伝えするようにと、密命を受けましてございます」

ルイはそう言って、一枚の書付を八郎太に示した。

そこには、上総介の花押《かおう》と署名がしるされており、その真正なることを裏書きするように、大炊介の花押と署名も添えられていた。

ただそれだけのもので、〈重蔵討つべし〉とあるわけではないし、何かを命じたり許可したりする文言が、書かれているわけでもない。

とはいえ、二人の大御所が名を連ねたその書付は、それだけで目に見えぬ力を発していた。

ルイが願い出たのは、次のような手配だった。

まず、松前の牢屋にはいっている者のうちから、鉄炮の扱いにたけたものを四人選び出し、自分に預けてほしい。

その四人に、鉄炮を奪って牢破りするかたちをとらせ、自由の身にする。自分は四人を引き連れ、松前へもどる途上の巡見隊一行を襲って、重蔵を仕留める手伝いをさせる、というのだ。

突拍子もない企図《きと》に、八郎太は内心大いに躊躇するものがあったが、大御所二人の内意を得ているとなれば、いやもおうもない。

ルイの素性を知りたかったが、六左衛門の書状には身元を尋ねるに及ばず、と書き添えてあった。

奇っ怪なことと思ったものの、奉行がそう言うのではしかたがない。

八郎太は、今戸新十郎、鰐口武兵衛、喜代松、好助の四人を選び出し、ルイに預けた。

ルイが、四人とともに松前から姿を消して、二十日ほどがたつ。

それが、突然この日になってたった一人、もどって来たというのだ。

何か、におうものがある。

牢屋に着いたとき、八郎太は蔵之丞に言った。

「念のためだ。志賀《しが》を呼んで、近くに控えさせておけ」

蔵之丞の顔が、にわかにこわばる。

「村里《むらさと》さまの出番が、回ってまいりますか」

「分からぬが、万一ということもある。備えをしてまいれ、と伝えるのだ。場合によっては、ルイを斬らねばならぬやもしれぬ」

「かしこまりました」

蔵之丞は、また雪道を駆け出て行った。

村里志賀之助《しがのすけ》は、松前家剣術指南役の村里与五右衛門《よごえもん》の嫡子で、村里道場の代稽古を務める男だ。

腕前はすでに父親をしのぎ、家中きっての遣《つか》い手《て》といわれている。道場を兼ねた住まいは、牢屋と目と鼻の先にある。

牢問い部屋にはいると、天井から垂れる吊り責め用の鎖の下に敷かれた、粗末な茣蓙に背を伸ばして正座する、ルイの姿があった。

黒装束が、燭台《しょくだい》一つの薄暗い闇に溶け込んで、覆面をはずした白い顔だけが、宙に浮いているように見える。

八郎太は、あらためて凍りつくような寒さを覚え、身震いした。

頭を下げるルイの前に立ち、さっそく問いただす。

「首尾は、首尾はどうであった」

ルイは、ゆっくりと顔を上げた。

「不首尾に終わりました」

あまりに平然とした口調だったので、首尾よく目的を遂げたと言ったように聞こえて、八郎太はとまどった。

「不首尾とは、失敗したということか」

われながら、ばかな問いを発したと思う。

「はい」

まったく悪びれる様子がない。

その、なんとも不釣り合いな応答ぶりに、八郎太はしばし絶句した。

気を取り直して聞く。

「新十郎以下、四名の者はいかがいたした」

「死にましてございます」

これまた、ぞっとするほど情のこもらぬ、すげない返事だ。

「返り討ちにあったのか」

「鉄炮四丁のうち、一丁は不発。他の三丁はみごとに的をはずし、襲撃は失敗に終わりました。新十郎は重蔵に捕らえられ、危うく口を割りそうになりましたゆえ、わたくしが遠くから毒矢を射かけて、始末いたしました」

それを聞いて、八郎太はほっと息をついた。

「さようか。それは、賢明な措置であった。して、ほかの者たちは」

「重蔵の反撃におじけを振るい、いっせいに逃げ出しました。その後、報奨金だけよこせと迫りましたので、わたくしが引導を渡してやりました」

こともなげに応じるルイに、八郎太はあっけにとられた。

「始末した、と申すのか」

「はい」

「三人ともか」

「はい」

「そなた一人でか」

「はい」

その、判で押したような返事に、いらだちを覚える。

「どのようにして、だ。喜代松、好助はともかく、武兵衛はあれでも武士の端くれ。容易には討たれまい」

「鉄炮もへた、剣術はさらに未熟でございました。恐れながら、あの四人をお選びになられたのは、霜国さまのお眼鏡《めがね》違い、と存じます」

八郎太は唾をのみ、揺るぎない目で見上げてくるルイから、顔をそむけた。

「わしとて、あの四人の腕前をこの目で測る余裕が、なかったのだ。なにせ、急なことでもあったのでな」

少し間をおき、ルイに目をもどす。

「四人の死骸は、どういたした」

「新十郎については、存じませぬ。重蔵一行が放置したか、その場に埋めるかしたでございましょう。残りの三人の死骸は、ヤムクシナイ付近の雪中深く、埋めてまいりました。ただし、いずれは雪解けとともに、外に現れ出ると存じます」

八郎太は、腕組みをして考えた。

四人とも死んだとすれば、重蔵襲撃の裏に松前家の意向があったことは、明らかになるまい。

あとは、このルイをどうするか、だ。

ルイが、八郎太の心中を読んだように、膝をそろえ直す。

「霜国さま。重蔵の一行は、あと三日ほどの行程をへて、当地に着きましょう。今夜あたりは、泉沢《いずみさわ》に宿泊のはず。明日はおそらく、知内《しりうち》泊まりになると存じます。一行が、松前より一日手前の福島《ふくしま》に到達するのを許せば、重蔵襲撃はかなわなくなりましょう。遅くとも、知内から福島にいたる途上のどこかで、仕留めねばなりませぬ。今一度、こたびは信頼に足る手勢を、お貸しくださいませ」

八郎太は、眉をひそめた。

「それは無理、というもの。もはや、同じ牢抜けの手口を使うことはできぬし、当家の家士を貸し出すわけにもいかぬ。かりにも、そのようなたくらみがご公儀の耳に達したら、お家お取りつぶしは必定。そのような、危ない橋を渡るわけにはいかぬ。お奉行のお考えも、同じであろう。重蔵暗殺の企ては、これきりといたす。そなたもこれ以上、妙な動きをせぬがよい。さもないと、その分には差しおかぬぞ。分かったか」

ルイの口元に、薄笑いが浮かぶ。

「さりながら、わたくしは大炊介さまのお墨付きを、いただいております。霜国さまのお指図は、受けませぬ」

顔つきは穏やかだが、言葉は恐ろしくきつい。

大炊介の名を出されて、八郎太もさすがにたじろいだ。

「そなたが何をしようが、当方のあずかり知らぬこと。要は、助け手《すけて》をあてにしてもむだだ、と申しているのだ」

「霜国さまのお考えは、手に取るように分かりまする。わたくしが、新十郎以下の四名に引導を渡したように、霜国さまもこの場でわたくしの口を封じよう、とお考えでございましょう」

ますます驚く。

「いや、さようなことは、考えてもおらなんだが」

そう言いつつも、蔵之丞が志賀之助を連れて来たかどうか、気になった。

ルイが、冷笑を浮かべる。

「万が一にも、わたくしが重蔵めの手に落ちることがあれば、躊躇なく松前家中より暗殺を頼まれた、と告げる所存でございます。霜国さまが、手勢をお貸しくだされようがくだされまいが、結果は同じこと。さすれば、暗殺を確実なものにするために、お貸しくださるのが上策、と存じます」

明らかに、松前家に脅しをかけているのだ。

大炊介は、なぜこのような得体の知れぬ女に、お墨付きを与えたのか。たとえ、上総介の慫慂《しょうよう》があったにせよ、解《げ》せぬことだ。

松前と薩摩は、道のりにして六百里以上も国を隔てており、ただちに利害の関わる相手ではない。

ただ、両家ともオロシャなどの異国船を相手に、ひそかに抜荷《ぬけに》を容認しているところから、相通じるものがあるのは確かだ。

おそらく、大炊介も上総介も公儀の鎖国政策に反対し、開国を推進するという点で考えが一致している、と思われる。

しかし、寺社町奉行所の下吟味役にすぎぬ身で、そのようなことに頭を悩ますのは、ばかげている。

八郎太は、肚を決めた。

「志賀。志賀之助」

そう呼ばわると同時に、背後の重い木の扉の外から、返事があった。

「ここに、控えておりまする」

「はいれ」

扉の開く気配がする。

八郎太が振り向くと、袴の股立ちを取って襷《たすき》をかけた村里志賀之助が、戸口から一歩踏み込んで来た。

さすがに察しがいい、と八郎太は安心した。

志賀之助は、雪中の激しい稽古で知られており、雪焼けのため色が黒い。目が、いつも血走っているように見えるのも、そのせいかもしれぬ。

八郎太は、ルイの方に向き直った。

「そなたには悪いが、やはりここで死んでもらわねばならぬ。ご隠居さまには、お奉行より得心のいくように、沙汰を上げていただく」

そう言って、壁際に身を引いた。

志賀之助が、刀に反《そ》りを打たせるのを見て、付け加える。

「志賀。女子とて、甘く見てはならぬ。忍びの心得が、あるやもしれぬぞ」

「承知」

志賀之助は短く応じ、ずしゃりと刀を抜き放った。

右八双《みぎはっそう》に構え、じりじりとルイに迫る。

ルイは、すわったまま臆《おく》する風もなく、志賀之助を見上げた。

わずかな間をおき、志賀之助は声も発せずルイを目がけて、刀を打ち下ろした。

八郎太の目には、ルイが鳥のように土間から飛び立った、と映った。

瞬時に、その姿を見失う。

志賀之助の刀は虚空《こくう》を打ち、したたかに土間に斬り込んだ。

どこかに消えた、と見えたルイの体が次の瞬間、闇を突き抜けるように暗い壁から、飛び出して来た。

黒い影が弧を描いて、志賀之助に襲いかかる。

志賀之助は、土間を打った刀をすくい上げるように、下からルイに斬りつけた。

ぎいん、という鋭い音とともにすさまじい火花が散り、刃が折れて宙に舞い飛ぶ。

ルイに蹴りつけられるのを、志賀之助は危うくのけぞって避けたものの、土間にどうと転がった。

ルイは、志賀之助の頭上を飛び越え、戸口の前にすとんとおり立った。

そのとき初めて、八郎太はルイが吊り責め用の鎖に飛びつき、宙を飛び回ったのだと悟った。

志賀之助の刀が折れたのは、ルイが鎖を叩きつけたからだ。

向き直ったルイは、息一つ乱さずに言った。

「霜国さま。これ以上のご無体は、お控え遊ばされませ。松前のご家中には、なんの恨《うら》みも抱いておりませぬが、わたくしのがまんにも限りがございます。もし、この上わたくしに手出しをなさるならば、お命を頂戴しに参上いたします。重蔵を始末するのが、わたくしの使命。くれぐれも、邪魔をなされませぬように」

次の瞬間、ルイの姿は戸口から消えた。

15

二月二日。

近藤重蔵一行は、泉沢、知内、福島をへて、この日松前にはいった。

道のりはさほどでもないが、その間は積雪が軽く五尺を越す深さで、行程は難儀を極めた。

福島に着いたとき、松前から寺社町奉行所の飛脚が来た。

疱瘡《ほうそう》がはやっているゆえ、人足のアイノは松前にはいるのを避けて、福島から引き返すように、との達しだった。

根岸団平が、阿部助や太郎助に意向を尋ねたところ、たとえ疱瘡になっても松前まで供をしたい、という。

長旅のあいだに、重蔵一行に感じるところがあったらしい。

団平は、重蔵や橋場余一郎にも諮《はか》った上で、アイノの同行を許すことにした。

福島と松前のあいだに横たわる、白神峠《しらかみとうげ》の難所に差しかかったとき、猛烈な吹雪に襲われた。

油断すれば、人も荷も吹き飛ばされるほどの、激しい吹雪だった。

死ぬ思いで松前に着いたのは、夕刻七つ半過ぎのことだ。

往路と同じく、宿舎にあてられた米屋忠左衛門《よねやちゆうざえもん》の居宅にはいり、ようやく生き返る心地がした。

そのあと団平と余一郎は、重蔵の供をして寺社町奉行所へ赴き、月番奉行の新谷六左衛門に、面会した。

六左衛門は、髪が半ば白くなった五十代の男で、気むずかしげな顔の持ち主だった。

吟味役は不在で、下吟味役の霜国八郎太という無愛想な、四十代前半らしき男が同席した。

ヤムクシナイ近辺で、何者とも知れぬ一団の襲撃を受け、アイノの人足に怪我人が出たことを、告げ知らせる。

「曲者《くせもの》は、合わせて五名。そのうちの四名は、アイノになりすました和人の男どもで、いずれも鉄炮を所持いたしており申した」

重蔵が、前後のいきさつを申し述べるあいだ、六左衛門も八郎太も能面のように表情を変えず、黙って話を聞くだけだった。

「四名のうち、一名はわれらの手で捕らえたのでござるが、あとの三名には逃げられ申した。さらに五人目の仲間が、遠く離れたところから毒矢を射かけ、捕らえた一名の口を封じたため、もはや生き証人はおり申さぬ。やむなく、われらは雪を掘って死骸を埋め、残された鉄炮をここに持参いたした、という次第でござる」

重蔵に促されて、余一郎は脇に置いた鉄炮を取り上げ、六左衛門に差し出した。

六左衛門は、いかにも気の進まぬ様子でそれを受け取り、ろくに見もせずに板の間に置きもどした。

重蔵は続けた。

「この襲撃は、ご公儀蝦夷地巡見隊の一員たるそれがしに、危害を加えようとする意図が明らかでござる。お上を恐れぬ、まことに不届きな所業。いかなるご所存でござるか」

六左衛門は、困惑した顔で重蔵を見た。

「いかなる所存、と仰せられましても、それがしにはとんと心当たりが、ござりませぬ」

重蔵が、じっと六左衛門を見返す。

「心当たりがない、と。これは、異なことをうけたまわる。そもそも鉄炮などが、たやすく無頼の者の手に渡る道理は、ござるまい。今一度、その鉄炮の台尻を見られよ。そこに刻まれた〈丸に武田菱《たけだびし》〉の紋章は、松前家のご家紋でござろう」

六左衛門が、しぶしぶのように台尻に目を落とし、それからわざとらしくうなずいた。

「いや、うっかり見落としました。いかにもこれは、松前家の家紋でござる」

「さすれば、ご家中の面々がわれらを襲撃したと考えて、よろしゅうござろうな」

重蔵に突っ込まれて、六左衛門はうろたえた。

「め、めっそうもないことで」

そのまま、黙り込んでしまう。

そこで初めて、八郎太が口を開いた。

「その件については、それがしから釈明させていただきます。申しにくいことながら、実は一月ばかり前に当奉行所の牢屋で、不手際がございました。賭博の罪で、沙汰を待っていた四人のごろつきが、鉄炮四丁を奪って牢抜けしたのでございます」

「牢抜け」

とがめるような重蔵の声に、八郎太は背筋を伸ばした。

「いかにも。まことに、信じがたいことでございますが、ある夜牢番が獄舎の錠前をかけ忘れたため、囚人どもが勝手に牢を出入りできる、という事態が生じました。ほとんどの者は、たとえこの時節に外へ逃れ出たところで、飢え死にするか凍え死にするかのいずれかで、とうてい逃げ切れぬものと承知いたしております。ところが、今戸新十郎、鰐口武兵衛、それに喜代松、好助の四名は何を血迷ったか、鉄炮を奪って逃亡いたしたのでございます」

団平は、その者たちの名前を聞きただし、帳面に控えた。

それを待って、重蔵が続ける。

「その四名は、いかなる素性の者たちでござるか」

「今戸と鰐口は、武州浪人と称しております。また喜代松、好助の二人は奥州《おうしゅう》から渡ってまいった、流れ者の猟師でございます」

「その者たちが、牢屋の鉄炮を奪って逃げた、と」

「さようでございます。貴殿が持ち帰られた鉄炮は、そのおりに奪われたものの一つ。さすれば、貴殿らご一行を襲撃したのは新十郎以下、牢抜けした四名の者に相違ない、と存じます。とはいえ、それは明らかにわれらが失態。いくえにも、おわび申しあげまする」

そう言って、八郎太は深ぶかと頭を下げた。

重蔵は、せせら笑うように口元をゆがめ、なおも追及する。

「牢抜けした者たちが、何ゆえご公儀の巡見隊一行に、鉄炮を撃ちかけねばならぬのか。それがしには、とんと合点《がてん》がいかぬ。食いものを奪うつもりならば、ほかに襲う相手がいくらもいるでござろう」

八郎太は、途方に暮れた顔つきで、首をかしげた。

「それがしにも、いっこうに見当がつきませぬ」

六左衛門も、そのとおりと言わぬばかりに、うなずいてみせる。

しかし、その目が死んだように光を失っているのを、団平は見逃さなかった。

余一郎が、やはりその気配を察したらしく、口を開く。

「お奉行どの。牢抜けした四名については、ただ今の霜国どののお話によって、ひとまず得心がいきました。しかしながら、残る五人目の人物については、まだお話をうかがっておりませぬ。その正体に、お心当たりはござりませぬか」

六左衛門は、答えに窮したように唇を引き結び、八郎太を見た。

八郎太は、時を稼ごうとするように咳払いして、聞き返した。

「五人目と申されると、ご一行が捕らえられた今戸新十郎を、遠くから毒矢で射殺《いころ》したとか申す、今一人の仲間でございますか」

　余一郎が、薄笑いを浮かべる。

「さようでござる。しかし、何ゆえ殺された男が鰐口武兵衛ではなく、また喜代松でも好助でもなく、ほかならぬ今戸新十郎、とお分かりになるのでござるか。近藤さまは、殺されたのがどのような男であったか、お話しにならなかったはず」

　団平も、笑いを嚙《か》み殺した。

　語るに落ちる、とはこのことだろう。

　八郎太は、狼狽《ろうばい》した様子で頬を引き締め、もう一度咳払いをした。

「それはつまり、新十郎が四人のうちでもっとも非力ゆえ、真っ先に捕らえられたに違いない、と考えたからでござる」

　それを聞くと、重蔵は笑いを含んだ顔で言った。

「いやいや、もしその男がまことに新十郎ならば、なかなかどうして勇猛果敢《ゆうもうかかん》な御仁よ。われらも危うく、討たれるところでござった」

　八郎太は顔を赤らめ、口をつぐんでしまった。

　六左衛門が、とりなすように言う。

「いずれにせよ、当方はその五人目の仲間とやらについて、思い当たることはござらぬ。牢抜けした四名の、身内の者やもしれませぬな」

「ちなみに、その者は女子でございました。お心当たりは、ござりませぬか」

余一郎が念を押すと、六左衛門と八郎太は声をそろえて、同時に言った。

「ござらぬ」

二人とも、あまりに答えが早すぎるのに気づいたか、ばつが悪そうに下を向いてしまった。

重蔵は、その様子を小ばかにした顔で見ていたが、ふと思いついたように言った。

「ところで、もしや先に帰府した最上徳内の書状が、江戸より届いているのではござらぬか」

すると、六左衛門は話が変わってほっとしたように、八郎太に声をかけた。

「さよう、忘れるところであった。書状をこれへ」

八郎太は、これまた忘れていたと言わぬばかりに、あわてて懐から分厚い書状を取り出し、重蔵の方に滑らせた。

「お許しください。危うく、失念するところでございました」

そのわざとらしい対応に、団平は今一度笑いを嚙み殺した。

奉行所を出て、宿舎へもどる。

重蔵は、徳内の書状を丹念に二度読み返してから、余一郎と団平にも閲覧を許した。

それによると、徳内は客年十月二十一日に松前に着き、同二十四日に村上島之丞とともに、海を渡ったとある。

徳内に二回り（二週間）ほど遅れて、十月八日にアッケシから帰途についた、長嶋新左衛門の消息については、言及がなかった。

徳内は、十一月十七日に江戸に着いたあと、間なしに石川左近将監、三橋藤右衛門、堀田摂津守と面談し、その模様を詳しく書き連ねていた。

左近将監には、重蔵の御用状を奉呈するとともに、巡見のいきさつを細大漏らさず、復命したようだ。

また、左近将監の厳しい下問に対しては、臆《おく》せず事実をありのままに、回答していた。重蔵と新左衛門、島之丞の確執についても、率直に告げた様子がうかがわれる。

書状から判断するかぎり、左近将監も徳内の話を聞いて事情を理解し、納得したようだった。

新左衛門、島之丞がどのような上申をしたにせよ、徳内が失地回復に力を尽くしたことは、確かと思われた。

徳内はそのあと、重蔵の実家、中川飛騨守の役宅まで、足まめに回ったらしい。

「さすがに、徳内どのでございますな。これで、心置きなく帰府できる、というもの」

余一郎が、のんびりした口調で言う。

しかし重蔵は、硬い表情を崩さなかった。

「それは、帰府してみなければ、分からぬ。もどったとたんにお役ご免、ということもありうるからな」

「それはそれで、やむをえぬことでございましょう。蝦夷地へ行くなど、めったにできることではないゆえ、よい経験をさせていただきました」

その、あっけらかんとした口調に、重蔵は苦笑を漏らした。

「気を抜くのは、まだ早いかもしれぬ。おれはまたぞろ、蝦夷地へ出直すことになるのではないか、という気がしておる」

余一郎が、あわてて手を振る。

「めっそうもない。江戸を離れるのは、わたくしはもう、ごめんでございます」

六つ半になり、下野源助と棟梁の清蔵を加えて、夕餉《ゆうげ》の膳に向かった。

その日の、奉行所での八郎太の失言を聞くと、源助は飯を噴き出さぬばかりにして、大笑いをした。

「おいもそのとき、その場に居合わせたかったものよ。松前のニシン侍のやることは、どこかとんちんかんだのう」

清蔵も、笑いながら言う。

「まことに、肝腎なところで釘《くぎ》が一本、抜けておりますな」

重蔵は、団平を見た。

「今日のことも、おまえの帳面に詳しくつけておけ」

団平は、顎を引いた。

「すでに、つけ終わりましてございます」

16

二月九日。

近藤重蔵一行は、早朝松前から弁才船に乗り込んで、津軽の三厩へ向かった。

アイノの人足たちは、別れを惜しんで涙を流した。

蝦夷地に来てから、いわば生死をともにしてきた阿部助、太郎助は手放しで泣いた。

根岸団平も、素朴なアイノたちの心情にほだされ、涙が止まらなかった。確かめはしなかったが、橋場余一郎も泣いていたと思う。

重蔵一人、妙にむずかしい表情をこしらえていたが、さりげなく阿部助と太郎助を呼びつけ、一振りずつ手持ちの脇差《わきざし》を与えたのは、やはり情が移ったからに違いない。

天気がよく、海上は往路のときに比べて格段に穏やかで、船酔いを起こす者はほとんどいなかった。

団平も、あと一月そこそこで江戸にもどり、久しぶりにたねと再会できるかと思うと、船酔いどころではない。

津軽から先もまた、しばらく雪が深かった。

ところによっては一丈《いちじょう》を越え、家の屋根まで雪に埋まっている。住人は、戸口の周辺に穴を掘って通路を作らなければ、出入りすることができない。

寒さも蝦夷に負けず厳しく、雇った土地の人足はみな猿やカモシカの毛皮を、背に張りつけていた。

荷物はそりに載せ、かんじきをはいた人足に引かせるしかなく、ときには重蔵もそれに相乗りした。

二月十六日の早朝。

中間の長助は、最上徳内とともに蝦夷地へ向けて、江戸を発った。

前年、十一月半ば過ぎに帰府してから、わずか三月後のことだった。

一行には、小人目付《こびとめつけ》の小林卯十郎《こばやしうじゅうろう》とその従者が、加わっている。

三月前、近藤重蔵より一足先に帰府した徳内は、勘定奉行の石川左近将監をはじめ、蝦夷地に関わる要人と休みなく面談し、自分や重蔵の意のあるところを精力的に、説いて回った。

長助も、かならず徳内に同行した。

それが、ある程度功を奏したとみえ、年末から一月にかけて蝦夷地経営に関わる、新たな幕閣の判断がくだされた。

まず旧臘《きゅうろう》二十七日、新たに書院番頭の松平信濃守忠明《しなののかみただあき》が、蝦夷地取締御用掛に任じられた。

この種の御用は、勘定奉行や目付の筋から選ばれるのが普通で、番頭を務める者が命じられるのは珍しい、という。

徳内によれば、信濃守はかねて蝦夷地経営に強い関心を示し、老中筋に試案を建策した経緯《いきさつ》もあって、このたびの任命を受けたものらしい。

年が明けて正月十六日には、左近将監をはじめ目付羽太庄左衛門《はぶとしようざえもん》、使番《つかいばん》大河内善兵衛、勘定吟味役三橋藤右衛門《みつはしとうえもん》に、蝦夷地取締御用掛の命がくだり、信濃守と合わせて五人の担当となった。

さらに、老中では戸田采女正《とだうねめのかみ》、若年寄では二月八日より立花出雲守《たちばないずものかみ》が、蝦夷地取締御用をつかさどることが決まった。

こうして、蝦夷地取締御用掛の頭数が増えたばかりでなく、若年寄とともに老中筋の担当も決まり、態勢がいちだんと整った。

もっとも、徳内の師本多三郎右衛門に言わせれば、〈船頭多くして船山にのぼる〉に等しい、とのことだ。

二月十日には、信濃守に蝦夷地巡見の命がくだるとともに、寄合席《よりあい》の村上三郎右衛門《むらかみさぶろうえもん》、西丸小姓組の遠山金四郎《とおやまきんしろう》、西丸書院番の長坂忠七郎《ながさかちゆうしちろう》に、同行が命じられる。

同時にこの日、江戸屋敷に滞在していた松前家の隠居、大炊介に同じく蝦夷地取締御用掛の命がくだり、今後も引き続き在府するよう沙汰《さた》があった。

地理案内を含め、蝦夷地について他の御用掛の用に弁ずるため、とされる。

しかし実際には、異端奇骨の人として知られる大炊介が、不穏な世情に乗じて妙な動きをせぬよう、公儀の膝元に置いて監視するのが狙いだ、という。大炊介が、オロシャと内通しているのではないか、との疑いは払拭《ふっしょく》されていなかったのだ。

そして翌十一日、東蝦夷地のウラカワ（浦河）からシレトコ（知床）、クナシリまで、これより七年のあいだ仮上地《かりじょうち》、すなわち幕府の直轄地とする旨の、重大な決定がくだされた。

徳内によると、いきなり永久上地とすれば軋轢《あつれき》を生じ、松前家の面目をつぶすことにもなるので、とりあえず仮上地としたらしい。

ただし、いずれは西蝦夷地も含めて、すべて永久上地とするとの方針が、決まったようだ。

こうした動きのもと、普請役《ふしんやく》の徳内は道造《みちつくり》掛《がかり》の任務を与えられ、他の御用掛の人びとより一足先に、蝦夷地へ向かったのだった。

長助にすれば、たかだか三月でふたたび蝦夷地へ向かうとは、考えてもいなかったことだ。せめて半年くらいは、江戸でのんびりしたかった。

とはいえ、このたびの蝦夷地取締御用の態勢強化は、徳内の上申による数かずの沙汰がもとになった、と聞いている。

それは長助にとっても、誇らしいことだった。

一行の中には、船大工や道路開鑿のための人夫《にんぷ》が何人かおり、途中奥州辺でも山師や樵夫《しょうふ》、雑役《ざつえき》人夫を雇うという。アイノだけでは負担が大きすぎる、というのが徳内の考えのようだ。

こうなった以上、長助はどこまでも徳内の供をするしかない、と覚悟を決めていた。


二月二十二日。

この日、重蔵一行は昼九つ過ぎに、仙台に到着した。

往路と同じ、国分町《こくぶんちょう》の小《こ》竹屋《たけや》長兵衛《ちょうべえ》の宿で昼食をとり、暫時《ざんじ》休息する。

陸奥《むつ》は、ところどころ深雪が解け残っているものの、寒さはだいぶ和らいできた。

余一郎と団平が、風呂からもどってくつろいでいると、名主《なぬし》の伊口《いぐち》惣左衛門《そうざえもん》の居宅から来た使いが、意外な知らせをもたらした。

少し前、蝦夷地へ向かう途上の最上徳内が当地に到着し、小半刻《こはんとき》のうちに挨拶に参上する、というのだ。

江戸にいるはずの徳内が、またもや蝦夷地へ向かいつつあるとは知らず、二人はもちろん重蔵までもが驚き、かつ喜んだ。

八つの鐘が鳴る前に、徳内がやって来た。

重蔵の部屋に余一郎以下、団平、下野源助、棟梁の清蔵が集まり、徳内を迎える。

相変わらず髭を伸ばし、きびきびとした動きを見せる徳内の姿は、昨年九月下旬にアッケシで別れたときと、ほとんど変わっていない。

「このあたりで、近藤さまご一行と行き合うものと思い、先触《さきぶ》れの者にお泊まり先を確かめるよう、申し聞かせておいたのでございます」

徳内の挨拶に、重蔵は屈託のない笑顔を見せた。

「逆にわれらは、ここでふたたび徳内どのと出会うとは、思いもよらぬことでござった。蝦夷地での徳内どのの書状、置き手紙は詳細を極めていたゆえ、大いに取り調べの役に立ち申した。また帰府ののちは、左近将監さまをはじめお歴々と面談の上、それがしのために弁明を尽くされた由《よし》。書状を拝見して、まことにありがたく存じ申した」

丁重に礼を述べる重蔵に、徳内は首を振った。

「いや、弁明は近藤さまのためだけではなく、てまえ自身のためでもございます。書状にもしたためましたが、近藤さまのお考えをつぶさにお伝えしたところ、左近将監さまもいたくご同感あそばされ、おほめの言葉を頂戴いたしました。新左衛門、島之丞のご両所が上げた種々の沙汰も、てまえの釈明によってほぼくつがえされた、と申してよいと存じます」

　重蔵が今一度、頭を下げる。

「ご尽力のほど、あらためて礼を申す」

　徳内は手を上げ、それを押しとどめた。

「なんの。近藤さまとてまえは、一蓮托生《いちれんたくしょう》のあいだがら。礼には及びませぬ」

　団平はほっとして、余一郎と目を見交わした。

　長嶋新左衛門と村上島之丞が、石川左近将監にどのような沙汰を上げたにせよ、その狙いは空回りに終わったようだ。

　徳内が、話を進める。

「さいわいにも、近藤さまからお預かりした御用状と、てまえどもの巡見視察の復命によって、東蝦夷地のウラカワよりシレトコ、クナシリまでを、とりあえず七年間仮上地とする旨、ご公儀の決定がくだりました」

　それを聞いて、重蔵の目が輝く。

「まことでござるか」

徳内の顔にも、笑みが浮かんだ。

「はい。今月十一日のことでございます。当面は、地域と期限を区切った仮上地でございますが、ゆくゆくは西蝦夷地を含めて永久上地になる、と思われます。時の問題でございましょう」

団平は、肩の力を緩めた。

上地が決まれば、その地は公儀の直轄地に変わるわけだから、アイノを相手とする商取引は松前家を通さず、直捌きで行なわれることになる。

それはとりもなおさず、重蔵と徳内がひそかに目指していたところであり、団平にとっても朗報といえた。

余一郎の顔にも、明るい色が宿っている。

重蔵はおもむろに腕を組み、感慨深げにうなずいた。

「松前家も、いずれそうなるとは覚悟していたはずだが、これほど早くとは思わなかったであろうな」

「はい。ご公儀は、上地で失われた松前家の収入を補塡《ほてん》するため、武州埼玉郡久喜町《さいたまぐんくきまち》など五千石分の替え地を、与えられました」

「しかし、収入は補塡されても、松前家の面目は立たぬ。これまでの、ずさんな蝦夷地経営からすれば、自業自得といってもよかろうが」

重蔵は、そこで言いさした。

団平は、その口ぶりにわずかながら松前家に対する、憐《あわ》れみの色がこもっているような気がした。

その気配を察したかのように、徳内が話を変える。

「それはさておき、江戸出立の前に左近将監さまより、近藤さまに早々に帰府するようお伝えせよと、強く念を押されました。ご帰府ののち、近藤さまにあらためて何かご沙汰がくだるもの、と存じます」

重蔵は腕組みを解き、目をぎょろりと見開いた。

「仮上地がなったとすれば、それがしも含めて蝦夷地の御用に、新たな人材登用などの動きがあって、当然であろうな」

「仰せのとおりでございます。まず、暮れも押し詰まった旧臘二十七日、書院番頭の松平信濃守さまが、新たに蝦夷地取締御用掛のお一人に、任ぜられました」

徳内の返事に、重蔵の顔が引き締まる。

「信濃守とな。この種の御用に、番頭の者があずかることはないと聞いたが、何ゆえの起用でござるか」

「かねて、信濃守さまは蝦夷地の経営などにつき、何かと建策しておられたとのこと。それが、お上の目に留まったのでございましょう」

「あの男は難物《なんぶつ》、と聞いているが」

重蔵の述懐に、徳内もうなずいた。

「てまえも、そのようにうかがっております。いささか、手ごわいお相手かと」

余一郎が団平を見て、そのとおりだというように、小さくうなずく。

松平信濃守のことは、団平も耳にしている。

有能の士だが、押しが強くなかなか自説を曲げぬ頑固《がんこ》な男、という噂があった。よほどの自信家、と思われる。

重蔵は、信濃守についてそれ以上言わず、話を続けた。

「そのほかの御用掛は」

「左近将監さま以下、大河内さま、三橋さまの三名は、そのままでございます。そこへ、新たにお目付の羽太庄左衛門さまが、加わりました。こたびの江戸詰は、左近将監さまと羽太さまが、お務めになります。そのほか、老中では戸田采女正さま、若年寄筋では立花出雲守さまが、蝦夷地取締御用の任に就かれました。さらに、てまえが江戸を出立する数日前、信濃守さま以下四名のかたがたに、蝦夷地巡見の命がくだりましてございます」

徳内は、寄合席の村上三郎右衛門、西丸小姓組の遠山金四郎、西丸書院番の長坂忠七郎の名を挙げた。

重蔵が、皮肉な笑みを浮かべる。

「だいぶ人が増えたようだが、〈船頭多くして船山にのぼる〉の感、なきにしもあらずだな」

徳内も笑った。

「本多先生も、まったく同じことを口になされました」

本多三郎右衛門は徳内の師で、やはり蝦夷地問題について一家言《いっかげん》を持つ、すぐれた学者だ。

「それより以下の官吏は、いかがでござろうな」

「多少の出入りはあるとしても、さほど変わりはございますまい」

「それがしについて、何か耳にしてはおられぬか」

「あいにく、承知いたしておりませぬ。先ほども申したとおり、おそらくご帰府ののち左近将監さまより、じきじきにご沙汰がございましょう」

団平は、余一郎がそわそわとすわり直すのを、目の隅に見た。

もし、重蔵にふたたび蝦夷地巡見の命がくだれば、また供を申しつけられるのではないかと、気が気でないのだろう。

重蔵は少し考え、また口を開いた。

「徳内どのの、こたびのお役目はなんでござるか」

「信濃守さまのご差配により、道造掛を仰せつかっております。東蝦夷地の、シャマニよりビロウにいたる山道を、荷物を積んだ馬が通れるように整備するのが、当面の目的でございます。てまえは、シャマニからホロイヅミにいたるテレケウシ、チコシキルといった最大の難所に、山道を切り開くつもりでおります」

団平と余一郎は、顔を見合わせた。

テレケウシ、チコシキルは徳内の言うとおり、ほとんど通行不能の断崖絶壁だ。

それを切り崩すか、その上に山道を開くのか分からないが、どちらにしても大変な仕事になるだろう。

徳内が、言葉を継ぐ。

「てまえのことはともかく、近藤さまには一日も早く帰府していただきたいと、お歴々が心待ちにしておられます。ことに、信濃守さまはぜひともご出立の前に、近藤さまのお話をうかがいたいものと、じりじりしておられるようでございます。そのあたりを、お含みおきくださいますように」

源助が、初めて口を開く。

「当地より江戸までは、およそ九十里ほどござる。やはり十日は、みておかねばなりますまいな」

重蔵は口元を引き締めた。

「いや。かくなる上は、五日以内に江戸へもどってみせる。用意をいたせ。七つに出立するぞ」

源助が、ほとんどのけぞる。

「ご冗談を。七つには、あと半刻もございませんぞ」

団平もあっけにとられ、余一郎の様子をうかがった。

余一郎は、いかにも重蔵の言い出しそうなことだ、とあきらめ顔をしている。

顔色一つ変えないのは、徳内だけだった。

「半刻もあれば、十分ではないか。今夜は夜行して、大河原《おおかわら》まで行くのだ」

重蔵が言うのに、団平は口を挟んだ。

「大河原までは、十里を超えますが」

「何ほどのこともあるまい。夜九つまでには、着いてみせる。ただちに先触れを出し、宿をあけさせておけ」

重蔵はそう言って、ぬっと立ち上がった。

17

二月二十五日、夕刻。

近藤重蔵一行は、仙台から古河《こが》までのおよそ七十五里を、足かけ四日で踏破した。

雪こそほとんどなかったものの、昼夜兼行のきつい道中だった。

しかし荷物が多く、人馬の継ぎ立てもあわただしいため、そこから先は全員そろっての早道中が、むずかしくなった。

江戸日本橋《にほんばし》まで、およそ十六里残っている。

翌二十六日、未明。

重蔵は、あとのことを下野源助と清蔵に任せ、橋場余一郎と根岸団平だけを供にして、一足先に古河を発った。

最小限の手荷物だけの、急ぎ旅だった。

途中、越谷《こしがや》から江戸のおもな関係先に、先触れの飛脚を出す。

三人は、同日の夕七つ前に、千住大橋《せんじゅおおはし》を渡った。

そのまま、赤坂の石川左近将監の屋敷に、直行する。

用人を通じて帰府を告げると、すでに先触れに接していた左近将監から、ただちに三人とも奥座敷へ通るように、との沙汰を受けた。

三人は裏へ回り、取り急ぎ旅のほこりを払い落としたあと、足をすすいで新しい足袋《たび》にはきかえた。

奥座敷に案内されると、左近将監が羽織も袴もつけぬ着流しで、三人を迎えた。

重蔵は、型どおり帰府の挨拶をすませ、後ろに控える余一郎と団平を、引き合わせた。

「この両名は、それがしを助けて蝦夷地を踏査した、つわものどもでございます。それがし同様、よろしくお引き回しのほど、お願い申し上げます」

それに合わせて、余一郎も団平も平伏する。

左近将監は、どちらかといえば学者肌の穏やかな人物で、年齢は五十を過ぎたあたりだった。

ややしわがれた、機嫌のよさそうな声で言う。

「おぬしらの苦労は、おおむね徳内から聞いておる。まことに、大儀であったぞ」

「恐れ入りましてございます。徳内どのとは、この二十二日に仙台で行き合い、あらためて早々に帰府せよ、とのご伝言をうけたまわりました。われらは、その日のうちに仙台を出立いたし、本日江戸へ立ちもどりましてございます」

左近将監が、眉を開く。

「二十二日とな。さすれば、おぬしらは仙台から足かけ五日で、江戸へ帰着したことになる。なかなかの、健脚ではないか」

「さりながら、旅のほこりもまだ落としておりませぬゆえ、本日は帰府のご挨拶だけにとどめ、また出直してまいりたいと存じます」

「うむ。おぬしらも、さぞ疲れているであろう。二、三日ゆっくり休んでまいれ」

「いや、さほどにゆっくりとは、しておられませぬ。徳内どののお話によれば、蝦夷地取締御用の新たな態勢が整った、とのこと。石川さまにお差し支えがなければ、明日にでも出直してまいります」

重蔵の言葉に、左近将監は笑った。

「せっかちな男よのう。よかろう。明日八つ半ごろ、出直してまいれ。そのころには、わしも下城していよう」

左近将監の屋敷を出たとき、暮れ六つの鐘が鳴った。
余一郎は、そこからほど近い麻布三谷町《あざぶさんやちょう》の、御先手《おさきて》鉄炮組同心の組屋敷に住んでいる。
隠居した父親と母親、それに出もどりの妹と同居しており、そのまま家へ帰ること
になった。

団平は提灯に火を入れ、重蔵とともに丸の内へ足を向けた。
虎御門《とらのごもん》、外桜田御門、和田倉《わだくら》御門をへて、先触れを回しておいた龍ノ口《たつのくち》の若年寄、
堀田摂津守の屋敷に立ち寄り、用人を通して帰府の趣《おもむき》だけ伝える。
摂津守から、ねぎらいの言葉とともに、明日の夕刻あらためて出直すように、との
沙汰があった。

そのあと二人は、駒込追分《こまごめおいわけ》の先の鶏声ヶ窪にある、御先手鉄炮組の組屋敷へ向かっ
た。夜を日に継ぐ強行軍で、団平もかなり疲れがたまっていたが、重蔵の元気な足取
りを見ると、弱音を吐くわけにいかない。

いずれにせよ、ほどなくたねに会えるのだと思うと、自然に足が軽くなる。
神田橋《かんだばし》を越えて、八辻ヶ原《やつじがはら》に出た。
昌平橋《しょうへいばし》を渡って左に道をとると、本郷へ向かう坂道につながる。

坂の途中まで来たとき、前方にちらちらと提灯の明かりが二つ三つ、揺れているのに気づいた。

あれは、三念寺《さんねんじ》前の一膳飯屋〈はりま〉に続く、路地の入り口のあたりだ。

もしやと思い、団平は重蔵を顧みた。

「ひょっとすると、お出迎えではございませんか」

先触れには、重蔵の自宅にも帰府を伝えるように、指示してあったのだ。

「おれの顔を、照らしてみよ」

団平は、重蔵の顔が闇に浮かび上がるように、提灯を掲げた。

とたんに、前方の提灯が跳ねるほど激しく揺れ、こちらにやって来た。

転ぶように、巨体を揺すって真っ先に駆けつけたのは、〈はりま〉の主人為吉《ためきち》だった。

「これはこれは、近藤さま。ご無事のおもどり、何よりでございます」

為吉は息を切らせ、体を丸めるようにして、挨拶する。

「おう、為吉か。おまえも元気そうで、何よりだ」

重蔵が応じると、為吉の陰から女房のえんが、顔をのぞかせた。

「お帰りなさいまし。長いあいだのお勤め、ご苦労さまでございました」

「おえんか。いつからここで、待っていたのだ」

「日暮れ前から、交替でお待ちしておりました。先触れが届いたあと、あんまりお帰りが遅いものでございますから、途中で熊に食われておしまいになったかと、心配いたしました」

相変わらず、遠慮がない。

重蔵は、機嫌よさそうに応じた。

「ばかを申せ。千住大橋からこっちに、熊はおらぬわ」

「吉原《よしわら》あたりに生息する、牝熊《めすぐま》のことでございますよ」

えんのへらず口に、笑いがはじける。

団平は、首をひねった。

「先触れには、〈はりま〉に知らせるように言わなかったはずだが、なぜ分かったのだ」

すると、えんが為吉の陰からもう一人、出迎えの者を引っ張り出した。

山袴《やまばかま》をはいた女が、下を向いたままぺこり、と頭を下げる。

「お帰りなさいまし」

団平は驚いて、顔をのぞき込んだ。

「おたねではないか。こんなところで、な、何をしているのだ」

しどろもどろに言うと、えんがあきれたように口を出す。

「何をしている、もないものでございますよ、団平さん。昼間の先触れを聞いて、おたねさんが近藤さまのご帰府の沙汰を、店へ知らせに来てくれましたのさ。それからずっと、このあたりでやきもきしながら、お待ちしておりましたのに」

団平は、居心地が悪くなった。

「そうか。それは、申し訳なかった」

なんとなく、頰がほてってしまう。

たねももじもじして、まともに顔を見ようとしない。

そのあいだに、えんの後ろからまた二人、三人と出て来た。

近藤家の中間六助と、その女房のつや。

さらに、平山行蔵《ひらやまこうぞう》の高弟で忠孝真貫流《ちゅうこうしんぬきりゅう》の達人、西寺裕之進《にしでらひろのしん》がいる。裕之進は、しげをりよの手から守るために、重蔵が用心棒を頼んだ男だ。

口ぐちに、重蔵の帰府を祝って、挨拶する。

一人だけ、足りぬ気がした。

もしやと思い、団平は裕之進の後方の闇に、提灯をかざしてみた。

曲がり角の石垣の陰に、ひっそりと立つ女が見える。

「おしげさん。こっちへ来て、お出迎えしたらよかろう」

団平が声をかけると、しげは小袖《こそで》の裾を気にしながら、ためらいがちに前へ出た。

「このたびは、つつがなくお帰りあそばしまして、おめでとう存じます」

相変わらず、言うことが格式ばっている。

重蔵が、こちらも相変わらずぶっきらぼうに、言い返す。

「おう、おしげか。留守中、大事なかったか」

「はい。為吉さんとおえんさん、それにおたねさんも、よくしてくださいました。また、西寺さまがまめに見回りに来られて、心強うございました」

「そうか。それは、重畳《ちょうじょう》。さっそく店へ行って、一杯やろうではないか」

重蔵が言うと、しげは顔を上げた。

「その儀は、お控えくださいませ。ご自宅で、ご隠居さまと大奥さまが、お帰りを待ち兼ねておられます。どうか、本日はこのまま、ご帰宅あそばされますよう」

口調はていねいだが、きりりとした目元だった。

えんも、そばから口を添える。

「そのとおりでございますよ、近藤さま。真っ先に、お二人に無事なお顔を見せて差

し上げるのが、親孝行というもの。だいいち、うちの店も今夜は火を落としましたから、なんのおもてなしもできません」

重蔵は苦笑した。

「分かった、分かった。また一両日中に、出直してまいろう」

「それはそうと、橋場の旦那はどうなされましたので」

為吉の問いに、団平は答えた。

「帰府のご挨拶で、石川左近将監さまのお屋敷に立ち寄ったあと、一人でご自宅へもどられた。組屋敷が同じ赤坂で、目と鼻の先なのだ」

えんが、思いついたように聞く。

「ほかのみなさまは、どうなさったのでございますか。下野源助さまとか、棟梁の清蔵さんとか」

「その二人は、荷物と一緒に一日遅れて、明日にはもどる」

そう応じて、団平は重蔵を見返った。

「それでは、先を急ぐといたしましょう」

「うむ。おしげも一緒にまいれ。追分まで、送って行こう」

しげがまた、しとやかに頭を下げる。

「ありがとう存じます。お供させていただきます」

為吉夫婦に見送られ、六助を先頭に重蔵を囲むようにして、追分へ向かう。

いつの間にか、たねが団平の後ろにぴたりとつき、羽織の裾を引っ張ってくる。


その翌日、昼八つ半。

団平は重蔵の供をして、ふたたび石川左近将監の屋敷に出向いた。

重蔵が左近将監と面談するあいだ、団平は中間部屋で中間たちと世間話をしながら、待っていた。

中には渡り中間もおり、諸国の話に花が咲いた。

二人の面談は、一刻近くかかった。

終わったあと、龍ノ口へ向かう。

重蔵は、左近将監との話し合いがうまくいったのか、機嫌がよかった。

「徳内が、一足先に露払いを務めてくれたおかげで、あれこれ釈明せずにすんだわ。長嶋新左衛門についても、左近将監さまはおれの言い分を、よく聞いてくれた。いさざか、拍子抜けがしたくらいだ」

そううそぶき、空に向かって笑う。

団平も、長嶋新左衛門を進取の気概に欠ける、役人根性の男と見ていた。

あるいは左近将監も、それを承知で送り込んだのではないか、という気がする。

たとえば、とかく暴走しがちな重蔵の気質を憂《うれ》えて、その手綱《たづな》を引き締める役でも務めさせよう、としたのではないか。

団平は聞いた。

「長嶋さまはともかく、村上さまについてはいかがでございましたか。あまり、手厳しく批判されるわけには、いかなかったでございましょう。なにせ、村上さまは越中守さまのお眼鏡にかなって、取り立てられた御仁でございますゆえ」

村上島之丞は、先の筆頭老中松平越中守に認められて、公儀の御用を務めるようになった男だ。

「島之丞も、おれが当てにしていたほどには働かなかったが、筆まめに蝦夷の記録を取っていたのは、認めてやってよかろう。そのことは、しっかりお伝えしておいた」

「絵図も、かなり細かく描いておりましたゆえ、その面では十分な働きをなされた、と存じます」

虎御門に差しかかる。

「それはさておき、左近将監さまから今後のお勤めについて、何かお話はなかったのでございますか」

　思い切って団平が聞くと、重蔵は少し間をおいて答えた。

「まだ沙汰は出ておらぬが、引き続き蝦夷地取締御用を勤めることになるのは、確かなようだ。新左衛門、島之丞も同様らしいが、おれと一緒の組にはなるまい」

「さようでございますか。どのようなお勤めに、なるのでございましょうな」

「それも分からぬ。当分は、江戸で骨休めをすることになろう。おれとしては、今一度クナシリからエトロフへ渡り、さらにウルップまで足を延ばしてみたい、と思っている。去年は、間に合わなかったのでな」

「また、蝦夷地にお出かけになるとすれば、団平めもお供することになりましょうか」

「いやか」

　聞き返されて、団平はたじろいだ。

「めっそうもないことでございます。はなから、お供いたすつもりでおりますゆえ、ついて来るなと仰せられましたら、どういたそうかと思っておりました」

　嘘とまことが、半々だった。

　たねのことさえなければ、なんの憂いもないのだが。

重蔵が、独り言のように言う。

「余一郎は、いやがるであろうな」

「いえ、橋場さまも口ではいろいろ仰せられますが、実は旦那さまや団平めとの旅を、楽しんでおられるようでございます。少なくとも団平めには、そのように見受けられます」

こんなことを言ったら、余一郎にどやされそうな気もしたが、ぜひ同行してほしいというのが、本音だった。

「そうか。それならばよいが」

重蔵の声が、心なしか明るくなった。

重蔵も、口では余一郎のことをあれこれ言いながら、内心では頼りにしているのかもしれない。

龍ノ口での、堀田摂津守との面談も一刻ほどかかり、終わったときは日が暮れていた。

もどる道すがら、重蔵はまたも話し合いが思うように進んだとみえ、上機嫌だった。

「新左衛門、島之丞から上がった沙汰も、徳内がおれのために試みた陳弁《ちんべん》も、ただ聞きおくだけにとどめた、との仰せであった。おれの話を聞くまでは、何も信ぜぬ心づもりでおられた、ということらしい。さすがは、摂州さまではないか」

それが、よほどうれしかったらしく、歩き方も肩で風を切っている。

神田橋を渡ったところで、重蔵は急に団平を振り向いた。

「気分がよいわ。〈はりま〉に寄っていくぞ」

その夜はしたたかに飲み、二人が組屋敷にもどったときは、九つを過ぎていた。

たねが寝ずに待っており、下野源助と清蔵が荷物とともに夕七つ半、無事に帰着したことを告げた。

18

三月十日。

近藤重蔵は、石川左近将監から呼び出しを受け、老中松平伊《い》豆守《ずのかみ》の仰せ渡しの書付を、申し聞かされた。

この日をもって、重蔵にふたたび蝦夷地取締御用を命ず、というものだった。

さらに、十五日には城中へ召し出され、躑躅《つつじ》の間において老中太田備中守《おおたびっちゅうのかみ》より、勘定を仰せつける旨申し渡しがあった。

大手御門内の腰掛けにすわり、重蔵の下城を待っていた根岸団平は、あとについて門外へ出たとたん、それを聞かされた。

あまり驚いたので、足が止まってしまった。

「ま、まことでございますか」

重蔵は、たいしたことではないという顔つきで、団平を見返った。

「嘘を言ってどうする。今日ただ今より、おれは御勘定衆の一人だ」

「御勘定と申せば、お、御目見《おめみえ》以上のお役で」

思わず、言葉を詰まらせる。

「そんなことは、分かっておる」

歩き出す重蔵の背に、団平は頭を下げた。

「まことにもって、おめでとうございます。ご隠居さまも、さぞお喜びになることでございましょう」

一昨年暮れ以来、重蔵が務めてきた支配勘定の役職は、まだ御目見以下の位置づけだった。

一方、勘定は同じ勘定奉行の支配下でも、将軍に御目見を許される役職なのだ。

団平は続けた。

「これが、寛政三年以前のことであったなら、なおよかったのでございますが」

「ないものをねだっても、せんないことよ。なるようにしかならぬわ」

重蔵は、あまり悔しそうではない。

寛政三年以前は、御家人が御目見以上の役職に取り立てられれば、そのまま旗本への格上げを意味した。

しかし、寛政三年以降は格上げの乱発を抑えるため、制度が変わった。

すなわち、一代限りの御目見以上では格上げされず、代が替わっても御目見がかなう家格、〈永々御目見以上〉を許されてはじめて、旗本に列せられることになったのだ。

とはいえ、御目見以下の与力の家柄に生まれた者は、一生与力のままで終わるのが普通だから、御目見以上の役職についただけでも、名誉なことには違いない。

その沙汰を聞いて、重蔵の父右膳や母美濃はもちろんのこと、近藤家にゆかりのある者は、出入りの商人や職人を含めて、みな大喜びした。

重蔵も、珍しく神妙な顔で両親の前に手をつき、こう言ったものだ。

「ここ数年のうちに、かならず永々御目見以上の旗本になり、家名を上げてみせまする」

二日後の、三月十七日。

重蔵は、将軍徳川家斉に御目見するため、団平を供に羽織袴の正装に身を固めて、城中に上がった。

御目見をすませたあと、蝦夷地取締御用で御暇金《おいとまきん》二枚と時服《じふく》二つを、拝領した。

三月二十日に、松平信濃守とともに出立することが、すでに決まっている。

赤坂の石川左近将監、龍ノ口の堀田摂津守に御礼参りをすませて、浅草橋御門《あさくさばしごもん》際にある関東郡代屋敷に、中川飛騨守を訪ねた。

団平も、同席を許された。

飛騨守は、重蔵の蝦夷地取締御用の再任と勘定への昇進を、わがことのように喜んだ。

重蔵若年のころから、その学識と才幹に目をかけてきただけに、うれしさもひとしおだったに違いない。

ただ、最後に表情を引き締めて、一つだけ苦言を呈した。

「重蔵。おぬしは才覚があるだけに、とかく上役とも下役とも衝突しがちだ。こたびも、蝦夷地で長嶋新左衛門や村上島之丞とのあいだに、確執があったやに聞いておる。辺境の地にあっては、ことさら人心《じんしん》の離反《りはん》を避けねばならぬ。それだけは、心しておけよ」

「恐れ入ります。この二十日には、ふたたび蝦夷地巡見に出立いたしますが、新左衛門も島之丞もそれがしとは別の組、と聞いております。ご心配には及びませぬ」

団平が様子をうかがうと、飛驒守は案の定苦い顔をした。

「二人だけのことを、申しているのではない。おぬしは、とかく我を押し通す癖《くせ》があるゆえ、他人の不興《ふきよう》を買うのだ。今少し、自分を抑えるようにいたせ。さもないと、面従腹背《めんじゆうふくはい》の輩《やから》によって、苦汁《くじゆう》を飲まされることにもなりかねぬ。団平。おまえもせいぜい、重蔵の行き過ぎに気をつけるのだぞ」

突然、鉄炮玉が飛んできたので、団平は平伏した。

「かしこまりましてございます」

たねは、頰をふくらませた。

「二十日ちゅうたら、あと三日しかなかとよ。十月も留守にして、ようやくもどしやったと思うたに、一月もせんとまた行かるるとね」

怒った証拠に、長崎訛りがひどくなる。

団平は箸を置き、両手を上げた。

「まあ、そう怒るな。おれも、できれば半年くらいは骨休めをしたいが、お上のご沙汰とあっては、いやも応もない。旦那さまをお一人で、蝦夷地へ行かせるわけにはいかぬ。おまえも、下っ端とはいえ武家の妻になったのだから、分かってもらいたい」

「分かっとるばい」

そう応じたものの、たちまち目に涙があふれる。

団平は膳を脇にどかし、たねの肩を抱き寄せた。

「おれだとて、泣きたいくらいだ。しかし、おれが留守にしているあいだに、おまえの遊び相手ができるやもしれぬ。楽しみにしておれ」

たねは泣くのをやめ、団平の顔をいぶかしげに見た。

「だれんことを、言うとるとね。おえんさんやおしげさんなら、とうに仲ようなっとるばい」

「そうではない。もどってから二、三日のお務めで、手応えがあった気がするのだ」

「お務めって、なんのお務めじゃいね」

「これのことよ」

団平は小袖の八つ口から、たねの胸元へ手を差し入れた。

たねは声を上げ、団平を振り放そうとした。

「なんばしよっとね」

団平はそのままのしかかり、たねを畳に押し倒した。

「まだ、三日ある。そのあいだに、せいぜい仕込むのだ」

「そがんこつじゃ、だまされんとよ」

たねはそう言い、少しのあいだあらがう様子を見せたが、やがて力を抜いた。

そのまま、団平の意に任せる。


「御勘定にご昇進の趣、まことにおめでとう存じます」

しげはそう言って、ていねいに頭を下げた。

重蔵は、むしろ迷惑そうな口ぶりで、言い返した。

「そのようにおおげさに、めでたがらぬでもよいわ。それより、酒を注《つ》いでくれ」

あぐらをかき、湯飲みを突き出す。

しげは、銚子に入れた冷や酒を、そこに注いだ。

「御勘定と申せば、りっぱな御目見格でございましょう。これがおめでたくなくて、何がおめでたいのでございますか」

「おれの望みは、それほど小さくはない。勘定組頭はもちろん、その上までも行く心意気がなくて、どうする」

しげは、襟元を直した。

「仰せのとおりでございます。ただ、あまりお急ぎなされませぬように。急いては事を仕損ずる、のたとえもございますゆえ」

さりげなく釘を刺すと、重蔵は鼻を鳴らした。

湯飲みの酒を、半分ほどあける。

重蔵は、しげよりいくつか年若だが、はるかに年上に思えることがある一方、まるで子供のように見えることもある。

その差が、いとおしかった。

しげは、話を変えた。

「二十日にご出立とうかがいましたが、どなたさまのご配下でございますか」

「松平信濃守だ。おれとよく似た、小うるさい男だそうだから、今から楽しみよ」

「最上徳内さまは」

「同じ信濃守組だが、こたびは別の隊をあずかって、一足先に出立した。おれと、仙台で行き合ったほどゆえ、今ごろはとうに蝦夷地に着いておろう」

「団平さんのほかに、どなたがお供をなさるのでございますか」

「余一郎を、また連れて行く。余一郎め、さんざん勘弁してくれと逃げ回ったが、しまいには観念しおった」

橋場余一郎は、寒いのが大の苦手だと聞いているから、蝦夷地巡見は地獄行きのようなものだろう。

「そのほかのお供は」

「下野源助を、もう一度連れて行こうと思ったのだが、水戸から断られてしまった」

「前回同行された、長嶋さまや村上さまは、いかがなされましたか」

「こたびも、蝦夷地へ行くことは行くが、さいわいおれとは別の組にはいっておる。おれと一緒に行くのは、普請役元締《もとじめ》の山田鯉兵衛《やまだりへえ》という男だ。二人で、エトロフ掛を仰せつかったが、そやつは蝦夷やアイノのことを、何も知らぬ。先が思いやられるわ」

しげは、重蔵の気性《きしょう》を承知しているだけに、少し不安を覚えた。

最上徳内のように、重蔵と下役のあいだに立つ者がいれば、いざこざを起こすことも少なくなるのだが、と思う。

「こたびは、徳内さまのかわりになるおかたが、おられぬのではございませぬか」

重蔵の眉が、少し曇る。

「正直なところ、そこがおれの悩みだ。音羽《おとわ》の、本多三郎右衛門に同行を頼んでみたが、あっさり断られた」

本多三郎右衛門は、最上徳内の師匠筋にあたる経世家《けいせいか》だ、としげも承知している。

「どのような理由で、お断りになられたのでございますか」

「高齢ゆえ、御用が勤まらぬと申すのだ。まだ、六十にもなっておらぬのに、高齢が聞いてあきれるわ。ご公儀のために、一身をなげうとうという気概に欠ける、腰抜けだ」

しげは、頰を引き締めた。

「さようなことを、ほかでお口になさってはなりませぬ。本多さまには、本多さまのご都合やお考えが、おありでございましょう。お年ばかりではなく、お体の具合が悪いのかもしれませせぬ」

重蔵は、苦笑した。

「おまえはいつも、おれの手綱を引き締めようとするが、だれに吹き込まれたのだ」

「わたくし一人の考えにございます。旦那さまは、ときとしてひとさまにきつく当たり、いらざる不興を買うやに聞いております。だれもが、旦那さまのような優れた才覚を、持ち合わせているわけではございませぬ。今少し、力量の劣る者を温かい目で、見てやってくださいませ」

しげは、自分の言が説教くさくなるのを覚えたが、言うべきことは言わねばならぬ。

重蔵は、黙って湯飲みの酒を飲み干し、しげをじっと見た。

「旦那さま、と呼んだな」

「は」

しげはとまどい、重蔵を見返した。

「たった今、おれのことを旦那さま、と呼んだであろうが」

そう指摘されて、度を失う。

畳にひれ伏す。

「申し訳ございませぬ。甘えが過ぎましてございます。どうか、お許しくださいませ」

重蔵は少し黙り、やおら口を開いた。

「酒だ」

「はい」

しげは体を起こし、冷や汗をかく思いで、酒を注いだ。

重蔵が、前触れもなしに聞く。

「おれの留守中に、りよがおまえに近づかなかったか」

ひやりとする。

「りよと申しますと、重蔵さまに恨みを抱いているとかいう、あの女子でございますか」

時を稼ぐために、わざと聞き返す。

「そうだ」

昨寛政十年、四月下旬。

重蔵が蝦夷地へ出立してほどなく、りよは深夜駒込追分のこの家に侵入し、しげを襲おうとした。

それを察知したしげは、懐剣《かいけん》を手にりよと刺し違える気構えで、部屋に迎え入れた。

しかしりよは、襲いかかろうと殺気をみなぎらせたものの、しげの決意を悟ってにわかに気後れしたごとく、何もせずに去ったのだった。

「いえ。りよは一度もここへ、姿を現しておりませぬ。西寺さまが、まめに見回りに来てくださいましたので、かりにりよが手出しをしようといたしましても、できなかったでございましょう」

重蔵の顔に、安堵《あんど》の色が浮かぶ。

「そうか。それならばよい」

「りよは重蔵さまを追って、蝦夷地へ行ったのではございませぬか」

「来なかった。さすがに、あきらめたのであろう」

いや、あの女があきらめるはずはない、としげは思う。

重蔵が、嘘をついていることは、勘で分かった。

自分もそうだが、相手に心配をかけまいとするその気配りが、うれしかった。

重蔵は湯飲みを置き、しげの手を取って引き寄せた。

「何をなさいます」

そう言いながらも、しげは重蔵の膝に身を預けた。

「重蔵さまはやめよ。旦那さまでかまわぬ」

しげが返事をする前に、重蔵の手はもう裾を割っていた。

19

三月二十日。

一面の曇り空だった。

「それにしても、やっと帰府したと思ったら、間なしにまた蝦夷行きとはなあ。江戸にいたのは、たった二十五日かそこらだぞ。息抜きをする暇もなかったわ」

千住大橋を渡りながら、橋場余一郎がこぼす。

根岸団平も、うなずいた。

「わたくしも、蝦夷へ出直すのは覚悟の上でございましたが、もう少し先のことと思っておりました」

「こんなことならいっそ、江戸へもどらねばよかったのだ。蝦夷地往復にかかる手間暇、費用を考えてみろ。むだもいいところではないか」

「まったくのむだ、とまでは言い切れませぬ。まずは、松前家のずさんな経営を早々に、お上に上申することができました。こたびの仮上地も、その成果と存じます」

「仮上地は、おれたちがもどる前に、決まっていたではないか」

「それはつまり、蝦夷地より送った御用状が役に立った、ということで」

「御用状を送ってすむことなら、もどらずともよかったのだ」

頑固に言い張る。

「それはともかく、ご家族やご同役のみなさまがたも、橋場さまの無事なお姿を目の当たりにされて、さぞご安堵なされたことでございましょう」

団平が応じると、余一郎はため息をついた。

「安堵もくそもない。もう帰ったのか、という顔をされたわ。おれが、また蝦夷地へ行くと決まったときは、みんな万歳《ばんざい》でもせんばかりに、喜んだものよ」

そう言って、自嘲めいた笑いを漏らす。

「ご冗談を。旦那さまにいたしましても、わずかな日にちとはいえご隠居さま、大奥さまと水入らずで過ごされ、親孝行をなさいました。それも、もどって来られたからこそ、でございます」

「おまえもせいぜい、女房孝行をしたのだろうな」

余一郎の、からかうような口調に、団平はまじめに答えた。

「はい。わたくしも、久しぶりにおたねとのんびり過ごして、英気を養いました。橋場さまも、そろそろ身を固められましたら、いかがでございますか」

「なんの。独り者の方が、気楽でよいわ。江戸には、惚れた女もおらんしな。いっそ蝦夷に住みついて、アイノの女子とでも暮らそうか」

「それはそれで、悪くない考えかもしれませぬ。アイノの女子は辛抱強く、働き者でございますから、楽ができると存じます」

「怠け者のおれには、合っていそうな気もするが」

そう言ってから、あわてて手を振る。

「いやいや、やめておこう。おれは寒いのが、ことのほか苦手だった。蝦夷地などで、暮らせる道理がない。うっかり、忘れていた」

松平信濃守を筆頭とする、第二次蝦夷地巡見隊は大きくふくれ上がり、総勢八百人を越える大所帯となった。

役割ごとに、いくつかの集団に分かれて隊や組が編制され、すでに二月中旬から順次壮途《そうと》についている。

道造掛に任じられた、普請役の最上徳内は先発隊に組み入れられ、二月十六日に出発した。

二十二日には、蝦夷地より帰府途上にあった近藤重蔵と、仙台で行き合っている。

それからほぼ一月後のこの日、重蔵は団平、余一郎とともに早暁《そうぎょう》七つ半、鶏声ヶ窪の自宅を出立した。

上野東叡山《とうえいざん》で、同じくこの日出発する信濃守の本隊と合流し、重蔵とともにエトロフ掛を務める普請役元締、山田鯉兵衛と落ち合った。

鯉兵衛は、従者として中間の宇之助《うのすけ》を、帯同していた。

重蔵の組は、鯉兵衛と宇之助を加えた五名だけの、ある意味では気楽な小隊だった。

とはいえ、不安もある。

今回の巡見には、徳内や下野源助に当たる補佐役、世話役がだれもおらず、清蔵のような重宝な大工もいない。

また、あの長嶋新左衛門と村上島之丞が、今回も巡見隊に加わっているのが、いくらか気がかりだった。

もっとも、新左衛門は宿割掛《しゆくわりがかり》、島之丞は信濃守の案内役とのことで、二人とも重蔵とは別の組になったため、団平もその点はほっとしていた。

もっとも、新左衛門は道造掛を兼任するそうだから、どこで徳内と顔を合わせるかもしれず、そうなったら互いに気詰まりだろう。

それが少し、心配だった。

本隊には、新たに加わった遠山金四郎、村上三郎右衛門、長坂忠七郎がおり、やはりこの日の出発となった。

遠山金四郎は、五年前の寛政六年に行なわれた、昌平坂学問所の学問吟味のおりに、御目見以上の組で最優秀の甲科をとった、気鋭の旗本だ。

ちなみに、御目見以下の組で甲科をとったのは、大田南畝《おおたなんぽ》だった。

このとき、重蔵も甲乙に準ずる丙科とはいえ、優秀な成績を収めている。

当時、金四郎も南畝もすでに四十代になっており、まだ二十代半ばだった重蔵にしてみれば、面目を施す出来だったといってよい。

しかし、重蔵自身は南畝と同じ甲科か、悪くても乙科を通る自信があったとみえ、負け惜しみじみたことを口にしたのを、団平はよく覚えている。

四日後の三月二十四日には、重蔵と親しい絵師《えし》谷文晁《たにぶんちょう》の弟元旦《げんたん》が、蝦夷地の風物を描き留める目的で、残りの隊とともに出発する予定だ。

そのおりは、蝦夷地の薬草を探索採取する任務を帯びた、奥医師の渋江長伯《しぶえちょうはく》も同行することになっていた。

さらに、陸路を行く本隊とは別に、江戸から直乗りの海路をとって、船でネモロへ直行する別隊も、編制されたらしい。

千二百石積みの御用船、政徳丸《せいとくまる》がこれにあてられるとともに、上乗りとして支配勘定の富山元十郎《とみやまもとじゆうろう》、西丸《にしのまる》小人目付松田仁三郎《まつだにんざぶろう》らが任命された、と聞く。

この船には、天文方《てんもんがた》渋川主水《しぶかわもんど》の弟子の堀田仁助《ほったにすけ》も、同乗するという。

仁助は星の動きを測り、方位を定めて海路の乗り筋を見極める、だいじな任務を帯びている。

今回、政徳丸が無事にネモロに到着して初めて、蝦夷地への海路が開かれることになるのだ。

聞くところによると、政徳丸の一行が蝦夷地へ先乗りするのは、もう一つの目的があるらしい。

東蝦夷地の、ウラカワより東に当たる部分が、公儀によって仮上地とされたことから、アイノたちのあいだにあらぬ噂が流れ、不安を生じる恐れがある。

また松前家や、その家士の請負場所で働く勤番《きんばん》の者たち、通詞たちのあいだにも動揺が走るだろう。

そのような事態を避けるため、本隊に先駆けて公儀御用の一行が蝦夷地にはいり、仮上地の趣旨を周知徹底させるのが、狙いのようだ。

そうした背景を、団平と余一郎は前夜重蔵の父近藤右膳から、詳しく聞かされていた。右膳もまた、隠居の身ながら蝦夷地の開発について、重蔵に負けぬ関心を抱いているのだった。

四月二十日の夜。

近藤重蔵が、ふたたび蝦夷地へ向けて出立したあと、すでに一月ほどたっていた。

薄曇りの空から、かすかな星明かりが漏れてくる。

西寺裕之進は、提灯を少し横手にずらして、しげに道筋を示した。

「毎度、ご足労をおかけいたしまして、申し訳ございませぬ」

しげが、相変わらずの四角張った口調で、礼を言う。

「なんの。拙者《せっしゃ》も、おしげさんを迎えに行くときは、只酒を飲めるからありがたい。

気にせんでよい」

しげと話すと、いつも肩が凝《こ》る。

ことに、裕之進は三代続く浪人の家柄だから、堅苦しい振る舞いや物言いは、こと

のほか苦手だった。

裕之進と重蔵は、四谷《よつや》北伊賀町《きたいがまち》に忠孝真貫流の看板を掲げる、平山行蔵道場の同門

のあいだ柄だ。

実力は伯仲《はくちゅう》しており、勝負が長引けば体力で勝る重蔵が優位、早めの勝負なら俊敏な裕之進に分がある、といわれたものだった。

昨年来、裕之進は昼間平山道場で代稽古を務め、夜は重蔵の実家に寝泊まりしている。近藤家ゆかりの者が、りよと呼ばれる女賊に襲われる危険があるため、重蔵から用心棒を頼まれたのだ。

りよは、忍びの者まがいの異常な身軽さを備え、予測のつかぬ殺しのわざを繰り出してくる、という。

決して油断してはならぬ、と重蔵にくどく念を押された。

当初、りよの顔には長崎で重蔵に鞭で打たれた、醜い傷痕が残っていると聞かされた。しかし、このたび一時帰府した重蔵や団平によると、蝦夷地に姿を現したりよの顔からは、傷痕が消えていたという。

重蔵は、オランダの医術で傷痕を取り去ったのではないか、と考えているようだ。

いずれにせよ、見せられた似顔絵から想像するかぎり、りよは女賊にしておくのが惜しいほどの、整った目鼻立ちの持ち主だった。

ただし、蝦夷地の断崖絶壁から転落したきり、消息を絶ったという。

十中八九は死んだと思われるが、肝腎の死体が見つかっていないため、生きていることもありうる。

その場合、りよはまたぞろ江戸へ舞いもどって、重蔵の身内を狙う恐れがないとはいえぬ。

したがって、なおしばらくは重蔵の実家やしげの周辺に、警戒の目を光らせてもらいたい、というのが重蔵の依頼だった。

かりに、りよが生きて江戸へもどったとしても、今のところ異変は起きていなかった。

鶏声ヶ窪の実家には、隠居したとはいえ武芸全般を修めた、重蔵の父右膳がいる。めったなことで、りよにひけはとるまい。

心配なのは、しげの方だった。

しげは、三日に一度本郷三念寺門前の一膳飯屋、〈はりま〉へ賄いの手伝いに出て、帰りが夜遅くなる。

その番に当たる日は、裕之進も夜六つ半をめどに〈はりま〉へ出向き、適度に腹ごしらえをしながら、看板まで腰を据える。

勘定は近藤家持ちだが、万一に備えて腹八分目にとどめ、酒もなめる程度にしておく。

ふだんは、五つを看板にしているものの、諸もろの後片付けが終わるのを待つと、五つ半ごろになる。

それから、裕之進はしげを駒込追分の家まで、送り届けるのだ。

しげが中にはいり、戸口や雨戸に落としを掛けるのを、まず確かめる。そのあと、家のまわりをひととおり見回り、半刻ほど張り番を続ける。

それが、このところの裕之進の習いになっており、今日もその番に当たっていた。

追分を過ぎると町屋《まちや》になり、少し行った左側に植木屋五兵衛の店が、見えてくる。

しげの家は、その手前の路地をはいった奥にあった。

前後左右に目を配り、先に立って路地に踏み込む。

家の内にも外にも、変わったことはなかった。西側の庭にも、不審な点はない。

しげが玄関先で、また頭を下げる。

「いつもいつも、ありがとう存じます。どうぞ、お気をつけて、お帰りくださいませ」

しげに送り出され、落としが掛けられる音を聞いてからも、裕之進はしばらく周囲の気をうかがった。

忠孝真貫流は、気を読むのを第一とする。

相手が動く、その一瞬に太刀筋《たちすじ》を見極め、真一文字に突っ込んで先《せん》をとる。一撃必殺のわざだ。

気配をつかむが早いか、躊躇なくこちらから仕掛けて致命傷を与える、一撃必殺の

そのため、一尺三寸の短い竹刀《しない》を両手に構え、敵の懐に飛び込んで突きまくる稽古を、いやというほど繰り返したものだった。

得物《えもの》が短いだけに、思い切って突っ込まなければ刃先が届かず、敵に致命傷を与えられない。

刃先の下に身をさらす恐怖を、それによって克服するのだ。

いわば捨て身の剣法だが、今どきの竹刀剣術とは比べものにならぬ、すさまじい威力を秘めている。

実戦に際して、普通の長さの刀でその戦法を試みると、よりたやすく敵を倒すことができる。

裕之進も重蔵も、そのわざと気迫を師匠の行蔵から、十二分に引き継いでいる。

半刻ほど見張りを続けたあと、何の異変もないと判断した裕之進は、路地を表通りへ向かった。

そのとき、背後で小枝が折れるような、かすかな音がした。

とっさに向き直り、耳をすます。

枝折戸《しおりど》の内側に、殺気は感じられない。かすかな音は家屋を越えた、西側の庭の方から聞こえたようだ。

先刻確かめたとき、庭にはなんの異状もなかった。

庭は、三方をほかの家の塀に囲まれているが、そこから何者かがひそかに侵入することも、できないわけではない。

裕之進は足音を忍ばせ、枝折戸の中にもどった。

建物に沿って、裏の庭へ回る。

星明かりの下に、人影が立っていた。

20

しげは闇に目をこらし、必死に耳をすました。

西寺裕之進に送られ、家にもどってから、すでに半刻以上がたつ。

いつものことだが、裕之進はすぐには引き上げようとせず、少なくとも半刻ほどはとどまって、家の周囲を見張ってくれたようだ。

物音こそ立てないが、かすかな気配でそれと分かる。

しげは、裕之進が引き上げて行くまで、夜着に着替えないことにしている。

しかし今夜は、ふだんと様子が違った。

たった今。

そろそろ、裕之進が引き上げる時分だと思ったとき、裏庭でかすかな音がした。

だれかが、地面に落ちた枯れ枝でも踏んだような、軽い音だった。

間なしに、今度は表の枝折戸が開く小さな音が、耳に届いた。

ふだんの裕之進は、めったに物音を立てない。

それが今は、一度引き上げようとしたものの、急いで立ちもどって来たらしい気配が、感じられた。

おそらく、裏庭から聞こえた小さな音を耳にとらえ、確かめにもどったに違いない。

しげは、暗闇の中で懐剣を引き寄せ、鞘を払った。

前年、りよは近藤重蔵が蝦夷地へ向かったあと、この家へ忍び込んで来た。

重蔵への復讐のため、思い者の自分を血祭りに上げる魂胆《こんたん》、と察しがついた。

りよの恐ろしさについては、重蔵からさんざん聞かされたから、覚悟はできていた。

とはいえ、おとなしく殺されるままになるつもりは、さらさらなかった。返り討ちは望めなくとも、せめて相討ちに仕留めよう、と決意した。

そうすれば、重蔵は以後なんの憂いもなく、勤めに専念することができる。

ところが、りよはまたとない機会だというのに、そのおり自分に指一本触れぬまま、引いてしまった。

こちらの覚悟を知って、おのが身も危ないと悟ったらしい。

それ一つをとっても、侮《あなど》りがたい女だと分かる。

どれほど憎いと思っても、むやみにおのれを失う愚を犯さず、冷静な判断ができる女なのだ。

出立の前、しげは重蔵にりよが近づいて来なかったか、と聞かれた。

いらざる心配をかけたくなかったので、りよとやり合ったことは黙っていた。

一方重蔵も、りよが蝦夷地までは追って来なかった、と見え透《す》いた嘘をついた。

りよは蝦夷地のどこかで、重蔵に挑みかかったに違いない。

それが失敗に終わったことは、重蔵がこのたび無事に帰府したのを見れば、一目瞭然だった。

とはいえ、重蔵がその事実を黙っていたからには、りよを仕留めそこなったことも、明らかだ。

もし返り討ちにしていれば、もう心配することはないと請け合うだろうし、裕之進に用心棒を続けさせることも、なかっただろう。

そして今、だれかが裏庭に忍んでいる。

りよかもしれない。

しかし、裕之進に気づかれたとすれば、たとえりよでも歯が立たないだろう。

まだ、この目で裕之進の剣を見たことはないが、重蔵が信頼して任せるほどの腕前ならば、心配あるまい。

もっとも、りよがだれか腕利きの仲間を帯同し、裕之進の相手をさせているあいだに、みずから屋内に忍び込んで来ることも、考えられる。

それならそれでよい。

前と同じく、相討ちを狙うだけだ。

いや。

その覚悟は、りよも前回のことで感じ取ったはずだから、同じ過ちは犯すまい。

しげは、唇を噛んだ。

一つ、思い当たることがある。

自分ならこうする、という考えが浮かんだのだ。

もしかすると、りよはその場で自分を殺さず、人質に取るつもりなのではないか。

その上で、いかにもして蝦夷地へ連れて行き、重蔵の前に引き据えるのではないか。

そして、重蔵に刀も鞭もすべて捨てさせ、思う存分復讐を果たす。

自分がりよなら、そうするだろう。

重蔵が、りよに言われるままに得物を捨て、なぶり殺しにされるかどうか、そこまでは分からない。

どれだけ自分に惚れているにせよ、重蔵がみずからの命だけでなく、公儀の勤めまで惜しげもなく、なげうつだろうか。

そうしてほしい、とは思わない。

むしろ、そうしないことを願う。

武士たるものに女のため、それも妻でもない女のために一命を捨て、家名に泥を塗るようなまねを、させてはならない。

そのときには、別の覚悟を決めるだけだ。

もし、相討ちがかなわぬと分かったときは、自分の喉を掻き切るなり、舌を噛むなりして、みずから死を選ぶ。おとなしく、人質になるつもりはない。

それしか、道はないだろう。

しげは、懐剣の柄を強く握り締め、外の気配をうかがった。

物音一つ、聞こえてこない。

にもかかわらず、にわかに壁や雨戸や障子を通して、恐ろしいほどの殺気が身に迫るのを、ひしひしと感じた。


黒の小袖に、裁着袴。

いかにも頑丈そうなその体軀《たいく》から、男であることは見当がつく。

少なくとも、りよではない。

「何者だ」

西寺裕之進の問いに、男は答えなかった。

覆面をしていないにもかかわらず、日焼けした顔はほとんど闇に溶け込んで、人相がよく分からない。目ばかり、ぎらぎらしている。

男は、無言のまま大刀に反りを打ち、ゆっくりと抜き放った。

大刀の柄を、右の耳のあたりまで引き上げ、高くかざす。

とんぼの構えか。

裕之進も刀を抜き、正眼《せいがん》の構えをとった。

とんぼの構えは、薩摩示現流《じげんりゅう》の剣法だ。

忠孝真貫流と同じく、最初の一撃で相手を倒すのを旨とする、と聞いている。

たとえ初太刀《だち》をはずしても、息を継ぐ暇さえ与えず二の太刀、三の太刀を繰り出し、相手を倒すまで打ち込み続ける。

そのために考案された、独特の稽古があるらしい。太刀筋の速さとすさまじさは、尋常ではないといわれる。

ただし、攻め一方のために受け太刀がない、とも聞く。

言葉を換えれば、斬るか斬られるかの、捨て身の剣法なのだ。

さすがの裕之進も、身が引き締まった。

相手の構えを見ただけで、並の遣い手ではないことが分かる。

このような剣客が、夜四つ過ぎにしげの家の庭に忍び込むとは、容易ならぬことだ。

しかも、裕之進の存在を承知していたかのごとく、無言で戦いを挑んでくる。

となれば、これはりよなる女賊が差し向けた、しげへの刺客とみてよかろう。

重蔵によれば、りよの後ろには薩摩島津家の隠居上総介が、控えているらしい。

だとすれば、示現流の遣い手が姿を現しても、不思議はない。

ようやく出番がきた、と裕之進は気を引き締めた。

男は、大刀をとんぼに構えたまま、微動だにしない。

薩摩の剣法は、気合が第一。

すなわち、相手の呼吸が整わぬうちに激しく打ち込み、一撃で倒すのを身上とする。

しかし、男も裕之進を並なみならぬ遣い手と知ったのか、すぐには仕掛けて来ない。

裕之進は、ゆっくりと刃先を下げながら、刀身を上向きに巡らした。

相手が打ち込んで来る寸前、下から胴を突き上げるつもりだ。一瞬でも遅れれば、上体を真二つにされる。

男にも、それが分かっていよう。

そのきっかけを、どちらが先につかむかで、生死が分かれる。

大声を上げて、人を呼ぶという考えが、頭をよぎった。

しかし相手は、その隙を見逃すまい。

自分を一太刀で斬り伏せ、人が集まって来る前にしげを襲って、とどめを刺すだろう。

こうなった以上、この男を返り討ちにする以外に、道はない。

裕之進は息を詰め、男の気を計った。おそらく、相手も同じに違いない。

敵に受け太刀がないならば、こちらも受けを考えずに斬り込むまでだ。

肉を断らせて、骨を断つ。その心構えは、日ごろの稽古でできている。

裕之進は間合いを計り、じりりと右の爪先をにじった。

その誘いに男は乗らず、気を発することもなかった。一撃必殺の剣法にしては、慎重すぎるほど慎重な男だ。

朝までこうして、睨《にら》み合っているわけにはいかない。

この上は、相討ちを覚悟で斬り込むしか、策がない。

誘いをかける含みで、裕之進は刃先をぴくりと動かした。

相手が乗らないのを見透かし、そのまま一直線に体ごと突っ込む。

男は虚をつかれたごとく、とんぼの構えから大刀を真一文字に、振り下ろした。

しかし、わずかに呼吸が遅れた。

男の剣は裕之進に向かわず、突き出された刀を体の前ではねのけようとする、受けの形に回った。

刃と刃が、がんとぶつかって、火花を散らす。

裕之進の剣は、わずかに男の胸に届かず、鍔《つば》ぜり合いになった。

ここで気を抜けば、刀ごと押し斬られてしまう。

裕之進は足を踏ん張り、死力を振り絞って男の上にのしかかった。

男は、がっしりした体軀の持ち主だが、背丈も目方も裕之進に劣る。

裕之進は、男をじりじりと庭石の一つに追い詰め、上から押しつぶしにかかった。

男は歯嚙みしながら、庭石の上に仰向けに押しつけられ、苦痛の声を漏らした。

一瞬、男の右手が、柄から離れる。

その手が、こちらの腰を探るのを察して、裕之進は一気に両腕に力を込め、体ごと刀を押しつけた。

刃が男の喉元に食い込み、黒い血が勢いよく噴き出す。

男の手が、こちらの脇差の柄を握るのが分かったが、引き抜く余裕を与えなかった。

返り血を浴びながら、裕之進は男の体から完全に力が抜け切るまで、そのままの格好でいた。

やがて、男は左手に刀を握ったまま、動かなくなった。

ほっと息をつき、体を起こそうとしたとき、首の後ろに冷たくとがったものが、押し当てられた。

裕之進は、体を硬直させた。

男との戦いに精根を使い果たして、背後の動きに気づかなかった。

耳元で、女の声がささやく。

「殺すには、惜しい腕だねえ」

次の瞬間、裕之進は体中の血が煮えたぎり、盆《ぼん》のくぼに殺到するのを感じた。


たねは、顔を上げた。

夜四つの鐘が鳴ってから、どれくらいたつだろうか。

少なくとも、半刻は過ぎたと思う。へたをすると、もう九つに近いかもしれない。

たねは、夫根岸団平の袷《あわせ》を、縫《ぬ》っている。

この分では、いつ着てもらえるか分からないが、何かに熱中していなければ、やり切れないのだ。

団平が、近藤重蔵とともにふたたび蝦夷地へ向かったのは、三月の二十日。

江戸にいたのは、わずか一月足らずだった。

それから、また一月近くもたってしまったが、そのあいだが半年ほどの長さにも、感じられる。

団平がいないと、これほど月日のたつのが遅いものか、と無性に悲しくなる。

思いを振り切り、また針を進めようと目を落としたとき、戸口で声がした。

「おたねさん、起きているかね」

すぐに、中間の六助の声と分かる。

「起きとりますばい」

返事をすると、引き戸のあく音がして、燭台の明かりが障子に揺れた。

たねは縫い物を置き、障子をあけた。

六助が土間に、眠そうな顔で立っている。

「どげんしたとね、六助しゃん」

「追分の、植木屋五兵衛どんのとこから、たった今使いが来た。おたねさんに、何か急用があるとかだ」

「五兵衛しゃんとこから」

「なんの用か知らんが、だいぶあわてとるようだぞ」

たねは急いで、上っ張りを羽織った。

植木屋五兵衛は、しげの家に通じる路地の角にある植木屋で、大家でもある。しげの家を訪ねるとき、ときどきは五兵衛や職人と顔を合わせるし、挨拶を交わすくらいの付き合いはあった。

五兵衛は、当初から重蔵に何かと言い含められた様子で、いつもしげのことを気にかけているようにみえる。

その五兵衛から、こんな夜半に急な使いと聞いて、たねは胸騒ぎがした。

山袴に草履《ぞうり》を突っかけ、六助のあとについて行く。

門前に出ると、〈植五〉の紋入りの提灯を持った若い男が、頭を下げた。

「おまえさんが、おたねさんで」

「はい、たねでございますが」

挨拶を返したが、見たことのない職人だ。

「あっしは、〈植五〉の次郎吉《じろきち》、と申しやす。五兵衛の旦那に頼まれて、おたねさんをお迎えに上がりやした」

たねは、面食らった。

「お迎え、と言いなはると」

「半刻ほど前、おしげさんが急に差し込みを覚えて、苦しみ出したんで」

次郎吉の言葉に、たねは息が詰まった。

「お、おしげさんが。どげんしなさったとね」

「まだ、分かりやせん。医者を呼んで、今診てもらってるとこでござんすが、おしげさんがおたねさんに来てもらいてえと、そうおっしゃいやしてね。夜分すまねえが、ちょいと顔だけでも、見せてやってもらえねえかと、旦那がそうおっしゃるんで」

「よっぽど、按配《あんばい》悪かとね」

「あっしが出たときは、いくらか楽になったようだが、医者はずいぶんむずかしい顔で、首をかしげておりやした」

たねは、後ろで話を聞いていた六助を、振り向いた。

「六助しゃん、聞いたとおりだばの。うちはこんまま、おしげさんちへ行くけん、あとばお頼ん申します。あしたの朝まで、かかるかもしれまっせん。大奥さまに、そげん伝えてくらはりまっせ」

「分かった。すぐに、行ってやるがいいべ。あとは、任しときな」

「すみまっせん」

「ごめんなすって」

次郎吉が六助に頭を下げ、たねの足元に提灯を差し向けながら、先に歩き始める。

たねもそれに続いた。

中山道《なかせんどう》に出ると、次郎吉は坂の上の五つ又道を左に折れ、日光《にっこう》街道につながる往還へ向かった。

四つ辻にぶつかり、そこを今度は右へ曲がると、寺町と御先手組の大縄地《おおなわち》に挟まれた、鰻縄手《うなぎなわて》と呼ばれる道に出る。

そのまままっすぐ行けば、追分の手前が駒込追分町の町屋だ。

たねも、しげの家に行くときはいつも、その道筋をたどる。

たねは、足早な次郎吉の足元を見ながら、遅れないようにほとんど小走りに、あとを追った。

空は薄曇りで、月は出ていない。両側の家並みが、暗い空に黒ぐろと浮かび上がる。

追分までは、十三、四町くらいのものだが、急いでいるときに限ってふだんより、ずっと遠く感じられた。

大縄地を過ぎ、ようやく追分町の町屋にはいった。

〈植五〉は追分の分かれ道の、少し手前の右側に店を構えている。

しげの家は、〈植五〉の先の路地を右にはいった、突き当たりにあった。

次郎吉は、路地にはいると不意に足を止め、たねに提灯の柄を差し出した。

「おしげさんとこで、五兵衛の旦那と医者の玄庵《げんあん》先生が、お待ちんなっておりやす。あっしはこれで」

中へはいるつもりがないらしい。

「どうも、お世話ばかけました」

たねは、なんとなく次郎吉の物腰に不審を覚えながら、提灯を受け取った。

「そいじゃ、お気をつけなすって」

次郎吉は、〈植五〉の店の正面へ回って、見えなくなった。

妙な男だ。

たねは、むろん〈植五〉に出入りする職人を、すべて見知っているわけではない。

しかし、次郎吉はどこか植木職人と違うにおいがして、腑《ふ》に落ちぬものがあった。

たねは雑念を振り払い、提灯をかざして路地を奥へ向かった。

枝折戸をあけ、しげの家の前庭にはいる。

飛び石が五つあり、その先に千本格子の引き戸になった、戸口が見えた。

建物は真っ暗で、明かり一筋漏れてこない。

引き戸に手をかけると、落としがかかっておらず、すっと開いた。

たねは、真っ暗な玄関の土間をのぞき込み、呼びかけた。

「ごめんなっせ。たねが、参じましてございます。お取り次ぎ願います」

一瞬、わずかな間があいたあと、奥から鋭い声が響いた。

「おたねさん、お逃げなさい」

しげの声だ。

はっとしたとたん、たねは暗闇から伸びた手に襟口をつかまれ、土間に引き込まれた。

肩口に、針で刺すような痛みが走り、思わず提灯を手放す。

「なんばすっとね」

転がりながら、叫んだたねのすぐそばで、提灯が燃え上がった。

ほの明かりの中に、たねは女の白い顔が目の前に迫るのを、ちらりと見た。

そのまま、気を失う。

21

しげは、唇を引き締めた。

たねが来るとは、思いもしなかった。そのため、声を発するのが一瞬遅れた。

玄関の方で、何かを引きずるような音が襖《ふすま》越しに、聞こえてくる。

戸口から届いた声は、確かにたねのものだった。

なぜここに、しかもこのような時刻に、たねがやって来たのだろうか。

とても、偶然とは思えない。だれかが、そのように仕向けたのだ。

しげは意を決し、急いで行灯《あんどん》に火を入れた。

明かりを頼りに、玄関へ向かおうとしたとき、境の襖がすっと開いた。

すばやく壁際に身を引き、懐剣を構え直す。

控えの間に、行灯の明かりを受けて立ちはだかったのは、ほぼ一年ぶりに見るりよの顔だった。

しげはその場に、呆然と立ちすくんだ。

驚いたのは、そこにりよがいたから、というだけではない。

あのおり、りよがみずから覆面を引き下げ、闇にさらして見せた醜い傷痕が、なくなっていたのだ。

近藤重蔵の鞭に打たれたせいで、醜く盛り上がっていたあの傷痕は、いったいどこへ消えてしまったのか。

白磁《はくじ》のようなその顔は、ぞっとするほど無表情だが、女の目にもほれぼれするほど、美しい。

いや、それより裏庭へ回ったはずの西寺裕之進は、どうしたのだろう。

先刻、恐ろしい殺気がこの家を包んだあと、がんという重い音が響いた。

あれは、刃と刃がぶつかり合う音だった、と思う。

とすれば、とうに決着がついたはずだ。

そして、裕之進ならぬりよがここに姿を現したということは、悪い結果が出たからにほかなるまい。

背筋を、冷たいものが這いのぼる。

たねが、玄関口から声をかけてきたとき、思わずお逃げなさいと叫び立てたのは、とっさの勘が働いたからにすぎない。

今や、その勘が当たったことは、間違いない。

いやな予感がする。

りよは、口元に氷のような笑みをたたえ、静かに言った。

「あたしと、刺し違えようとしてもむだだ。その手には、乗らないよ。おまえには、人質になってもらう。そのために、助っ人も連れて来たのさ」

思ったとおり、狙いはそこにあったのだ。

しげは不安を振り払い、気を静めてりよの背後の闇に、声をかけた。

「おたねさん。無事なら、声をお出しなさい」

返事はなかった。

りよが、含み笑いをして言う。

「たねは、眠っているよ。南蛮渡来のしびれ薬で、静かにさせたのさ。ただし、心配はいらない。命に別状はないからね」

それを聞いて、少しほっとした。

あらためて聞く。

「おたねさんを、ここへおびき寄せたのは、あなたでございますか」

「そうさ。ほかにだれがいる、と思うんだ」

やはり、そうか。

さらに、問いかける。

「西寺裕之進さまは、どうなされましたか」

りよは笑みを消さず、甘ったるいとも聞こえるような声で応じた。

「あの男は、重蔵に負けぬ腕の持ち主だったたよ」

しげは、それを聞きとがめた。

「だった、とは」

りよが、真顔にもどる。

「そう、いい腕をしていた。薩摩でも一、二を争う示現流の遣い手を、仕留めたんだからね。でも、それが精一杯だった。盆のくぼに、こいつが突き立つのを防ぐことは、できなかったよ」

そう言って、短い火箸に似たものを、明かりにかざして見せた。

香道で使う、火匙《こじ》のようだった。

しげは、奥歯を嚙み締めた。

それほどまでに手ごわい、示現流の遣い手を倒しながらも裕之進は、この女に殺されてしまった。

平山道場の高弟といえども、りよの魔手から逃れられなかったのだ。

怒りと憎しみに、胃の腑が熱くなる。

そのとき裏庭の方から、かすかな物音が聞こえた。

耳をすますと、人が二人か三人集まって何かを動かす、そんな気配がした。

しげは、それに気づかぬふりをして、きっぱりと言った。

「人質になるつもりは、ございませんよ。わたくしも、覚悟はできております」

懐剣の刃をひるがえし、喉元に当てる。

「もし、あなたを仕留めることができぬときは、こうして自害するまでのこと。わたくしが死ねば、重蔵さまはなんのしがらみもなくなるゆえ、心置きなくあなたを成敗するでございましょう」

りよは顔をのけぞらせ、さもおかしそうに笑った。

「それくらい、こちらも読み筋さ。おまえには、どうでもあたしの人質になって、一緒に蝦夷へ行ってもらうよ」

「人質になる気はない、と申したはず」

しげは、喉に当てた懐剣を、ぐいと構え直した。

りよは、手を上げた。

「おっと、早まっちゃいけないよ。おまえの言うとおり、おまえに死なれたら重蔵は頭に血がのぼって、あたしの手に負えなくなるかもしれない。おまえには、重蔵を蝦夷地でつかまえるまで、生きていてもらう必要がある。おまえを見れば、重蔵も神妙にするだろうからね」

そう言って、一歩踏み出す。

しげは、きっとなった。

「その敷居から、一歩でも中にはいってごらんなさい。覚悟のほどを、見せて進ぜましょう」

りよが、また笑う。

「あたしが、なぜおたねをここへ呼び寄せたか、まだ分からないのかい。もし、おまえが人質になるのを拒むなら、あたしはここで容赦なくおたねを、血祭りに上げるよ。自害するのはおまえの勝手だが、そのためになんの罪もないおたねの命まで、奪われることになる。それでもいいのかい」

しげは愕然《がくぜん》として、懐剣を下ろした。

先刻から、いやな予感がしていたのはそのことだった、と思い当たる。

そうでなくて、りよがたねをこのようなところへ、おびき出すものか。

いつの間にか、口の中がからからに渇いている。

長い沈黙のあと、しげはかすれた声で言った。

「なぜ、そのような、無益なことを」

「無益じゃないさ。おまえを、あたしの思いどおりにさせるためには、ほかに手がなかったのさ」

しげは、少しのあいだ考えてから、りよに聞いた。

「わたくしが人質になれば、おたねさんを無事に帰すと約束なさいますか」

「そんな約束はしないね。おたねを家に帰せば、おまえはまた自害しようと図るだろう。おたねには、おまえと一緒に蝦夷へ行ってもらうのさ」

しげは、あっけにとられて、りよを見返した。

「おたねさんまで、人質に取るつもりか」

声に怒りを込めたが、りよは動じなかった。

「そうさ。互いが、互いの人質になるんだよ。一人で逃げれば、残った一人が殺される。おまえもおたねも、相方を見殺しにはできないだろう」

図星だった。

長崎以来、自分とたねは重蔵と根岸団平の関係のように、深い絆《きずな》で結ばれている。りよの言うとおり、一人で逃げることはできない。

しげは、体の力を抜いた。

「さりながら、おたねさんとわたくしをどのように、蝦夷地へ連れて行くものやら。道中手形がなければ、関所を抜けることは叶《かな》うまい。宿場に泊まれば、われらが騒ぎを起こして、人を集めることもできましょう。それとも、関所破りと野宿を繰り返して、蝦夷地まで行くつもりか」

「そんなめんどうなことを、するつもりはないよ。あたしの後ろには、薩摩のご隠居さまがついてるんだ。助っ人はいくらでもいるし、ひそかに蝦夷へ渡る手立ても、ちゃんと考えてある」

思わぬ名を耳にして、ぎくりとする。

「薩摩のご隠居。島津上総介さまのことか」

「そうさ。ご隠居にとっても、抜荷のことをあれこれとつつき回す重蔵は、目の上のたん瘤《こぶ》だ。遠い蝦夷で始末すれば、薩摩が関わっているとはだれも思うまいよ」

しげは、口をつぐんだ。

長崎に在勤中、重蔵が薩摩の抜荷を疑い、ひそかに調べを進めていたことは、知らないでもなかった。

とはいえ、今でもそのことがあとを引いているとは、思わなかった。

いずれにせよ、実際に島津上総介がりよの背後にいるとすれば、容易ならぬことだ。

そのとき、玄関口でかすかな物音がした。

低い男の声が、流れてくる。

「ルイどの。裏庭の方は、あらかた片付き申した」

わずかな訛りがあり、薩摩の弁と思われた。

あるいは、江戸詰めの者かもしれぬ。

「土間に寝ている女子も、駕籠《かご》に乗せておやりな」

「分かり申した」

返事とともに、たねを運び出す物音がしたあと、また静かになる。

りよが言った。

「刃物を、こっちへ投げてよこしな」

しげは、少し迷った。

しかし、ここでいくら意地を張っても、逃れる道はない。

懐剣を、りよの足元に投げ捨てる。

りよはそれを拾い上げ、しげにうなずきかけた。

「外に出るがいい。行灯は、そのままにしておくんだ」

言われたとおりにする。

外は雲がいくらか晴れ、月明かりが差していた。

表の通りに出ると、町屋はしんと寝静まった様子で、人っ子一人見えない。

ただ、ずらりと五挺《ちょう》並んだ駕籠の列が、異様だった。

薩摩の、〈丸十〉の紋入りの提灯を持った侍が四人、それを取り囲む。

りよが、後ろから二番目の駕籠に向かって、顎をしゃくった。

「それに乗るんだ。あたしは、一番後ろに乗る。もし、途中で妙なまねをしたら、おたねの命はないよ」

しげは黙って、駕籠に乗り込んだ。

おたねが、どの駕籠に乗っているのか、分からない。

あとの二つには裕之進と、裕之進に倒された薩摩の遣い手の死骸が、乗せられているに違いない。

しげの家で、何が行なわれたかをおおい隠すため、二つの死骸をひそかに始末する気らしい。

駕籠が、走り出す。

たとえ真夜中とはいえ、薩摩の紋どころの提灯に囲まれた駕籠の列なら、辻番も木戸番も口を出すことなく、通してしまうだろう。

どこへ行くのか分からないが、りよの意に逆らうことはできない。

重蔵の家では、裕之進とたねが姿を消したことに気づいて、どうするだろうか。

父の右膳は、りよのしわざと察するだろうか。

町奉行所に届け出て、探索に努めるだろうか。

蝦夷地へ向かった重蔵に、この異変を急報するだろうか。

駕籠に揺られながら、しげは歯を食いしばった。

22

五月九日。

近藤重蔵、山田鯉兵衛の一行は、東蝦夷地を東西に分けるウラカワに、到着した。

このウラカワより東、シレトコ、クナシリまでの地域を七年のあいだ、幕府の直轄地とする、と定められたのだ。

一行が、三月二十日に江戸を出立してから、およそ五十日が過ぎた。

松平信濃守、三橋藤右衛門らの本隊は大所帯のために、到着がだいぶ遅れている。後発の渋江長伯、谷元旦らの分隊には四月二十日、津軽の三厩で追いつかれた。

二日後、山背（北東風）が吹いて日和が整うと、渋江一行は百五十石積みの弁才船、観音丸《かんのんまる》に乗り込んで、松前へ渡った。

重蔵一行は、二日遅れて三厩を発帆した。

松前には、この二月に見送られたばかりの、阿部助や太郎助らのアイノが待ち構え、踊りを披露して一行を歓迎した。

松前には一泊しただけで、翌二十五日には東蝦夷地へ向けて出立し、この日ウラカワの会所《かいしょ》に着いたのだった。

東蝦夷地では、従来の〈運上屋〉という呼び方を、西蝦夷地に合わせて〈会所〉という呼称に、あらためていた。

蝦夷地の会所は、ほとんどが板張り壁の簡素なものだが、ウラカワだけは土壁で造られている。

丈夫で、寒気の入りを防ぐとともに、屋内の暖気も逃さない。

周辺に高い山がなく、農耕に適した地形に恵まれたため、アイノは畑を耕して粟《あわ》、稗《ひえ》などを育てるほか、野菜や椎茸《しいたけ》も栽培しているという。

春から夏にかけては海鼠《なまこ》、昆布を採り、秋には鮭漁《さけりょう》を行なう。

蝦夷地にはいってから、根岸団平と橋場余一郎は鯉兵衛に、昨年来の経験をその都度伝えて、巡見の一助とした。

鯉兵衛は、二十九歳の重蔵より十歳以上年長で、すでに四十一歳を数える。

しかし、役職は普請役元締にすぎないから、重蔵の勘定役に比べて格が下になる。

そのため、団平は前回の長嶋新左衛門の例もあり、また苦労するのではないかと危《き》惧《ぐ》したが、幸いそれは杞憂《きゆう》に終わった。

新左衛門と違って、鯉兵衛は格別先輩風を吹かすこともなく、穏やかな辛抱強い人柄と分かった。

中間の宇之助も、鯉兵衛よりさらに三つか四つ年長ながら、気配りのできる働き者だった。

ずっと年若の団平にも、ていねいな口をきく。

二人とも、蝦夷地への旅は初めてのせいか、団平や余一郎の言うことに、よく耳を傾ける。

その言動から、できるだけ足手まといになるまい、とする気組みが感じられた。

一行には、松前家から前回と同様鎌田幸七が付添人、木下与八が蝦夷通詞として同行した。

今回は熊にも出会わず、ウラカワに着くまで天候にも恵まれて、前回に比べれば楽な旅だった。一度踏破した道筋は、さほど苦にならないものだ。

さすがに、鯉兵衛と宇之助だけは心労もあってか、かなり疲弊していた。

旅宿所に着くなり、食事もとらずに寝てしまった。

翌日。

重蔵と鯉兵衛は、会所の支配人や勤番所の番人から、仮上地後のアイノとの取引の実態や、幕府の直支配に対する評判などを、聞き取った。

幕府の御用地となっても、これまで松前家中のために働いてきた支配人、番人、通詞の者たちは、望みに任せて稼ぎ方を続けることを許された。

江戸表から来た、にわか仕立ての公儀の役人だけでは、商いを引き継ぐことができないからだ。

団平と余一郎も、その聞き取りに終始立ち会い、それぞれの申し立てを帳面に書き込んだ。

従来、アイノと和人のあいだの取引は、品替え（物々交換）で行なわれていた。

しかし、和人はアイノの無知につけ込み、勘定する際の数をごまかしたり、不正な升や秤を使ったりして、理不尽な取引を強要することが多かった。

そのため、これまで蝦夷地では使用されたことのない、貨幣が導入された。

アイノが持ち込む昆布、魚類その他の産物は、鉄銭《てつせん》で代金が支払われる。

また、アイノが必要とする米、酒、たばこなども、鉄銭での支払いを受ける。

値段が定められたため、取引が容易になった。

たとえば、アイノからの買い入れ値段は、昆布が一貫あたり八文、椎茸が百個あたり七十文、干鮭一束十二本が九十文、といった具合だ。

アイノに売る米、酒の類もそれに応じた値段が、つけられた。

こうした通貨の導入により、大量の取引の際に行なわれがちだった、数のごまかしによる不正が、一掃されたという。

また、品替えではむずかしかった小口の取引も、むだなくできるようになったようだ。

ただし、通貨として使用されるのは鉄銭に限り、金銀はいっさい用いられない。

また、七年間の仮上地が終了するときには、流通した鉄銭の使用中止を申し渡し、三年を限度に物品と交換して、精算すると定められた。

聞き取りが終わり、中食をすませたとき、会所に最上徳内が現れた。

シャマニの少し手前の、フヨニという難所に新道開鑿の普請小屋があり、そこからやって来たという。

フヨニから先は馬が通れぬため、その場所を拠点と定めたらしい。

徳内とは、二月下旬に仙台で行き合って以来、ほぼ二月半ぶりの再会だ。

徳内は相変わらず髭を伸ばし、裁着袴にアッシを着ていた。

一同は、会所の奥の大部屋で囲炉裏を囲み、話に花を咲かせた。

重蔵が聞く。

「徳内どのは、いつ当地に到着されたのだ」

「奥州道中では、道造りに必要な人手や道具、食糧、木材などを手配しながらの、旅でございました。それゆえ思いのほか時日がかかり、当地にはようやく四月十日過ぎに、到着いたしました」

徳内が、小人目付の小林卯十郎とともに、江戸を出立したのは二月中旬だから、およそ二月かかったことになる。

「こたび、徳内どのはどのあたりに、新道を開くおつもりか」

重蔵の問いに、徳内は板の間に広げられた蝦夷地の略図を、指先で示した。

「先ごろ、近藤さまが開鑿されたルベシベツ、ビタタヌンケ間の新道を、このたび拝見いたしました。その新道を含め、ビロウからシャマニまでをつなぐ、新たな山道を開鑿するのが、てまえどもの仕事でございます。ビロウからは、吟味方《ぎんみかた》改役並《あらためやくなみ》の水越源兵衛《みずこしげんべえ》、普請役の中村小市郎のご両所が、開鑿を進めましょう。てまえは、小人目付の小林卯十郎どのとともに、シャマニの手前のフヨニから始めて、ホロイヅミまでをお引き受けいたしております」

余一郎が、口を開く。

「シャマニからホロイヅミのあいだには、昨年六月に大難儀をいたしましたテレケウシ、チコシキルの難所がございます。徳内どのの差配で、あの険しい海沿いに新道が開鑿されれば、通行はいちだんと楽になりましょうな」

徳内はうなずいた。

「いかにも。それに、かりにも新道を開くならば、人だけでなく牛馬も通れる、りっぱなものを造らねばなりませぬ。いささか時日を要しますが、へたに中途半端な道をこしらえては、あとあと禍根《かこん》を残すことになりましょう」

団平も、口を挟んだ。

「ホロイヅミから、エリモを回った先のサルル（猿留）あたりまでは、崖が険阻《けんそ》な上に岩礁も多いため、海沿いの道を開くのは困難な気がいたします。かと申してエリモを避け、山中を切り開いて東に通ずるのも、さらにむずかしいと存じます。何か、お考えがございますか」

徳内は、腕組みをした。

「そのことでござる。ホロイヅミの先に、ヲタベツ（歌別）と申す川が海に流れ込んでおります。まず、川沿いに道を切り開きつつ進み、トヨニヌプリの中腹を迂回《うかい》して、今度はサルル川沿いに開鑿しながら、東の海岸へくだるのでございます。うまくすれば、反対側から開鑿を進める水越、中村ご両所の一隊と、途中で出会うことになりましょう」

重蔵が、大きくうなずく。

「そうなれば、上々のでき。して、いつ普請に取りかかるおつもりでござるか」

「下組が整いしだい、取りかかる所存にございます。ここ十日のうちでございましょう。少なくとも、信濃守さまが当地へお着きになる前に、着手いたしたいと存じます」

重蔵は、軽く眉根を寄せた。

「信濃守はむずかしい人物ゆえ、徳内どのもせいぜい気をつけられよ」

信濃守とは、書院番頭の松平信濃守のことだが、重蔵は平気で呼び捨てにした。

徳内も、表情を引き締める。

「あの御仁は、下の者がいかように仕事をしても、何かしら苦言を呈《てい》するお人柄、と聞いております。肚を決めて、かからねばなりませぬ」

「こたびは、徳内どのと行をともにできぬのが、まことに残念でござる。信濃守には、案内役と称してあの村上島之丞が、付き添っており申す。また、宿割掛を務める長嶋新左衛門も、同じ道造掛を兼任するとのこと。どこで足をすくわれるか、知れたものではござらぬ。くれぐれも、お気をつけ召されよ」

徳内は、軽く頭を下げた。

「心得ましてございます」

「それにしても、日も差さぬ蝦夷地の深山を切り開くのは、至難のわざでござろう。雨風の強いとき、雪の降る冬場にも人馬が通れるようにするには、なまなかの普請では果たせまい。徳内どのも、めんどうな役を引き受けられたものよな」

徳内が、笑みを浮かべて応じる。

「近藤さまも、同様でございましょう。クナシリまでも、ご公儀の直支配となりましたからには、蝦夷地よりクナシリ、さらにエトロフにいたる正しい航路を、開かねばなりませぬ。てまえは、両方の島に何度も渡りましたが、渡海の法はと言えばあくまで、勘だけが頼りでござる。正式の航路を開くには、やはり星の動きや風の吹く向き、潮の流れなどをよく知る、優れた船頭が必要でございます」

徳内の指摘に、重蔵もうなずく。

「いかさま、そのとおりでござる。徳内どのに、だれかお心当たりはござらぬか」

「面識はございませぬが、摂州《せっしゅう》兵庫《ひょうご》に高田屋《たかだや》嘉兵衛《かへえ》なる腕利きの船頭がいる、と承知しております。この節、嘉兵衛が蝦夷地に来航したという噂も、耳にいたしました。お確かめになられたら、いかがでございますか」

「高田屋のことは、それがしも聞いており申す。できれば一度、会ってみたいものでござるな」

そのやりとりを聞いて、余一郎が団平に目を向けてくる。

団平も、高田屋嘉兵衛の名を聞いたことはあるが、どのような人物か承知していない。

それで、小さく首を振ってみせると、余一郎も同じように首を振る。やはり、知らないらしい。

徳内が、思いついたように言った。

「ところで、箱館よりの早飛脚によれば、信濃守さまがいろいろとお触れを出され、それを知ったアイノが一喜一憂いたしておる、とのこと。お聞き及びでございましょうか」

「うむ。鉄銭の使用によって、アイノが取引に不正のなくなったことを、喜んでいるという話は、聞いており申す。また、表向き使用を禁じられていた和語も、自由に遣ってよいということに、あいなった。文字や数を覚えれば、取引でだまされることもござるまい。その上、髭を剃《そ》り落として髷《まげ》を結わせれば、和人と変わらなくなろう」

重蔵の言葉に、徳内は軽く眉をひそめた。

「ゆくゆくはともかく、あまり早急に和風のこしらえを強要いたしましては、かえってアイノの気受けを悪くいたします。当面は、アイノの望みに任せるのが上策、と存じます」

重蔵は、その意見に不満そうな様子を見せたが、反論せずに話を進めた。

「そのほか、従来禁じられていた草鞋等の履物、風雪をしのぐ蓑《みの》や笠の使用が許されたのも、アイノにとってはありがたいことであろうな」

「仰せのとおりでございます。もっとも、その取り計らいは遅すぎたほどでございます」

重蔵は苦笑した。

「それがしも、同感でござる」

徳内が続ける。

「また、人足に出たアイノに対する日当が、細かく定められたことも大きいと存じます」

頃合いを計ったように、余一郎が口を挟んだ。

「ところで、今しがた一喜一憂と申されましたが、一憂の方はどのようなことでございますか」

「たとえば、争いごとを決するために、互いに棍棒で打ち合うウカリ、あるいはイヨマンテと称する熊祭りなど、アイノ固有の風習を禁ずるとの触れに、かの者たちは不満を抱いております。また、今後生まれる赤子《あかご》への耳輪、入れ墨はまかりならぬ、とのお達しも同様でございます。和風の強要とともに、独自の風俗風習に対する禁令は、好ましくないと存じます。少なくとも、アイノ自身の意向に任せるべきでございましょう」

アイノびいきの、徳内らしい言葉だった。

重蔵には、重蔵なりの考えもあるに違いないが、あえて何も言い返さなかったのは、やはり徳内に一目置いているからだろう。

ひとしきり話をしたあと、徳内は補給した食糧や資材をアイノ人足に運ばせ、フヨニの普請小屋へもどって行った。

23

六月三日。

根岸団平が、近藤重蔵、山田鯉兵衛ら一行とともに、アッケシに着いてから、四日たっていた。

ウラカワを出立したのは、五月十八日のことだ。

その日、シャマニに差しかかったとき、今しも最上徳内が新道の開鑿に、取りかかったばかりだった。

徳内が、重蔵に普請の見通しを語ったところでは、ホロイヅミへ新道が通じるまで、二月か三月かかるという。

それを聞くと、重蔵はしばらく話の輪をはずれ、考えにふけっていた。

ふたたび発とうとしたとき、突然重蔵は橋場余一郎を呼んで、こう言った。

「すまぬが、余一郎。おぬし、ここに残って徳内の普請の一部始終を、見届けてもらいたい」

団平は驚いたが、余一郎はちょっと首をひねっただけで、すぐに応じた。

「承知いたしました。普請の手伝いをせよ、との仰せでございますな」

「手伝うか手伝わぬかは、徳内の意向に任せる。徳内には、おれからそう言っておく」

団平は、口を出さずにいられなかった。

「旦那さま。橋場さまをここに残して行かれては、旦那さまのお勤めに差し障りが出ませぬか」

「その分、おまえが働けば、よいではないか」

にべもなく決めつけられて、口をつぐむよりほかなかった。

余一郎が言う。

「徳内どのによれば、普請は二月か三月かかるとのことでございますが、そのころ近藤さまのご一行は、どのあたりでございましょう」

「それは分からぬ。エトロフにいるかもしれぬし、ここへもどっておるかもしれぬ」

「普請が終わりましたら、わたくしはどこへまいればよろしいので」

「おれがもどっておらねば、あとを追ってまいれ。少なくとも、アツケシまでくれば消息が分かるように、会所に伝言を残しておく」

「承知いたしました。ほかに、何かうけたまわることが、ございましょうか」

「信濃守が徳内のやり口に、難癖をつけるやもしれぬ。徳内も、あれでなかなか骨のある男ゆえ、おとなしくは引き下がるまい。ぶつかることは、必定だ」

「わたくしに、お二人のあいだを取り持て、との仰せで」

「そうは言わぬ。書院番頭と普請役では、格が違って喧嘩にならぬわ。ただ、二人の言い分を、よく聞いておけ」

そういうやりとりがあり、余一郎はシャマニに残ることになったのだ。

五月末、アツケシに着いたとたん、耳寄りな知らせが待っていた。

徳内が言ったとおり、高田屋嘉兵衛が交易のため蝦夷地に来航しており、ほどなく当地へやって来る、というのだ。

そして、この日六月三日の昼過ぎ、嘉兵衛の手船辰悦丸《てぶねしんえつまる》がアツケシの入澗《いりま》に、到着したのだった。

重蔵は、旅宿所の番人を会所へ使いに出し、夕刻に嘉兵衛をよこすよう伝えた。

七つごろ、羽織袴で正装した嘉兵衛がただ一人、旅宿所にやって来た。

重蔵と鯉兵衛も、正装して嘉兵衛を迎えた。

団平は、宇之助とともに部屋の隅に控え、三人の話を聞いた。

嘉兵衛は、船乗りらしくみごとに日焼けした、三十前後の男だった。

背丈は五尺に満たないが、体は荒波にもまれた岩礁のように、がっしりしている。

「お初に、お目にかかります。高田屋嘉兵衛にございます」

嘉兵衛が、畳に蜘蛛《くも》のようにはいつくばって、挨拶する。

「蝦夷地巡見隊の、近藤重蔵でござる。以後、お見知りおき願いたい」

「同じく、山田鯉兵衛でござる」

二人に続いて、団平と宇之助も嘉兵衛に名を告げ、挨拶した。

それが終わると、嘉兵衛は少し体を起こして言った。

「近藤さまのお噂は、松前表で高橋三平《たかはしさんぺい》さま、三橋藤右衛門さまからうかがい、よく存じ上げております。蝦夷地でのお働き、まことにご苦労さまでございます」

高橋三平は重蔵と同じ勘定役で、今度の蝦夷地巡見の一員に駆り出され、羽州酒田《うしゆうさかた》の仕入物御用取扱に、任じられている。

また、勘定吟味役の三橋藤右衛門は、前回の巡見でも要の一人を務めた、四百石取りの旗本だ。

重蔵が応じる。

「おぬしのことも、すでに聞き及んでおる。松前では互いに行き違って、これまで顔を合わせずにいたが、よろしく頼むぞ。向後は、おぬしの力を借りねばならぬことが、あれこれと出てこよう」

「恐れ入りましてございます。なんなりと、お申しつけくださいますよう」

それからしばらく、雑談に花が咲いた。

嘉兵衛は、輸送を託された米、酒、たばこなどを、すでに酒田から松前に運び込んでいた。

これから、蝦夷地の主たる商い場所を巡って、昆布や干魚などの産物を買いつけ、酒田へもどるという。

嘉兵衛は、明和六年（一七六九年）に淡路島《あわじしま》で、六人兄弟の総領として生まれた、という。

重蔵より二歳年長で、今年三十一歳になる。

二十四歳で、一介の水主から沖船頭に進み、やがて自前の手船を持って、北前の海運に進出した。

前年、弟金兵衛《きんべえ》を支配人に据えて、箱館に出店を構えた。

三平に才を認められたのは、それ以後のことらしい。

ひとしきり雑談したあと、重蔵が本題にはいる。

「ところで、高田屋。われら二人は、お上よりエトロフ掛を仰せつかり、島を開発する使命を帯びてまいった。昨今は、オロシャが島伝いに南下してウルップを押さえ、エトロフにまで足を延ばしておる。オロシャどもを、なんとしてもウルップに押しとどめ、エトロフへやって来ぬように、牽制せねばならぬ。オロシャどもに、エトロフがわが日本の領土であることを知らしめ、土着のアイノにもそれを理解させたい。そのためには、アイノを撫育《ぶいく》して生計を整え、和人同様の暮らしをさせねばならぬ」

そこで言葉を切り、湯飲みに口をつける。

団平は、それを冷や酒だと知っているので、少しはらはらした。

重蔵が続ける。

「去る年、最上徳内とともにクナシリのアトイヤより、図合船《ずあいぶね》を連ねて一度渡ってみたものの、まさに命がけであった。地獄の瀬戸とは、あのことであろう。しかも、このたびはただ渡るだけでは、用をなさぬ。アイノの撫育に要する漁具、米や塩などの食糧、食器、衣類、日用品を大量に運ばねばならんのだ。それゆえ、大型の船を何艘か必要としよう。船が大きければ、それだけ風や波から受ける力も、大きくなる。無事に渡海するには、ぜひともおぬしのような腕利きの船頭に、助けてもらわねばならぬ。どうだ、高田屋。手を貸してくれぬか」

嘉兵衛は腕を組み、少しのあいだ考えていた。

やがて腕を解き、手を膝に置いて答える。

「いかなる瀬戸でも、渡れと言われれば渡ってみせましょう。しかし、てまえどもが渡るだけでは、なんの足しにもなりませぬ。今後、だれもが渡れる海路を見出だしてこそ、世のためになるというもの。それには、いささかの時を頂戴いたしたい、と存じます」

黙っていた鯉兵衛が、一膝乗り出して口を開く。

「何か、目算があるのか」

「とりあえずは、クナシリに渡ってアトイヤへ回り、エトロフとのあいだに横たわる瀬戸を、見分いたしたいと存じます」

鯉兵衛は、一度重蔵の顔色を見てから、目をもどした。

「いつでも、同道いたそう」

「場合によっては、図合船でアトイヤの沖へ出てみることも、必要かと存じます」

ふたたび、重蔵が言う。

「さもあろう。して、いつ当地を出立するつもりだ。おぬしも、当地で商いの用があろうから、すぐには腰を上げられまい」

「十日もあれば、片付くでございましょう。かりに、今月十二日の発帆ということで、ご用意願いたいと存じます」

嘉兵衛はそう言って、また慇懃《いんぎん》に頭を下げた。


六月七日。

最上徳内、小林卯十郎の組が、シャマニ新道の普請に取りかかってから、すでに半月ほどが過ぎていた。

橋場余一郎は、徳内と卯十郎が作業の指揮に出ているあいだ、普請小屋で留守を守ることに専念した。

どちらか一人が小屋に残る場合は、もう一人と一緒に作業場におもむいて、開鑿の進み具合を見分する。

余一郎の目には、いささかはかどりが悪いように見えたが、それは徳内の緻密な仕事のゆえだろう、と解釈した。

ときには、作業を離れて道なき道を伝いのぼり、険阻な山中に踏み込むこともあった。すると、高さが七丈ほどもありそうな、巨大な岩にぶつかったりする。

人ならば、縄なりハシゴなりをかけて、越えることもできよう。

しかし、馬を通すのはとうてい無理な相談で、新道開鑿の意味はそこにもあった。

そのような次第で、余一郎の役柄は楽といえば楽だが、退屈なことも確かだった。

重蔵が、なぜ自分にこのような指示を与えたのか、よく分からなかった。

それより先の五月二十七日、松平信濃守と遠山金四郎、村上三郎右衛門、長坂忠七郎の本隊が、ウラカワの会所に到着したとの知らせが、アイノの使いによってもたらされた。

そのことを知ると、心なしか徳内の言動にいらだちが見られて、余一郎は少し不安を覚えた。

会ったことはないが、信濃守の我の強い狷介《けんかい》な人となりについては、重蔵からよく聞かされている。

当の重蔵が言うくらいだから、その程度はかなりはなはだしいものがある、とみなければならぬ。

徳内とのあいだに、一波乱がなければよいが、と思う。

その信濃守一行が、この日ウラカワを発ってホロイヅミへ向かう途上、新道見分のため普請小屋に、立ち寄った。

それについては、あらかじめ先触れが届いていたので、卯十郎と余一郎が小屋に詰めていた。

信濃守は、口元にふてぶてしさをたたえた小太りの、三十代半ばの男だった。

一目見たときから、余一郎は虫の好かぬ男だ、と感じた。

遠山金四郎は、見たところ四十代後半の年格好で、遠目にも分かるほどのひどいあばた面に、余一郎は腰が引けてしまった。

しかし、話してみるとなかなかさばけた人柄の、教養豊かな人物だった。

村上三郎右衛門は四十前後か、余一郎がもっとも苦手とする陰気な男で、意地の悪そうな性分が顔に表れていた。

大身の旗本ながら、無役の寄合に押し込められるのも、むべなるかなという気がする。

長坂忠七郎は、やる気があるのかないのか分からぬ、つかみどころのない男だ。

余一郎が話しかけても、不精髭を抜きながら生返事をするばかりなので、相手にするのをやめた。年は、三十五歳から四十五歳のあいだ、としかいえない。

茶を一杯飲んだあと、信濃守は新道開鑿の進み具合について、卯十郎に問いただした。

「普請を始めて、今日で十四日あまりになると聞いたが、開鑿はどれほど進んだのか」

はなからの切り口上に、卯十郎が身をすくませる。

「長さにいたしまして、ほぼ十町でございます」

その答えに、信濃守は目をむいた。

「なんと。十四日あまりもかけて、わずか十町とな。アイノの人足を何十人も使って、たったそれだけしか進まぬとは、いかなる所以《ゆえん》であるか」

詰問されて、卯十郎は答えに窮したように、平伏してしまう。

しかたなく、余一郎は口を出した。

「徳内どのが、普請に念を入れておられるために、遅れが出たのでございましょう」

信濃守が、じろりと目を向けてくる。

「おぬしは、どこの組の者だ。名乗らっしゃい」

「わたくしは、エトロフ掛の近藤重蔵組の、橋場余一郎と申す者。御先手鉄炮組からの、出役にございます。近藤さまの命により、当地で最上、小林どのの補佐をいたしております」

信濃守の目が、小ばかにしたように光る。

「重蔵はどうした」

「すでに、奥蝦夷へ向かわれました。今ごろは、アツケシかネモロあたりではないか、と存じます」

信濃守は、急に興味を失ったように目をもどし、卯十郎に言った。

「普請場に、案内いたせ。何ゆえに遅れているのか、この目で見た方が話が早いわ」

24

「これはいったい、なんのまねだ」

「ごらんのとおり、できた道を踏み固めているのでございます」

「それくらい、見れば分かるわ。何ゆえ、このようなことで時をむだにするのか、と聞いているのだ」

「むだではございませぬ。この道ができ上がったのち、旅の者が心安く通行できるようにと、踏み固めているのでございます」

「道は、人が通れば自然に固まるもの、と決まっておる。造りたての道を、わざわざ踏み固めるのは時のむだ、というものではないか」

「さりながら、新道はなかなか固まらぬもの。まして、ここは蝦夷地。崩れでもいたしましたら、命に関わります。拙速は、避けねばなりませぬ」

今しも、新しくできた道を勢揃いしたアイノの人足たちが、踊るように踏み固めているところだった。

松平信濃守は、それを苦にがしげに眺めながら、なおも続けた。

「シャマニからホロイヅミのあいだに、開くべき新道の長さは三、四里もあるはず。このありさまでは、新道開通までにどれほどかかるか、知れたものではない。われらは、てっきりおぬしらがとうに普請を終え、新道を通らせてくれるものと思っていた。このままでは、ビロウから開鑿を進めて来る水越、中村組に遅れをとることは必定。本日これより、精一杯馬力をかけて働くように、アイノの者どもに命じるがよい。なんとしても、六月中に仕上げるのだ」

最上徳内は、引き下がらなかった。

「左右の下草、雑木を切り払っただけの粗末な山道では、小人数の旅人ならばともかく、大量の人馬を通すことはかないませぬ。どうか、先ざきのことをお考えになられて、酷使に堪《た》える道造りをお許しくださいますよう」

頭に血がのぼったのか、信濃守は何か言おうと口をあけたが、言葉が出てこない。

見る聞くともに堪えず、橋場余一郎は割ってはいった。

「ご両所とも、お待ちください。かような場所で、遅速の是非を論じられても、らちがあきませぬ。一度普請小屋へもどり、ゆっくりと論議を尽くされましたら、いかがでございますか」

信濃守が陣笠の下から、余一郎をねめつける。

「おぬしは、黙っておれ。小屋へもどるのも、時のむだになるわ。ともかく、アイノどもに妙な踊りをやめるよう、申し聞かせるがよい」

余一郎は徳内に、ここはいったん引けとばかりに、目配せした。

徳内は、いかにも不承不承という面持ちで背を向け、アイノたちに声をかけた。

足踏みを続けながら、なりゆきを見守っていたアイノたちが、ようやく動きを止める。

信濃守が言う。

「徳内。その方が、今アイノどもに申し聞かせた言葉は、アイノ語か」

「さようでございます」

「なぜ、和語を遣わぬ」

「この者たちの大半は、和語を解しませぬゆえ」

「ご公儀の直支配になって、アイノが和語を遣うことを許したのは、互いに和語によって意を通ぜよ、という主旨である。それゆえ、われらもアイノ語を遣うことを、控えねばならぬ。その触れを、聞いておらぬのか」

「耳にはいたしましたが、アイノも急には和語を覚えられませぬゆえ、てまえがアイノ語を遣うのでございます」

「それでは、いつまでたってもこの者どもは、和語を覚えぬぞ。和語しか遣わねば、いやでも覚えるものよ」

　徳内が、ぐいと顎を引く。

「言葉だけではございませぬ。お触れにございました、髭を剃り落とせ、あるいは月代《さかやき》をいたせといった、アイノたちの旧来の風俗を廃する短兵急《たんぺいきゆう》な改革は、この者たちの気受けを悪くいたします。今しばらく、ご猶予《ゆうよ》をいただきとう存じます」

「それはならぬぞ。和風にあらためることこそ、まさしくアイノの撫育につながろう。早ければ早いほど、よいのだ」

「アイノは、何よりも髭をだいじにしております。その髭を剃れとは、死ねと言うのと同じこと。この先、みずから剃ると申し出るまで待つのが、情けでございましょう」

「それでは、いつまでたっても、アイノの撫育はならぬ。ちなみに、アイノどもの村を通り過ぎるおり、手を合わせてわれらを拝むのも、気詰まりなものよ。われらは、神でもなければ、仏でもない。ご公儀に対して、アイノどもが礼を尽くすつもりならば、ただ平伏するだけでよいのだ。その方から、アイノどもにそう伝えてくれ」

徳内は、引き下がらなかった。

「ご公儀よりの使者が、アイノたちの風俗習慣を嫌うと分かれば、この者たちはわれらのやり方を、受け入れますまい。かりに承服させたところで、表向きだけのことに終わりましょう。オロシャが、その隙につけ込んでまいりましたならば、アイノたちは彼らになびくやもしれませぬ。どうかその儀は、ご再考をお願いいたします」

余一郎も含めて、そこにいる者たちはだれも口を挟まず、二人のやりとりをただ聞いていた。

信濃守は、しばらく黙ったままでいたが、やがて重おもしく言った。

「徳内。その方、みずからの立場を、わきまえておらぬな。いやしくも、この信濃守はこたびの蝦夷地巡見の、総指揮を任された者。わが方針に異存を申し立てるとは、その方もそれだけの覚悟を決めておろうな」

徳内は臆せず、信濃守を見返した。

「てまえ、ご公儀のためにならぬことを申し上げるつもりは、いっさいございませぬ」

信濃守は、陣笠のひさしを上げ、徳内を見据えた。

「徳内。本日をもって、その方のシャマニ新道普請の任を、解くことといたす。明日よりは、遠山金四郎に普請の指揮をとるよう、申しつける。さよう心得よ」

そう言い捨てて、険しい断崖絶壁の待ち構える旧道へ、さっさと足を向ける。

あまりに性急な決定に、だれもがあっけにとられた。

余一郎も、自分の耳が信じられぬ思いで、小林卯十郎と顔を見合わせた。

卯十郎は、血の気を失っていた。

われに返ったように、金四郎、三郎右衛門をはじめ、供の者たちがあわてて、信濃守のあとを追う。

余一郎は、徳内を見た。

突然の解任にも、徳内は平然として顔色一つ変えず、一行を見送っている。

五、六間歩いたものの、あわてて引き返して来た金四郎が、あばた面を徳内に傾けた。

「ホロイヅミに着いたら、信濃守さまと話をしてみる。あのようなお人ゆえ、気が変わることはあるまいが、いずれにせよおれはもう一度、もどって来る。普請小屋で、待っていてくれ」

そう言い残して、ふたたび一行のあとを追う。

姿が見えなくなると、徳内は何ごともなかったように、アイノたちに作業を再開するよう命じた。

余一郎は、徳内の背に声をかけた。

「徳内どの。相手が悪うございましたな。ここは一度、引かれるべきだったのでは」

徳内が、ゆっくりと向き直る。

「いや、これでよかったのでござる。てまえは、信濃守さまのためではなく、お上のために働いております。お上のためにならぬことは、たとえ信濃守さまのお申しつけでも、守るつもりはござらぬ」

「さりながら、任を解かれたからには、ここにとどまるわけにまいらぬ、と存じますが」

「遠山さまに、仕事の引き継ぎをいたしたのち、どうするかを考えることにいたします。とりあえず、こたびの新道開鑿のありようについて、またアイノに対する扱いの是非について、てまえの存念を逐一書付にいたし、出雲守さまに差し出す所存でござる」

立花出雲守は、老中の戸田采女正とともに、蝦夷地取締御用に任じられた、若年寄だ。

余一郎は、あまり穏やかなやり方ではないと思ったが、口には出さなかった。徳内には徳内なりに、収まらぬものがあるのだろう。

六月十二日。

この日、山田鯉兵衛は近藤重蔵、根岸団平、高田屋嘉兵衛とともに、陸路アッケシからネモロへ回り、そこから図合船に乗ってクナシリへ向かった。

海は珍しく穏やかで、重蔵や団平から聞かされていたほど、苦しい航海ではなかった。トマリをへて、クナシリの北西に面した海岸の水深を測りつつ、島の北東端に位置するアトイヤに、十九日の夕刻到着した。

一行は、前年重蔵が日和待ちのために建てた舎宅、〈喜晴軒《きせいけん》〉にはいった。

重蔵はここに、二十四日までとどまった。

鯉兵衛が知るかぎり、そのあいだに重蔵は古川古松軒《ふるかわこしようけん》、立原甚五郎《たちはらじんごろう》などにあてて、驚くほど多くの書状を、したためた。

鯉兵衛は、自分が書いた書状と一緒に、それらをアイノの飛脚に託したが、ことに古松軒宛のものはひどく分厚く、何が書いてあるのかといぶかったものだ。

二十四日の昼過ぎ、重蔵と団平は数人のアイノ人足とともに、ネモロへ向けてもどり船を出した。

それには、わけがある。

三月二十四日に、江戸霊岸島《れいがんじま》を発帆した御用船の政徳丸は、いまだに蝦夷地に到着した形跡がない。

政徳丸は、仮上地の先触れ役を務めるはずの船だったが、途中時化《しけ》に流されでもしたのか、消息を絶ってしまった。

すでに三月が過ぎており、途中で難船した恐れもある。

重蔵がネモロへもどるのは、一つにはその安否を確かめるため、ということだった。

留守のあいだ、鯉兵衛は宇之助と二人で嘉兵衛について回り、いろいろなことを学び取った。

嘉兵衛は、雨の日も風の日も〈喜晴軒〉を出て、後背の山にのぼった。

そこから、遠くエトロフとのあいだに横たわる瀬戸を、一日中眺めて過ごすのだった。どうやら、風の強さや吹く向きの変わり方を、その日の天候の具合と照らし合わせ、同時に波の動きの変化をも、確かめているらしい。

舎宅にもどると、嘉兵衛は観察したことを使い古した帳面に、細かい字で書き込む。

鯉兵衛には分からぬ、矢印などのいろいろな符号や囲みが、紙面を埋めていた。

天気がよく、あまり風が強くない穏やかな日を選んで、沖合に船を出すこともある。

鯉兵衛も、それに同乗した。

嘉兵衛は舳先《へさき》に立ち、酒田から連れて来た水主たちを指図しながら、波が揉み合って泡立つ海面を、じっと観察する。

潮の流れや緩急を、確かめているようだった。

行をともにするうち、鯉兵衛は嘉兵衛の豪胆沈着《ごうたんちんちゃく》な人柄に、惚れ込んでしまった。

武士の中にも、これほど肝のすわった男は、なかなかいない。

そもそも、六尺豊かな重蔵と対しても、まったく気後れするところがないのは、たいしたものだと思う。

鯉兵衛にとって、上役にあたる重蔵は十歳以上も年若だが、やはり端倪《たんげい》すべからざる男だった。

ことに、何によらず進退を問われる事態に直面した際の、決断の早さは驚くべきものがある。

ときとして、不都合な事態を招くこともないではないが、それをほとんど腕ずくで修復する能力は、並のものではない。

いささか、癇癪《かんしゃく》持ちなところが欠点といえば欠点だが、鯉兵衛はぐずぐずと煮え切らぬ人物より、重蔵のような分かりやすい男の方を、好ましいと思う。


重蔵と団平が、クナシリからネモロにもどったのは、六月二十七日のことだった。

政徳丸はまだ到着しておらず、安否が気遣われた。

天候と風向きに恵まれ、黒潮の流れに巻き込まれさえしなければ、海路は陸路を行くより何倍も早く、蝦夷地に到達できる。

そのためには、つねに陸地を視野に収める地乗りで行くしかないが、ときとして風と潮で沖合に流され、難船の憂き目を見ることが珍しくなかった。

ネモロへの、危険な直乗りを引き受けた政徳丸の船頭は、露木《つゆき》元《もと》右衛門《えもん》だった。

政徳丸には、上乗りとして支配勘定の富山元十郎、西丸小人目付の松田仁三郎らが乗り込み、そこへ天文に明るい堀田仁助が、加わっていた。

聞くところによると、勘定組頭の松山惣右衛門が下役人のあいだに、何役にても苦しからずと上乗りを募ったおり、命を惜しんでだれも応じなかった。

それを見て、仁三郎が真っ先に手を挙げた、という。

その場にいた目付は、仁三郎の心意気を一番槍《いちばんやり》に等しきもの、と称賛したらしい。

団平が知るところでは、仁三郎はもと越後《えちご》の郷士の家の生まれだが、長じて幕吏の松田伝十郎《でんじゅうろう》にその才を認められ、養子になったそうだ。

年は、重蔵より二歳年長の、三十一歳と聞く。

その仁三郎が、先陣を切ろうと乗った政徳丸が難船し、あっさり海の藻屑となったかと思うと、団平は気が気ではなかった。

しかし、その心配は杞憂に終わった。

七月一日になって、アツケシから朗報が届いた。

政徳丸が前日、ネモロならぬアツケシの入澗に無事到着した、というのだ。

団平は、重蔵とともにただちにネモロを発ち、アツケシへ向かった。

翌日、重蔵と団平はアツケシの旅宿所で、仁三郎と初めて顔を合わせた。

仁三郎は、重蔵ほどではないが五尺七寸を超える、大柄なたくましい男だった。色黒の顔に、目ばかりぎらぎらさせている。

初対面の挨拶がすむと、重蔵は仁三郎に到着が遅れたわけを尋ねた。

「例のごとく、風と黒潮のせいでございます。霊岸島を出て、房総《ぼうそう》の沖へ出たまではよかったのでございますが、それからにわかに北東の風が吹き始め、いっこうに船が進みませぬ。やっとのことで、仙台の沖まで到達したとき、東へ折れる黒潮に乗せられてしまい、陸地の見えぬところまで、流されました。濃い霧にも出会い、さんざんでございました。幸い、堀田仁助が星を読んで方角を定め、ずいぶん遠回りをいたしましたが、なんとか当地に着いた次第でございます」

漂流が三月を超えたため、アイノや旅宿所のために積んできた食糧が、かなり減っていた。

ともかく、江戸より蝦夷地まで初めて直乗りを果たし、仁三郎らはほっとしたようだった。

さらに、予期しなかったことが二つ、待ち構えていた。

一つは、最上徳内とシャマニに残ったはずの橋場余一郎が、アツケシで待ち受けていたことだ。

余一郎によれば、最上徳内は六月七日に松平信濃守と口論し、シャマニ新道の普請からはずされた、という。

徳内が、仕事の進捗《しんちょく》の遅れを信濃守に咎められ、それに言葉を返したのが原因、とのことだった。

余一郎は、徳内がその後追いついて来た渋江長伯、谷元旦らの一行と、行をともにするというので、それに合わせることにした。

六月二十四日、渋江一行はクスリまで来た。

長伯が薬草を採集し、元旦が付近の絵を描いているあいだ、余一郎は徳内から蝦夷地開発について、いろいろと考えのあるところを聞かされた。

解任されたことなど、屁とも思わぬ意気軒高《いきけんこう》な徳内に接して、余一郎は目を開かれる思いがした、という。

数日後、徳内はお役御免になったこともあり、これ以上蝦夷地にとどまってもしかたがないと、帰府するために松前へ引き返して行った。

余一郎は、クスリから物資を運ぶ図合船に乗って、アッケシに渡った。

重蔵と団平が到着する前日、そして政徳丸が長い漂流ののち着港した翌日、七月一日のことだった。

余一郎から、徳内が解任されるにいたったいきさつを聞いて、重蔵はひとしきり大笑いしたあと、急にむずかしい顔になって言った。

「おそらく徳内は、このままでは引き下がるまい。蝦夷地について、今もっとも知識のある者は、徳内をおいていないはず。どのような巻き返しに出るか、楽しみではないか」

余一郎がつけ足す。

「徳内どののあとを、遠山金四郎さまが引き継がれまして、六月中には仕上げると申しておられました。拙速の最たるものでございますが、遠山さまもあれでなかなかの人物。さて、どのような新道ができ上がるのか、これも楽しみというもので」

その翌日、余一郎の言葉を裏付けるように、六月の末日シャマニ新道が開通した旨、アツケシに知らせが届いた。

もう一つの驚きは、前年エトロフで捕らえたアイノのイコトイが、身内や手下を大勢引き連れ、アツケシにもどっていたことだった。

イコトイは、もともとアツケシのアイノの惣乙名《そうおとな》だが、仲間を殺害して当地を離れたことから、もどって来られる義理ではないのだ。

そのため、イコトイと殺されたアイノの遺族とのあいだに、一波乱あるかと思われた。しかし、遺族はイコトイの力を恐れたとみえ、表立った動きを見せなかった。

付添人の鎌田幸七、通詞の木下与八は見て見ぬふりをして、イコトイなどいないかのように、だんまりを決め込む。

松前家の勤番家士も、自分たちがイコトイを惣乙名にしたいきさつから、手出しを控えていた。

今イコトイの罪を問えば、イコトイの一族や心服するアイノたちが、騒ぎを起こす恐れがある。

そのため、当たらず障らずの姿勢をとるしか、手立てがないようだった。

重蔵もまた、みずから捕らえて説諭したイコトイが、アツケシでわがもの顔に振る舞うのを、笑って許した。

団平には、重蔵の寛容な態度が腑《ふ》に落ちなかったが、やがて思い当たるものがあった。要するに重蔵は、イコトイがアツケシにもどったのは、オロシャとのつながりを断った証拠だ、と考えているのだ。

少なくとも、団平の目にはそう映った。

そうした中で、仁三郎がイコトイを会所へ呼び出し、膝詰めで談判したのがただ一つの動き、といえる。

仁三郎は、幕府の直支配になってのち、より厳しく定められた制札《せいさつ》の文言を、イコトイに説いて聞かせた。


一つ、邪宗門《じゃしゅうもん》にしたがうもの、外国人にしたしむもの、その罪重かるべし。

一つ、人を殺したるものは、皆死罪たるべし。

一つ、人に疵《きず》つけ、または盗みするものは、そのほどに応じ咎あるべし。


イコトイの罪は、その第二番目に当たる。

すなわち、死罪を申しつけられるのが相当であることを指摘し、一方でイコトイがみずから非を認めれば、手心を加えてもよいという取引に出た。

すると、イコトイは片言の和語で仁三郎に、こう応じたという。

「自分も、蝦夷地では一族の頭目を務める、それなりに知られた男だ。アイノのあいだの揉めごとで、日本の法に裁かれるいわれはない」

確かに、アイノのあいだではたとえ人を殺しても、下手人《げしゅにん》に死を与える習いはないのだった。

結局、仁三郎はイコトイを説得することができず、引き下がらざるをえなかった。

ただ一つ、イコトイが仁三郎に譲ったのは、およそ三十人を数える妾《めかけ》のうち、三人を除く残りのすべてを、独り身の手下たちに分け与えたことだ、という。

重蔵、余一郎、団平の三人が、ふたたびアトイヤに到着したのは、七月十三日の暮れ方のことだった。

重蔵の顔を見るなり、山田鯉兵衛が真っ先に駆け寄って、叫んだ。

「近藤さま。高田屋嘉兵衛が、めどをつけました。エトロフへ渡る海路を、工夫いたしましたぞ」

25

七月十三日。

高田屋嘉兵衛は、〈喜晴軒〉の板の間にクナシリ、エトロフの両島を描いた、略図を広げた。

「陸地から眺め、また数度海上に出て夷船《いせん》を浮かべ、瀬戸の流れを精察いたしましたところ、いくつか判明したことがございます」

近藤重蔵が乗り出す。

「先に申したとおり、あの瀬戸はどこよりも手ごわい。最上徳内といえども、勘に頼るしかないと申した。おぬし、あの瀬戸の流れを、どう読んだのだ」

根岸団平も橋場余一郎も、そして山田鯉兵衛も嘉兵衛の顔を、じっと見た。

関心がないか、ないようなふりをしているのは、松前から付き添って来た鎌田幸七と、木下与八だけだった。

嘉兵衛は、地図の上の瀬戸を指でなぞりながら、説き明かした。

「されば、二島のあいだには三筋の潮が一つに落ち合う、希代《きたい》の難所が待ち構えております。一筋は、真北からくだる、北海の潮。また一筋は、北西から流れてくる、カラフトの潮。そして、今一筋は西の方角からくる、西蝦夷地の潮でございます。この三つの潮がいちどきに押し寄せ、すさまじき奔流となってエトロフの鼻先、ベルタルべの岬に殺到いたします。これに巻き込まれますと、とうてい人力では支え切れませぬ」

きっぱりと言い切る。

重蔵は唇を引き結び、二度、三度とうなずいた。

団平も、地獄を見たような昨年の渡海を思い出し、あらためてぞっとした。

前年、最上徳内もエトロフへ渡るに当たって、こう言った。

二島のあいだの瀬戸には、いろいろな方角から潮が押し寄せ、それが互いにぶつかり合って、大渦《おおうず》やうねりを生じる、と。

嘉兵衛は、その強い潮の流れが幾筋あって、どの方角から押し寄せて来るかを、突きとめたとみえる。

山田鯉兵衛が、重蔵を見て口を開いた。

「アイノたちは、ここアトイヤからもっとも近いベルタルベへ、まっすぐに船を向けようといたします。そのため、三筋の潮がぶつかって殺到する奔流の中へ、まともに突っ込むかたちになり、難船するとのことでございます」

それを受けて、嘉兵衛が言う。

「この奔流を突っ切るには、よほどの運が必要でございます。近藤さま、最上さまが昨年ご渡海を果たされましたのは、ひとえに神仏のご加護があったから、としか考えられませぬ」

重蔵はうなずいた。

「さもあろうな。して、高田屋。おぬしは、それを乗り切る方策を思案いたした、と申すのだな」

「いかにも、さようでございます。ただ、言うはやすく、行なうはかたし。まずもって、てまえがみずからエトロフへ試し乗りいたし、その思案が正しいかどうかを確かめたい、と存じます。それが成功して初めて、海路を開いたことになりましょう」

「その口ぶりでは、めどがついたようだな」

重蔵に言われて、嘉兵衛は表情を引き締めた。

「てまえも、命は惜しゅうございます。見込みのつかぬことは、いたしませぬ。ただし、もしこの試し乗りをし損じましたときは、生きてもどらぬ覚悟でございます」

そう言い切った嘉兵衛の目に、団平は不退転の決意を見た。

重蔵が、ふたたびうなずく。

「うむ。その言やよし。鯉兵衛どのとおれは、ここでまだ仕事がある。ご公儀の直支配によって、このクナシリがいかなるご恩沢を受けることになるか、和人とアイノの両方に説き聞かせねばならぬ。おぬしの方の人手は、足りておるのか」

「ご安心くださいませ。たとえてまえ一人でも、渡ってごらんに入れますゆえ」

嘉兵衛の返事に、団平は口元を緩めた。

重蔵も前年、エトロフへ渡る前にクナシリのトマリで、同じようなことを言った。

もっとも、重蔵の場合は蛮勇の色合いが強かったが、嘉兵衛にはそれなりの成算があるようだ。

鯉兵衛が、嘉兵衛を見る。

「南部の野辺地より、手だれの船乗りを何人か連れてまいった、と聞いたが」

「はい。ただしその者たちも、エトロフに渡るのはいかがなものかと、にわかに尻込みいたしております。さような、腰の引けた者を乗せてまいりましても、ろくなことにはなりませぬ。それゆえ、てまえ配下の者を含め、みずから志願する者だけを選んで、同行させるつもりでございます」

重蔵が、唐突に言った。

「ならば、見分役として余一郎と団平を、差し向けよう。連れて行くがよい」

それを聞いて、余一郎がのけぞる。

「さ、さようなお話は、聞いておりませんが」

団平も驚いて、重蔵の顔を見つめた。

重蔵が、平然と続ける。

「おれも、今思いついたばかりよ。なかなか、いい考えではないか」

「いやいや。わたくしには、さような大役は務まりませぬゆえ、ひらにご容赦を」

団平も、地獄を見たようなあの渡海をまた思い出し、ついうつむいてしまった。

幸七も与八も、重蔵から同行を命じられるのではないかと、体を縮めている。

「大役ではない。ただの、付き添いだ。高田屋の、足手まといにさえならなければ、それでよい」

あっさり言われて、余一郎が絶句する。

団平は顔を上げ、恐るおそる口を開いた。

「とは申せ、橋場さまと団平めがいなくなりますと、旦那さまにご不便をおかけすることになる、と存じますが」

「おれのことは、気にせずともよい。身のまわりのことくらい、なんとでもなるわ」

重蔵が応じると、鯉兵衛も口添えした。

「さよう。それがしと宇之助も残るゆえ、近藤さまにご不便をおかけすることはない。心おきなく、見分役を務めてまいられよ」

「そのとおりだ。おまえたちの補佐役として、アイノの阿部助ら三人を供につけてやる。エトロフのアイノとも、交誼《こうぎ》を深めてまいれ」

重蔵はそう言い放ち、話は終わったというように、唇を引き結んだ。

余一郎は、情けない顔でちらりと団平を見たが、結局どうにもならぬと悟ったのか、神妙に頭を下げた。

「承知いたしました。せいぜい、高田屋の足手まといにならぬよう、務めてまいります」

幸七も与八も、自分たちに弾が飛んで来なかったので、ほっとしたように肩の力を緩めた。

この者たちは、前回も何やかやと理屈をこね回して、エトロフ渡海を逃げたのだ。


五日後の、七月十八日。

南南西の風が、朝から強く吹いた。

クナシリは、すでに秋の気配を色濃く漂わせており、江戸ならば初冬を思わせる冷え込みだ。

風向きを確かめた高田屋嘉兵衛は、ただちに使いの者を勤番所や旅宿所に走らせ、用意が整いしだい発帆する旨、触れを回した。

団平と余一郎は支度《したく》をすませ、嘉兵衛とともに宜温丸《ぎおんまる》に乗り込んだ。

宜温丸は、最大幅七尺ほどの七十石積みの図合船で、嘉兵衛配下の水主十人のほか阿部助、太郎助ら三人のアイノと、勤番所の光右衛門《みつえもん》という番人が一人、同乗した。

光右衛門は、すでに七十歳に手が届こうという老人だが、がっしりした足腰の強そうな男だ。

荒れ狂う波を予想して、船端《ふなばた》には波よけの板が取りつけられる。

しかし、前回の恐るべき逆浪《げきろう》を知る団平には、そのようなものが役に立つとは、思えなかった。

余一郎は、団平と同じく船酔いには強い方だが、やはり顔色がよくない。

いずれは、エトロフ再渡海の日がやってくる、と覚悟していたにせよ、かほど早くとは思わなかったのだろう。

「近藤さまも、おれたちにエトロフ渡海を押しつけて、あんまりではないか」

そうぼやくこと、しきりだった。

それは団平も同様だったが、主命に逆らうわけにはいかず、肚を決めるしかない。

アトイヤを出ると、嘉兵衛は船首を北へ向けた。

波は思ったより穏やかで、船はすべるように北上を続けた。

団平は、嘉兵衛に何か考えがあるのだろうと思い、黙っていた。

余一郎も、嘉兵衛を信じているらしく、何も言わない。

しかし、光右衛門とアイノたちは目を見交わし、不審げな顔をする。

エトロフのベルタルベ岬は、アトイヤからほぼまっすぐ東の方角、およそ七里の距離にある。

光右衛門やアイノからすれば、宜温丸が目標を横目に見ながら、そっぽの方向へ進んでいるように、思われたのだろう。

嘉兵衛は、小柄な体で舳先に仁王立ちになり、微動だにせず行く手を眺めている。

左舷に張った波よけ板に、強い波がぶつかってしだいに船が揺れ始め、余一郎も団平も足を踏ん張った。

嘉兵衛が、いっこうに針路を変えようとしないので、光右衛門とアイノのあいだに少しずつ、不安の色が広がり始めた。

海上二里ほども北上したころ、光右衛門がしびれを切らしたように団平に、声をかけてきた。

「根岸さま。このまま北へ向かっても、海があるだけでごぜえます。ご存じでござんしょうが、ベルタルベはアトイヤのほぼ真東に当たり、まっすぐ行きゃあ七里足らず。嘉兵衛どんは、針路を間違えちゃあおられんかの」

団平も、そのあたりに疑念を覚えていたので、余一郎を見た。

余一郎も同じ思いらしく、むずかしい顔をして少し考えたあと、うなずいた。

「よし。おれから、聞いてみよう」

足元を踏み締め、嘉兵衛のところに行く。

団平も、あとに続いた。

余一郎は、背後から声をかけた。

「高田屋」

嘉兵衛が、くるりと向き直る。

「光右衛門やアイノが、エトロフはアトイヤから真東にあるのに、なぜ北へ向かうのかと心配している。安心させてやってくれぬか」

余一郎が穏やかに言うと、嘉兵衛は笑みを浮かべた。

「どの方角へ進もうとも、かならずエトロフに着いてごらんにいれます。ご心配には、及びませぬ。てまえが、お請け合いいたします」

「しかし、何ゆえに方角違いの北へ、向かっているのだ」

「てまえに目算がございますゆえ、今少しのご辛抱をお願いいたします。針路を真北に向ければ、船は西から押し寄せる西蝦夷地の潮の力で、少しずつ東へ流されることになります。まっすぐ北上するためには、潮の流れに負けぬよう針路を北西ないし、北北西へ向けねばなりませぬ。今の船足が、それでございます」

「どこまで、北上するつもりだ」

「海上およそ四里、というところでございます。ほどなく、北西から寄せてくるカラフトの潮で、流れが変わるはず。それを乗り切れば、次は北からおりてくる北海の潮に、ぶつかりましょう。そこが、針路の境目でございます」

余一郎は、目からうろこが落ちたというように、大きくうなずいた。

「なるほど、そういうことか。いちどきに、三つの潮の流れが重なる難所を避けて、一つずつさばいていくわけだな」

「手早く申せば、そのとおりでございます。幸いにして、風向きは追風。どうか、お任せくださいませ」

余一郎と団平は、光右衛門らのところへもどって、嘉兵衛の話を伝えた。

それでも、阿部助や太郎助はまだ納得できぬ様子で、いっこうに近づいてこないどころか、むしろ少しずつ離れていくエトロフの島影に、心細げに目を向けた。

やがて船の揺れ方が変わり、カラフトの潮に乗り入れたことが、団平にも感じ取れた。

そのころから、海上に乳色をした靄《もや》が立ち込め始めて、行く手が見えなくなる。

およそ、アトイヤから四里ほども北上したと思うころ、流れが南下する北海の潮に変わった。

その証拠に、追風を受けながらも船は激しく上下に揺れ、足元から押しもどされるような感じが、伝わってきた。

すると、嘉兵衛が初めて舵取《かじとり》に声をかけ、針路を東に取るように命じた。

余一郎が、団平に言う。

「靄で何も見えないが、だいじょうぶかな」

その声に、憂慮の色がにじんでいるのに気づいて、団平も少し心もとなくなった。

靄はいっそう濃くなり、二尺と離れていない余一郎の顔が、ぼんやりとしか見えない。

団平が黙っていると、余一郎は自分に言い聞かせるように、続けた。

「まあ、高田屋に任せるほか、しかたなかろうな」

「はい」

北海の潮が左舷を押し上げ、南南西の風が右舷に吹きつける。

不思議なことに、二つの力の釣り合いが取れてでもいるのか、船はまるで微風の海を行くように、小刻みに揺れながら静かに進んだ。

靄で見通しがきかないため、進んでいるのか停《と》まっているのかさえ、分かりかねるほどだった。

ときどき釣り合いが崩れ、大揺れに揺れることもあったが、前回の渡海のときに比べれば、むしろ張り合いがないほどの穏やかさだ。

それだけに、エトロフばかりかどの陸地とも離れ、遠い大海に流されてしまったのではないか、という不安にさいなまれる。

たまに、靄が途切れて薄くなることがあったが、そのときに浮かぶ余一郎や光右衛門、そしてアイノたちの顔にも、同様の不安が張りついている。

嘉兵衛と水主が、ときどき船を操《あやつ》るために言葉を交わすだけで、ほかの者は口をきかなかった。

水主たちのかけ声も、厚い靄に吸い込まれてしまうのか、よく聞こえない。

靄が、日の位置を隠すほど濃いせいで、どれほどの時がたったのか、分からなかった。

団平の勘では、舵を東へ転じてから七里か八里走った、と思う。

やがて、厚くとざされていた靄がしだいに晴れ、空が明るくなってきた。

だれも口をきかず、海の上を流れていく靄を眺める。

突然、団平の隣に立っていた阿部助が、大声で叫んだ。

「ヌプリ、ヌプリ（山だ、山だ）」

何を言い出すのかと、団平はとまどいながら行く手の海に、目をこらした。

そのとたん、そびえ立つ真っ黒な山が眼前に迫り、思わず体を引いた。

水主たちがどなり声を上げ、大急ぎで船を停めにかかる。

余一郎も団平も、船端の手すりにしがみついて、必死に体を支えた。

山は、目の前十間ほどのところに迫ったように見えたが、実際にはまだ数十間の隔たりがあった。

山の手前にぼんやりと、小さな砂浜らしきものが見える。

余一郎が、驚きの声を上げた。

「見ろ、団平。この入澗に、見覚えはないか」

そう言われて、団平は足を踏ん張りながら嘉兵衛のそばに行き、行く手を透かし見た。

「こ、これは」

思わず、声が出る。

そばに来た余一郎が、あとを続けた。

「そうだ。ここは、タンネモイの入澗だぞ。去年の今ごろ、近藤さまや徳内どのと命からがら、この入澗へ船を漕ぎ着けたではないか」

「ま、まことに、さようで」

団平は、うれしさと安堵のあまり、それ以上言葉が出なかった。

まるで、夢から覚めたらそれが正夢だった、という気分だった。

余一郎が声を上ずらせ、嘉兵衛に呼びかける。

「高田屋。おまえさんの言うとおりだったな。いくらか時はかかったが、さしたる苦労もなくエトロフへ、渡海してのけたのだ。おまえさんの腕は、まさに神わざだぞ」

背後で、阿部助らアイノたちが床板を踏み鳴らして、踊り始める。

口ぐちに何か叫んでいるが、みながみな嘉兵衛の背中をしきりに指さすのは、余一郎と同じようにその腕前を、ほめたたえているのだろう。

光右衛門も、自分の目が信じられぬというように、立ち尽くしたままだ。

嘉兵衛がおもむろに、一同の方に向き直る。

その眉が、不機嫌そうに寄せられているのを見て、団平は少したじろいだ。

「どうした、嘉兵衛どん。無事にエトロフに着いたのに、何か不都合でもあるのか」

声をかけると、嘉兵衛は真顔で聞き返した。

「この入澗は、まことにタンネモイでございますか」

余一郎が応じる。

「そうだ、タンネモイだ。一年前に来たばかりだから、見忘れるものではない」

嘉兵衛は、小さく首を振った。

「いささか、見込み違いをいたしました。てまえの目算では、タンネモイより八里北のナイボ（内保）へ、着船するはずでございましたのに」

26

たねは、布子《ぬのこ》を体に巻きつけた。

まだ七月だというのに、蝦夷地はまるで冬の始まりのような、冷え込み方だ。

しげも寒いらしく、同じように自分の肩を抱き締める。

人けのない浜辺には、腐った昆布が無造作に打ち捨てられ、異臭を放っている。

風を避けて、崖下の岩陰にはいったものの、寒さは変わらない。

りよは、まるでその寒さを感じないかのように、風の中に立ちはだかった。

たねもしげも、りよと同じ焦げ茶の布子に裁着袴、という身ごしらえだ。

髪は、解いたまま背中へ長く垂《た》らし、その先を紐《ひも》で結《ゆ》わえている。

りよが命じて、自分と同じ格好をさせたのだ。長丁場でもあり、その方が二人を御しやすい、と考えたらしい。

そのため、遠目には三人とも同じ姿形に見え、区別がつかないだろう。

たねは、しげとともに五月半ばの真夜中過ぎ、薩摩の御用船長栄丸《ちょうえいまる》に乗せられて、品川《しながわ》沖を出た。

大口屋理右衛門《おおぐちやりえもん》という、見るからに肚のすわった男が船頭を務め、指揮をとった。

長栄丸は、りよが何げなく漏らす言葉の端ばしから、薩摩島津家の隠居上総介重豪を通じて、用意されたものと察せられた。

どうやら、りよは上総介の命を受けるか、少なくともその内意を得て、近藤重蔵を亡き者にするつもりらしい。

たねも、そのあたりのいきさつを夫団平から聞き、あらましを承知している。

上総介は、薩摩の抜荷を暴こうとした重蔵を、うとましく思っているはずだ。そこで、めんどうなことにならぬうちに始末しよう、と決めたに違いない。

りよはそこにつけ込み、みずから重蔵の息の根を止めることを約して、上総介にそれなりの便宜を、図らせたのだろう。

その推測を口にすると、しげも同感の意を表した。

理右衛門は、もともと松前での交易を取り仕切る沖船頭で、ふだんは西回りで蝦夷地を行き来する、という。

ただし、一年前に一度だけ東回りで、蝦夷地を目指したことがあるらしい。

そのときは、嵐にあって蝦夷地に行き着くことができず、しばらく漂流したあとなんとか船を操り、薩摩へもどったと聞かされた。

蝦夷地への東回りは、西回りに比べてかなりの危険が伴う、という。

長栄丸は長さ九十尺、幅二十尺を超える八百石積みの、弁才船だ。

たねもしげも、そのような大きな船に乗るのは初めてで、発帆したあとしばらくは酔い続け、体が弱ってしまった。

しかし、日がたつにつれて慣れたのか、酔わなくなった。

発帆までの二十数日間、たねはしげとともに高輪御殿《たかなわごてん》、と呼ばれる島津家の下屋敷に、閉じ込められていた。

しげは、自分のためにたねを巻き添えにしたことを、何度も何度もわびた。

りよは、重蔵のためにしげが自害するのを防ぐため、たねを人質に取ったのだという。

もし、しげが自害すればたねの命もない、と言われたらしい。

たね自身のためにも団平のためにも、たねの命を危険にさらすことはできない、としげは言った。

それを聞いて、たねはりよが何を考えているにせよ、しげと行をともにすると心を決めた。

気丈なしげは、りよに対する恐怖も憎悪も外に出さないが、重蔵に対する思いは人一倍強いはずだ。

たねはそのことを、よく知っている。

自分にとっての団平は、しげにとっての重蔵と同じだ。捕らわれの身となった以上、くよくよしても始まらない。

どうやって、この苦境を切り抜けるかを考えるのが、自分たちの務めだと肚を決める。

二人に対する、島津家の扱いは思ったより、丁重だった。

とはいえ、自由を奪われたことに、変わりはない。

当初は、なんとかして逃げ出せないものかと、しげと知恵を絞り合った。

しかし、監視の目は昼夜を分かたず厳しく、あきらめざるをえなかった。

近藤家では、あの夜しげの家へ向かったきり、いっこうにもどらぬたねの消息を、あちこち尋ね回っているに違いない。

併せて、そのしげも同時に姿を消したと分かれば、二人になんらかの異変が起きたことは、容易に察しがつくだろう。

それればかりか、しげの用心棒を務める西寺裕之進までも、消息を絶っているのだ。安穏《あんのん》としていられるはずがない。

重蔵が、りよのことをどこまで父の右膳に話したか、たねもしげも知らない。たとえ話したとしても、りよの背後に上総介がいることまでは、打ち明けていまい。

だとすれば、右膳やそれ以外の身内の人びと、さらに〈はりま〉の為吉やえんにも、二人を探す手立てはないだろう。

せいぜい、りよの一件を知る為吉夫婦が御番所に出向き、わけを話して探索方を願い出るくらいが、関の山ではないか。

それでも、島津家の下屋敷まで手が伸びることは、ありえない。

まして、二人が長栄丸に乗せられた今となっては、一縷の望みも消えてしまった。

「りよどの」

岩の向こう側で男の声がして、たねとしげは顔を上げた。

砂を踏む足音がして、岩陰に南郷源右衛門《なんごうげんえもん》と国谷軍太夫《くにたにぐんだゆう》が、はいって来る。

りよは、島津家に対して当初はルイ、と名乗っていたらしい。

しかし、たねとしげが本名の〈りよ〉で呼んでからは、いつの間にかそれに定まってしまった。

もっとも、〈りよ〉が本名かどうかも、怪しいものだ。

「どうだったえ」

りよの口のきき方は、年長の武士に対するものとは思えぬ、崩れたものだった。それも、ただ馴《な》れなれしいというだけでなく、どこか小ばかにしたような響きがある。

「間違いなく、この地はエトロフでござる」

そう答えた軍太夫の方が、ていねいな口調だった。

おそらく二人とも、上総介と密約を交わしたと思われるりよに、一目置いているのだ。

軍太夫は、いかにも目端のききそうな三十代の男で、紺の小袖に同じ色合いのカルサンを、身につけている。

源右衛門が、軍太夫を見て言った。

「さすがは、理右衛門じゃの。日和待ちで、ずいぶん時をむだにした気がしたが、ともかくおいたちをエトロフへ、運んでくれた。たいしたもんじゃ」

背は低いが肩幅が広く、胸板の異常に厚い男だ。

裁着袴をはいているので、蟹《かに》のように不格好に開いた短い脚が、ことさら目立つ。

りよによれば、源右衛門は上総介に薩摩訛りを直すよう、厳命されているという。密命を果たすときなど、薩摩者と分かれば不都合になることがあるため、江戸言葉を覚えるように言われたのだ。

しかし、まだそれが板についておらず、抑揚や言葉尻がおかしい。

りよが言う。

「沖船頭なら、目的地に着いて当たり前だろう。去年などは、嵐にも勝てずどこをどう漂ったやら、よく無事に帰国できたものさ」

それは、理右衛門をこきおろすとともに、理右衛門をほめた源右衛門をも、軽んじるものだった。

源右衛門は、むっとしたように唇を引き締めたが、何も言い返さなかった。

たねは、含み笑いをした。

理由は分からないが、りよは男に対して度しがたい憎しみ、あるいは嫌悪の念を抱いている。

生来の鋭い勘で、たねはそう察した。

明らかに気分を害しながら、何も言い返せずにいる源右衛門の様子に、たねは少し望みを抱いた。

二人のあいだの、どことなくそりの合わぬ気配を利用して、逃げる算段をつけられないものか、と思ったのだ。

源右衛門は、江戸で裕之進の返り討ちにあった、薩摩示現流の剣客なにがしの兄弟子に当たる、という。

なにがしは、家中でも指折りの遣い手だったそうだから、源右衛門も同格かそれを上回る達人、とみて間違いあるまい。

そうやすやすとは、逃げられないだろう。

たねは、そっとため息をついた。

とうとう、蝦夷地の果ての果てまで、来てしまった。

蝦夷地がどのようなところかは、この春一度江戸にもどって来た団平から、ひととおり聞かされている。

その話から、おおよそこうでもあろうかと想像していたものの、ここが軍太夫の言うとおりエトロフの島ならば、予想を上回る荒涼とした土地柄だった。

この浜辺一つをとっても、まわりを切り立った断崖絶壁で囲まれ、その向こうには厚い深林の影と、霧に包まれて高さの知れぬ山が見えるだけで、とても人が住めそうな土地ではない、という気がする。

団平によれば、クナシリとエトロフのあいだの瀬戸は、地獄のように逆巻く潮が流れている、という。

ところが、幸いにもたねたちはその恐ろしい流れを、体験せずにすんだ。

長栄丸は、理右衛門の指図で陸奥の沖合を北上し、蝦夷地の南に突き出たエリモという岬の沖で、船首を北東に転じた。

そのまま、蝦夷地の南岸に沿うようなかたちで航海を続け、小さな島をいくつか通り過ぎたあと、外海からエトロフを目指したのだ。

そのため、クナシリとのあいだの瀬戸を貫く、激しい潮流をまともに受けることなく、エトロフの沖合に到達した。

そこから、たねたち五人は水主の操る伝馬船《てんません》に乗り換え、島へ乗りつけた。

長栄丸は、そのあと松前に回航して通常の商いをすませ、一月後をめどに同じ場所へ引き返して、りよたちを回収する段取りらしい。

しかし、それはあくまでりよのたくらみがうまくいった、と仮定しての話だろう。たねもしげも、りよの思惑《おもわく》どおりに楽々と事が運ぶとは、考えていない。

いや、運ばせてはならないのだ。

重蔵も団平も、たやすく言いなりにはならないはずで、りよの狙いをくじく機会はいくらでもある、と思う。

そのときがくるまで、じっと辛抱しなければならない。

りよが、軍太夫に聞く。

「ここがエトロフなら、あたしたちはどのあたりにいるのさ」

「おそらく東海岸の、ルチャロという海辺でござろう」

そう答えた軍太夫は、もと松前家で足軽をしていたそうだ。

みずから話したところでは、軍太夫は場所請負人と申し合わせて、薩摩船にアイノの産物をひそかに流し、小遣い稼ぎをしていたらしい。

それがばれて松前家を追放されたのを、理右衛門がアイノ通詞兼帯の蝦夷地相談役として、雇い入れたのだという。

このたびの仕事では、軍太夫はりよと源右衛門の通詞兼案内役として、同道するよう命を受けた、と聞いている。

源右衛門が、軍太夫に尋ねる。

「重蔵一行は、もうこの島に着いたと思うか。江戸を出立してから、すでに四月を超えるはずだが」

「それは、分かり申さぬ。なにせ、松前からエトロフまでは道のりがあるうえ、クナシリよりの渡海がむずかしい。日和待ちもせねばならぬし、帆を上げても瀬戸を無事に乗り切れるかどうか、だれにも請け合えぬ。おれの勘では、まだ来ておるまい」

それを聞いて、たねは生唾をのんだ。

この島に、そんな危険を冒してまで来るような価値が、あるのだろうか。よほど、人の命の方が、だいじだろう。

団平を供にした重蔵、ひいては重蔵に蝦夷地御用を申しつけた公儀が、恨めしくなる。

「来るとすれば、どのあたりに着くのだ」

源右衛門の問いに、軍太夫はその場にひざまずいて、砂をならした。

そこに指で、島の略図を描く。

「ここが、クナシリからいちばん近いベルタルベ、と呼ばれる岬だ。そして、ここがおれたちのいる、ルチャロの浜よ。この岬の、くびれたところを西へ二里か三里半行くと、島の反対側の浜辺に出る。そこに、タンネモイという穏やかな入澗が、控えている。少し中にはいれば、アイノのコタンもある。重蔵一行が渡って来るとすれば、まずこのタンネモイにはいることは、間違いない」

源右衛門は前かがみになり、急《せ》き込むように言った。

「おはん、そのタンネモイちうとこに、行ったことがあっとか」

にわかに訛りが強くなり、たねは思わず口元を緩めた。

長崎訛りとはだいぶ異なるが、なんとなくなつかしさを覚える。

軍太夫も、苦笑いしながら応じた。

「十三、四年前に、最上徳内という変わり者の付き添いで、一度だけこの島に来たことがある。あいにく、タンネモイの入澗には出入りせなんだが、陸伝いに巡見したとき通ったから、勝手は分かる」

「おぬし、ここからタンネモイに行く道を、知っているのか」

笑われたせいか、源右衛門の言葉はしゃちこばった江戸弁に、もどっていた。

「通ったことはないが、アイノや獣が踏み分けた道が、あるはずだ。ただし女子には、ちときついかもしれぬ」

軍太夫が言うと、りよは鼻で笑った。

「あたしのことは、心配しないでいい。この二人にも、泣き言は言わせないよ。たとえ、尻を鞭でひっぱたいてでも、連れて行くさ」

それまで黙っていたしげが、きっとなってりよを睨みつける。

「はばかりながら、わたくしは泣き言など申しませぬ。おたねさんも、同じでございますよ。音《ね》を上げるのはあなたか、男衆の方でございましょう」

その、歯切れのよい啖呵《たんか》を聞いて、たねは手を打ちたくなった。

この先、どのような苦難が待ち構えているにせよ、団平と会えるかもしれぬと思うと、それだけで心が躍った。

27

七月十八日。

高田屋嘉兵衛とともに、エトロフのタンネモイに無事到着した橋場余一郎、根岸団平、それに番人の光右衛門はとりあえず、リコップ（星ヶ岩）の丘へ向かった。

途中、一行の到着を知ったアイノたちが、コタンから続々と姿を現し、イショロリ、イショロリと唱えながら、にぎやかに踊り回る。歓迎の挨拶だろう。

一年前に訪れ、イコトイ一味と戦った余一郎と団平のことを、覚えているらしい。

一行は足を止めて、その歓迎を受けた。

同行して来た阿部助、太郎助、そして栄助《えいすけ》という和名を持つ若いアイノが、島のアイノたちと互いに首を押さえ、再会を喜ぶ。

昨年、近藤重蔵が利助《りすけ》と和名をつけた、乙名《おとな》のルリシビが出て来て、挨拶した。

この島のアイノの貧しさは、前回からまったく改善されていない。

熊、鹿など獣の皮を身に着けているのは、利助をはじめ仲間内で力のありそうな、数人のアイノにすぎない。

ほかの者は、相変わらず蔓《つる》や草を綴った、衣服とも呼べぬようなものを、身にまとうだけだ。

子供はほとんど丸裸か、それに近い格好をしている。

光右衛門が、首を振りながら言った。

「これはまた、クナシリよりもひどうございますな」

嘉兵衛もうなずき、団平を見返る。

「そもそも、かようなりで冬を越せるとは、信じられませぬ」

「そのとおりだ。冬場は凍死したり、餓死したりする者が少なくない、と聞いた。昨年来たときと、まるで変わっておらぬ。漁や日用の道具を、いくつか残していったのだが、使っていないようだ」

「どう使えばよいのか、分からなんだのではございませぬか」

嘉兵衛の問いに、余一郎が口を開く。

「われらに、使い方を念入りに教えるいとまが、なかったのよ。イコトイと、ウルップから来たオロシャ人を相手に、一戦交えるのに忙しかったからな」

団平は、あとを続けた。

「改心したイコトイに、この島のアイノに道具の使い方を教えて、撫育するように言い残したのだ。しかし、イコトイはほどなくアツケシに、もどってしまったらしい。それで、中途半端なままになったのだろう」

「イコトイは、アツケシの惣乙名でございましょう」

「それはそうだが、先年仲間をあやめてエトロフ、ウルップへ逃げ、オロシャ人と交わっていた。それを昨年、近藤さまがオロシャ人ともども捕らえ、考えを改めさせたのだ」

嘉兵衛は、軽く眉をひそめた。

「先日、目にいたしましたかぎりでは、イコトイはアツケシで傍若無人、勝手気ままに振る舞っておりました。とても考えを改めた、とは思われませぬが」

団平は苦笑して、余一郎と顔を見合わせた。

光右衛門も、笑いをこらえるように、咳をする。

余一郎は言った。

「まあ、よけいな騒ぎを起こさぬ程度には考えを改めた、というところだろう。イコトイを、惣乙名に据えた松前家中の役人どもさえ、今では持て余している。おれたち公儀御用の者も、イコトイを咎めて仲間たちの反感を買うより、不都合を起こさぬかぎりほうっておこう、という考えでいるのだ。奥蝦夷地を仮上地とした以上、もめごとは避けねばならんからな」

「橋場さま。そろそろ、参りましょう」

団平は、さりげなく余一郎に声をかけ、話を打ち切った。

周囲の者に合図して、ふたたび歩き出す。

アイノたちに囲まれて、リコップの丘に通じる山道をのぼった。

歩きながら、嘉兵衛が言う。

「この島の開発は、一朝一夕には果たされませぬ。まずは農耕、漁労、それに日用の諸道具を、できるだけ多く運び入れる必要がございます。もっとも、かような極北の地で農耕を根づかせるのは、至難のわざ。とりあえずは、漁場を開いて漁具の使い方を覚えさせ、漁獲の量を上げねばなりますまい。鍋釜がそろい、炭や火打ち石の使用に慣れましたら、日々の生活もあらたまりましょう」

団平は応じた。

「今、エトロフのアイノは魚や海産物を、自分たちの食用に供するのがやっと、というありさまだ。水揚げの量が上がれば、自用に供する分を除いた余剰の産物を、ご公儀の買い付けに回せる。アイノたちの生活にも、いくらか余裕ができるだろう」

余一郎が、大きくうなずく。

「そのとおりだ。いいか、高田屋。今年はもう遅いが、明年早めにおまえさんの手船を仕立てて、必要なものをここへ送る手筈《てはず》を整えるのだ。クナシリ、エトロフの瀬戸も、こたびのように乗り切れば、大事ないことだろう」

「心得ました。できるだけ早く、箱館の出店を仕切る弟の金兵衛《きんべえ》に、漁具や日用の道具を取りそろえるよう、指示いたします」

「会所を建てたり、船着き場を設けたりすることも、忘れてはならんぞ。そのためには、大工や樵《きこり》も手当する必要がある。おまえさんに、全部任せてよいか」

「よろしゅうございます。本島へもどった暁《あかつき》には、おふたかたより近藤さまへ、その旨お取り次ぎくださいませ」

「分かった」

そのきっぱりとした返事に、団平は余一郎を少し見直した。

ふだんはのんびりして、頼りなさそうに見える余一郎だが、今回はただの見分役や付き添いに終わらず、重蔵の代わりを務めようという気概が、伝わってくる。

それが、どことなくほほえましかった。

やがて、丘の上の平坦地にそびえ立つ、角のとがった岩が見えてきた。

島のアイノは、それをリコップ、と呼んでいる。星を意味するというので、重蔵は前年それを星ヶ岩、と命名したのだ。

視線を巡らした団平は、安堵の息を漏らした。

岩から少し離れた草地に、〈大日本恵登呂府《だいにほんエトロフ》〉と書かれた木標が、建っている。

一年前、水戸の下野源助こと木村謙次が揮毫《きごう》し、近藤重蔵と最上徳内が力を合わせて、建てたものだ。

余一郎も、ほっとしたように言う。

「無事に、残っていたな」

「はい。その後、オロシャ人もウルップ島から、渡って来なかったようでございますな」

「あの、シレイタとかいうオロシャ人を、こっぴどく痛めつけてやったからな。近藤さまは、体の大きさでもオロシャ人に負けぬし、連中も少しは日本人を見直しただろう」

丘を、反対側にくだったところにコタンがあり、そのはずれにアイノのチセ（家）とは異なる、仮小屋が残っていた。

同じく一年前、団平が島のアイノを使って、短期滞在用に建てたものだ。

アイノがそこに住んだ形跡はなく、少し手を加えればまだ使えることが分かった。

団平は、阿部助らアイノの手を借りて、仮小屋を修復した。

その小屋は、余一郎、団平、光右衛門、嘉兵衛とその配下の者たちが使い、阿部助らはアイノのコタンに、泊まることになった。

夕食を終えると、嘉兵衛はエトロフの絵図を土間に広げ、もくろみを述べた。

「てまえは、明日からアイノに島を案内させ、漁場に向く入澗を探すことにいたします。東側は波が荒く、切り立った断崖や岩場が多いゆえ、すぐには漁場を開けませぬ。西側の、砂浜の続く波の穏やかな場所を、目当てにしたいと存じます」

余一郎が聞く。

「目当てがつくまでに、どれほどの日数がかかるのだ」

「長くとも、十日でございましょう。浜伝いに船で進み、これぞと思う浜が見つかりましたら、陸に上がって子細に見分いたします。てまえの配下の者、この島のアイノで浜の様子に詳しいものを、帯同いたしてまいります」

「光右衛門も、通詞として同行いたせ」

光右衛門は、頭を下げた。

「かしこまりました」

余一郎が、つけ足して言う。

「よもやとは思うが、オロシャ人がひそかにもぐり込んでいる恐れも、ないとはいえぬ。阿部助は、おれたちの手元に残すが、太郎助と栄助は連れて行ってもよいぞ。いざというとき、頼りになる連中だ」

「ありがとう存じます。して、橋場さまと根岸さまは、いかがなされますので」

「東側の海辺にも、漁場や船着き場になりそうな浜が、ないこともないだろう。この絵図によれば、ここタンネモイから東側のルチャロという浜まで、山道が通っているようだ。山と山のあいだゆえ、さほど険しい道ではあるまい。そこを通って、東側に抜けてみようと思う」

余一郎はそう言って、団平に目を向けた。

団平はうなずいた。

「よい考えでございますな。嘉兵衛どんに、漁場や船着き場に向く浜の見分け方を、教えてもらわねばなりますまい」

嘉兵衛は笑った。

「東側には、なかなかよい場所が見つからぬ、と存じます。とはいえ、おふたかたの目にこれはよし、と映る場所がございましたら、目印をお残しくださいませ。あとは、てまえがあらためて、吟味いたします」

いかにも、あまり当てにはしていないが、という含みを持たせた返事に聞こえて、団平も苦笑を返した。

翌朝。

日の出とともに、嘉兵衛は配下の水主たちと、太郎助ら数名のアイノを従え、宜温丸に乗り込んだ。

西側の海岸沿いに北東へのぼり、シャナ（紗那）、シベトロ（蘂取）をへて、カモイワッカオイの端《はな》まで行く、という。

日数と天候によっては、東海岸を見分しながらくだるとも言ったが、当面はそのまま西海岸沿いに、引き返すつもりのようだ。

朝四つごろ、余一郎と団平は残った阿部助と、案内役の島のアイノ三人を引き連れ、コタンを出た。

もっとも、時の鐘が鳴るわけではないから、あくまで日の高さによる判断にすぎず、正確な刻限は分からない。

団平は、島のアイノたちの名前を覚えられず、供の三人にそれぞれ昌平《しょうへい》、喜平《きへい》、茂平《もへい》と和名をつけた。

阿部助から、名前に団平の〈平〉をもらったと聞かされ、三人は無邪気に喜んだ。

さらに団平は、クナシリから持って来たアツシと鹿皮沓《しかがわぐつ》、山刀を三人に与えた。

アツシと山刀は身につけたが、三人とも長いあいだ裸足で暮らしてきたせいか、沓はすぐに脱いでしまった。

なぜか、足の裏で地面を踏み締めないと、不安を覚えるらしい。

先頭に昌平ら三人が立ち、しんがりを阿部助が務める。

右側にはベルタルベ山がそびえ、左側には名も知れぬ山並みが連なる。

山道は、その合間を縫いながら、東の方角に続いていた。

アイノたちの話から察すると、東側の海岸までの道のりはおよそ二里、ないし三里というところらしい。

平地なら、一刻前後で歩ける距離だが、倍以上はかかりそうだ。

めったに通る者がいないのか、行くほどに両側から背の高い草木が迫り、しだいに道が狭くなる。

エトロフの森は、クナシリのそれに輪をかけて鬱蒼としており、日の光もほとんど差し込まない。

ときどき、猿が叫ぶような耳障りな声が、聞こえてくる。おそらく、最上徳内が教えてくれた、島鴉《しまがらす》の鳴き声だろう。

さして風もないのに、頭上に垂れ下がる太い蔓草《つるくさ》が巨大な蛇のように、不気味に揺れ動く。

だれも口をきかず、六人はただ黙々と歩き続けた。


国谷軍太夫が、先頭を行く。

そのあとにしげ、たねが続き、しんがりのりよの前を南郷源右衛門が、蟹のように湾曲した脚で、道なき道を踏み分ける。

ルチャロの浜をあとに、谷あいの獣道を西へ向かってから、すでに一刻が過ぎた。

軍太夫によれば、西側のタンネモイまでおよそ二里半の道のりで、二刻半ほどの時がかかるだろう、という。

軍太夫は、それなりに勘が働くらしく、ほとんど足を止めずに歩き続ける。しげは、泣き言など言わぬと啖呵を切っただけに、足取りに乱れがない。たねも、しげに負けずに足元を乱さず、ついて行く。りよは、それがどことなく小憎《こにく》らしく、この二人をどう始末しようかと、考えを巡らしていた。

自分が死ぬことには、まったく恐れを感じない。考えてみると、ずっと以前から死に対する恐れは、なかったように思う。

もっとも、それをはっきり悟ったのは、一年前のことだ。クナシリのアトイヤで、りよは近藤重蔵と戦って腹を蹴り上げられ、目もくらむような断崖から、転落した。

むろん、まともに遥か下方の岩場に転落すれば、木《こ》っ端微塵《ぱみじん》になっていたはずだ。しかし、りよには常人の及ばぬ獣のような勘が、備わっている。転落しながらも、りよは周囲の様子を鋭く感じ取り、崖から伸びる蔦《つた》を目でとらえた。次の瞬間、その蔦を両手でつかまえると同時に、足でからめ取った。

葉をまき散らしながら、ひとしきり落下し続けたものの、蔦が伸び切るとともに、体が止まった。

その直後、蔦にしがみつくりよのすぐそばを、大きな黒い塊がすさまじい勢いで、落下して行った。

ルゥイイ、と長く引き伸ばされた呼び声が下方に消え、最後に重いものが岩場に激突する、鈍い音が聞こえた。

薩摩から一緒に来た、丑之助《うしのすけ》だと分かった。

豪力の男だから、重蔵と戦うときの支えに使ったのだが、結局はむだ骨に終わった。

いくらかでも、手傷を負わせてくれていたなら、とどめを刺すこともできたのに、重蔵にはまるで歯が立たなかった。

今さら、用ずみの丑之助が死のうと、別にかまいはしない。

もし、自分が重蔵に蹴り落とされるのを目にして、あとを追おうと崖に飛び込んだのだとすれば、どうしようもない愚か者だ。

この身を助けられる、とでも思ったのだろうか。

あのとき、命綱となった蔦にしがみつきながら、りよは誓った。

かならず、この手で重蔵の息の根を、止めてやる。そのためには、どんな手段もいとわない。

重蔵のいちばんの弱み、あのしげという女を囮《おとり》に使って、なんとしても始末しなければならない。

突然、先頭を行く軍太夫が足を止め、手で伏せるように合図した。

りよは膝を折り、頭を低くして軍太夫のそばに行った。

目の前を、一面に苔《こけ》のむした大きな岩が塞《ふさ》いでおり、山道が二股に分かれている。

「どうしたえ」

ささやきかけると、軍太夫は低く応じた。

「この岩のだいぶ先で、木の枝の折れる音がした」

うずくまったまま、りよはじっと気配を読んだ。

研《と》ぎすまされた耳に、かすかな足音や草のこすれる音が、届いてくる。

それが、ふと止まった。

まるで、向こうもこちらの気配に気づいた、という風情だ。

りよは、たねのそばに這いもどり、首筋に火匙を押し当てた。

しげを睨みながら言う。

「声を出したり、音を立てるんじゃないよ。そんなことをしたら、おたねの命はないからね」

しげは、口元に冷笑を浮かべた。

「わたくしたちは、何もいたしませぬ。そのうち、あなたが自分で墓穴を掘るのを、待つだけでございますよ」

この期《ご》に及んでも、気取ったものの言い方をするしげに、りよはいら立った。

しかし、そんなことでかっとするほど、未熟ではない。

たとえ、いっとき怒りに駆られても、自分を失わずにいるだけの修練は、積んでいる。

重蔵をつかまえ、音を上げるまでいたぶらなければ、この気鬱《きうつ》は晴れない。

早く、そのときがくるように、祈るだけだ。

りよは、たねの耳の下に火匙を押しつけたまま、なおも耳をすました。

28

「どうした」

根岸団平は、木の陰にうずくまった先頭の昌平に、声をかけた。

しかし、すぐに昌平らが和語を解さぬことを思い出し、背後の阿部助を見返る。

阿部助は、下生えの上に膝をついたまま、昌平に何か言った。

昌平が振り向き、それに短く答える。

阿部助は、それを通弁した。

「何か聞こえた、何かにおった、と言っている」

橋場余一郎が、腰を落とした姿勢で耳をすまし、においを嗅ぐしぐさをする。

そのとき、たまたま島鴉の不気味な鳴き声が聞こえ、団平はびくりとなった。

余一郎が、首を振る。

「鴉の鳴き声のほかに、何も聞こえぬ。においもしないぞ」

「アイノは、わたくしどもより耳も鼻もよい、と聞いております。ことに、ここは向かい風で、風下に当たります。近くに、熊か狼、あるいは山犬が、ひそんでいるのかも、しれませぬ」

団平は応じたが、緊張のあまり最後の言葉が、途切れとぎれになった。

余一郎が、自分を励ますように言う。

「熊は、人間を恐れているゆえ、出合いがしらでもないかぎり、襲ってはこないはずだ」

それから、あまり気の進まぬ口調で、付け加えた。

「まあ、例の赤熊のような化けものは、別としてだがな」

団平は深く息を吸い、気持ちを落ち着けた。

「熊はともかく、狼や山犬は恐れを知らぬ獰猛《どうもう》な獣、と聞いております。油断はできませぬ」

阿部助と昌平が、また二言三言話す。

喜平と茂平も、それに加わった。

阿部助が、余一郎と団平をかわるがわる見て、低く言う。

「熊、違う。人、いる。アイノ、違う」

余一郎と団平は、顔を見合わせた。

「アイノでなければ、オロシャ人か」

余一郎が漏らすと、阿部助は首を振った。

「オロシャ人、におい、違う。シャモ、いる」

団平は驚き、阿部助の顔を見直した。

「シャモ。和人がいる、というのか」

阿部助がうなずく。

余一郎は、疑わしげな顔で、団平を見た。

「そんなはずはない。嘉兵衛の一行は、みな船に乗った。松前の家士が、おれたちより先にここへ渡った、という話も聞いていないぞ」

「いくらアイノでも、遠くから音とにおいだけで和人かどうか、区別できるとは思われませぬが」

余一郎は、しゃがんだまま腕を組んで、少しのあいだ考えた。

「難船した船乗りが、漂流したあげくこの島に流れ着いた、ということも考えられるな」

「なるほど。それならば、ちょっと声をかけてみては、いかがで」

団平が言うと、余一郎は首を振った。

「いや、待て。相手が、何者か分からぬうちは、気を許すわけにいかぬ。ここから二手に分かれて、両側から探りを入れようではないか」

それもそうだ。

「承知いたしました」

目をこらすと、前方三十間ほどのところに、大きな岩がぼんやりと見える。

だれかがいるとすれば、その岩の向こう側だろう。

団平は、阿部助を通じて昌平ら三人に、指示を与えた。

「おまえたち三人は、左側の木立にはいって、あの岩まで迂回するのだ。おれたちは、右側からぐるりと回って、反対側へ回る。相手が何者なのかを確かめるゆえ、おまえたちは左側の木立の中に、ひそんでいてくれ。こちらから合図するまで、出て来てはならぬ」

阿部助が通弁すると、昌平たちはうなずいた。

一行は、二手に分かれた。

余一郎、団平、阿部助の三人は山道を右にはずれ、物音を立てぬように薄暗い木立を、迂回して行った。

しかし半町と進まぬうちに、ほとんどまっすぐ下方に切れ込んだ、崖っぷちにぶつかった。

団平は、下生えや蔓草にびっしりとおおわれた、急峻《きゅうしゅん》な斜面をのぞき込んだ。あたりが薄暗いため、どれほどの深さがあるのか、見当もつかない。

余一郎がささやく。

「これでは、崖っぷちに沿って迂回するほかに、道はないな」

「はい。しまいにはまた、山道にもどることになりましょうな」

「しかたあるまい。行こう」

三人は崖の縁《ふち》に沿って、ふたたび歩き出した。

阿部助が、ときどきにおいを嗅ぐように、立ち止まって鼻を上げる。

崖の縁は、形の崩れた半円を描くような具合に、もとの山道の方へ湾曲していった。

突然、阿部助が右手を上げ、足を止める。

「どうした」

団平が聞くと、阿部助は無言で前方に顎をしゃくった。

木立のあいだに、先刻まで歩いていた山道らしきものがあり、その先に深緑色の巨大な岩が、立ち塞がっているのが見える。

先刻、目にした岩だ。

差し渡し、二丈は優にあるのではないか、と思われるほど大きい。

阿部助が言う。

「だれか、シラルの、向こう側にいる」

「シラルとは、あの岩のことか」

団平が聞き返すと、阿部助はうなずいた。

「そうだ。大きな石。隠れている」

思ったとおりだ。

余一郎が、目を向けてくる。

団平は、いやな予感がした。

余一郎の顔にも、同じような危惧の色が表れており、団平は唾をのんだ。

いや、まさか。

少し考えたが、思い切って言う。

「りよは一年前、アトイヤの崖から落ちて、死んだはずでございます。それが、よもや生き延びてエトロフに渡った、とは考えられませぬ」

余一郎は、やはり同じことを考えていたらしく、すぐに応じた。

「おれもそう思うが、なにせ死骸が見つからなかったから、断言はできんぞ」

団平は言葉が見つからず、口をつぐんだ。

余一郎が続ける。

「こたび近藤さまは、この島に渡っておられぬ。おれたちだけでは、りよも張り合いがなかろうな」

冗談めかした口ぶりだが、声が上ずっていた。

阿部助が、二人を見て言う。

「どうする。このまま、シラルの方、行くか」

余一郎は顎をなで、少し考えを巡らした。

おもむろに口を開く。

「昌平たちも、すでに反対側に回ったはずだ。まず、あの三人に仕掛けさせて、様子を見られればよいのだが。何か、合図する手立ては、ないものかな」

「おれ、指の笛で、知らせること、できる。戦い、始める」

阿部助は、山刀を地面に突き立てると、両手の人差し指を唇の両脇に、差し入れた。

余一郎が、あわててそれを制する。

「待て待て、阿部助。まず、段取りを決めねばならん。岩の向こうに、何人いるかも分からんのだ。急いては、事をし損じるぞ」

最後のせりふは、阿部助には分からなかったようだ。

余一郎は続けた。

「昌平たちに仕掛けさせれば、相手の出方で敵か味方かが分かる。漂着した和人なら、戦う気はないだろう。その気配を見てから、おれたちが背後を押さえることにする。敵とは限らぬゆえ、早まってはならんぞ、阿部助」

阿部助は、分かったのか分からないのか、あいまいにうなずくだけだ。

団平は聞いた。

「おまえさんの合図は、どのようなものなのだ。いかにも、ほかに仲間がいると分かるような合図では、不意をつくことができぬぞ」

「パシクル、鳴く声、出す」

パシクルとは、アイノ語で鴉を意味する。

あの、気色の悪い島鴉の鳴き声をまねして、仕掛けの合図を出すらしい。

余一郎は、二度深く息を吸って吐き、阿部助に言った。

「よし、やってみろ」

阿部助が、唇の端に指を入れる。

どうやったものか、阿部助の口から不気味な島鴉の鳴き声が、絞り出された。

団平の耳には、それは本物そっくりに聞こえた。

しかし、おそらく実の鳴き声とは微妙に違うものがあり、昌平たちはそれを聞き分けることが、できるのだろう。

ほどなく、大岩の向こうの木立で物音が起こり、叫び声が聞こえた。

「行くぞ」

余一郎は刀の鯉口を切り、大岩に向かって駆け出した。

団平と阿部助も、下生えを踏み散らしながら、そのあとに続く。

大岩に近づくと、余一郎は団平に反対側に回れというように、顎をしゃくった。

団平は無言でうなずき、阿部助に合図して大岩の左側へ回り込んだ。

回り切らぬうちに、ちぇすとぉ、というすさまじい気合が耳を打ち、続いて悲鳴が上がった。

団平は刀を抜き放ち、大岩の陰に回った。

裁着袴をはいた、小柄ながらがっしりした体軀の男の、剣をとんぼに構えた後ろ姿が、目にはいる。

薄暗いにもかかわらず、明らかに薩摩示現流と分かる構えだ。

その足元に、アイノが一人倒れている。

男が向かう先には、昌平と茂平の姿が見える。

男に斬られたのは、喜平だと分かった。

そのとき、大岩の反対側に回り込んだ余一郎が、大声で呼ばわった。

「ご公儀蝦夷地巡見隊の、橋場余一郎である。そのアイノたちは、われら巡見隊の命によって、お上の勤めを果たす者。それを斬り捨てるとは、ふとどきなやつ。名を名乗れ」

男は、最初の一言ですばやく向き直り、余一郎と団平、阿部助に目を走らせた。

男の背後に二人のアイノ、右手に余一郎、左手に団平と阿部助がいる。

相手が、武術の心得のないアイノとはいえ、喜平を一刀のもとに斬り捨てたとすれば、なかなかの腕の持ち主に違いない。

しかし、前後左右を囲まれるかたちになった今、男の不利は明白だ。

男は、湾曲した足を不格好に開く異形《いぎょう》の構えだが、意外にも隙がない。

なかなかどころか、相当腕の立つ剣客、と思われた。

男が返事をしないので、団平はかまをかけた。

「その構えは、示現流だな。薩摩の者か」

男は黙ったまま、身じろぎもしない。

団平は、背筋に冷や汗が浮くのを覚えた。

自分も余一郎も、一人ずつかかったのでは斬られてしまう、という予感がある。それほど、男から出る殺気は、すさまじかった。

余一郎も、同じことを感じたとみえ、頬がこわばっている。

一人が、囮となって男に斬りつけ、その隙にもう一人が斬り込む。それしか、倒す

方法はないだろう。

とはいえ、その間合いが少しでもずれたら、二人ながら斬られる恐れがある。

この北の果てに、南の果てから薩摩者が姿を現したとすれば、かならず背後にりよがいるはずだ。

今、このときにもどこか物陰から、様子をうかがっているのではないか。

そう思うと、浮足立ちそうになる。

団平の背後で、阿部助が言葉を発した。

アイノ語だったので、なんと言ったか分からない。

しかし、昌平と茂平が山刀を構え直したことで、男に戦いを挑むよう呼びかけたのだ、と察せられた。

団平は首を少しねじり、阿部助に警告を発した。

「阿部助。この男は、強い。みなで、いっせいにかかるのだ。だれが斬られても、ひるんではならぬ。自分がこやつを斬る、という覚悟で飛び込むのだ」

それはむしろ、相手の男に対する牽制だった。

案の定、男はとんぼの構えを崩さぬまま、じりじりと横に移動して、蝦夷松の大木を背にした。

背後からの攻撃を避けよう、という魂胆なのだ。

団平たちも、おのおの位置を変える。

余一郎は、男に向かって右側に立った。

団平と阿部助は、正面を押さえる。

昌平と茂平は、左側を塞いだ。

囲んだものの、実のところいっせいに斬り込むのは、考えるほど楽なものではない。どうしても、仲間の動きが気になって、剣先が鈍るからだ。

男は、それを見抜いたようだった。

これは、容易ならぬ相手だ。

顎が張り、額が突き出した精悍《せいかん》な顔つきも、それを物語るように見える。

団平は考えた。

示現流は、必殺の斬り込みに命を賭けるから、そのわずかな隙を狙って討つのが、唯一の策だろう。

斬られる覚悟で、男の打ち込む初太刀に立ち向かい、隙を誘って余一郎に討たせるしかない。

その役を、アイノのだれかに負わせることも考えたが、踏ん切りがつかなかった。

たとえ、未開の土地の人間とはいえ、このアイノにも親がおり、子がいるかもしれないのだ。

公儀のために命を捨てよ、とはとても言えない。

団平は、肚を決めた。

捨て身で男に立ち向かい、初太刀を自分に打ち込ませよう。

斬り合うのではなく、相手の剣を受け止めるのだ。

そして、男が二の太刀を振るう前に、余一郎が横合いから斬り込む。

団平は、余一郎の方をちらりと見た。

目が合う。

「団平。気をつけろ」

短い言葉に、自分の意図が伝わった、と思った。

団平はうなずき、自分の刀を斜めにして前に突き出し、男に向かってずいと一歩踏み込んだ。

そのとき、思いがけぬことが起こった。

団平の背後にいた阿部助が、いきなり雄叫びを上げて横をすり抜け、男に向かって山刀を叩きつけたのだ。

男は、団平に気を集めていた、とみえる。

不意をつかれたごとく、とんぼの構えを崩して斜めに山刀を、はね上げた。

男の剣は、通常のものよりも刃が厚く、幅広にできているようだ。

頑丈な山刀が、軽がると宙へはね飛ばされる。

その隙に、団平が斬り込もうとしたときには、男はもうとんぼの構えにもどっていた。男の動きは、驚くほど速かった。

阿部助は、怒りの声をあらわに漏らしながら、はね飛ばされた山刀を拾い上げた。

昌平と茂平は、喜平が斬られるのを目の当たりにしたせいか、腰が引けている。当てにはならない。

阿部助が、ふたたび山刀を振り上げる。

その構えから、団平は阿部助が山刀を男に向かって、投げつけるつもりだと察した。

これまで団平は、阿部助が鮭を獲ったり鹿を仕留めたりするのに、山刀を投げるのを何度か、目にしたことがある。

そのわざは、ちょっとしたものだった。

男も、どうやらそうと分かったらしく、とんぼの構えを少し小さくした。

山刀が正面に飛んできたら、男はそれをはねのけるか身をかわすか、どちらにしても体勢を崩すことになる。

その隙を狙って、斬り込むのだ。

おそらく阿部助も、そういう含みで山刀を投げるつもりなのだろう。

男の顔に、初めて緊張の色が浮かぶ。

団平は、阿部助が山刀を投げると同時に、斬り込む覚悟を決めた。

一撃で仕留められなければ、二の太刀を余一郎に任せるしかない。

阿部助の体が大きく動き、山刀が振り上げられた。

そのとき、団平は男が背にした木の上から、黒いものが一陣のつむじ風のように、舞いおりてくるのを見た。

はっとする間もなく、黒い塊はあざやかな弧《こ》を描いて、すさまじい勢いで阿部助に激突した。

その衝撃に、さしもの阿部助も山刀を取り落とし、仰向けざまに転がった。

「りよ」

余一郎の声が、団平の耳を打つ。

29

蔦につかまった黒い塊が、ふたたび弧を描いて頭上を襲う。
根岸団平は、とっさに大岩まで飛びしざった。
橋場余一郎は、地に膝をついて刀を正面に構え、黒い塊を迎え撃つ。
阿部助は、落とした山刀をすばやく取り直し、仰向けに転がったまま身構える。
木の間から差し込む、かすかな光に黒い塊がちらりと映し出され、白い顔が見えた。
りよだ。
やはり、生きていたのだ。
りよは、体をひねって阿部助の山刀を巧《たく》みに避け、風を巻いて余一郎に襲いかかった。
団平は、余一郎がすばやく刀をひるがえし、りよに斬りつけるのを見た。
黒い塊が、二つに割れて下生えの上に、どさりと落ちる。
やった。

団平は刀を振り上げ、その塊に駆け寄った。

森の中に、高らかな笑い声が、こだまする。

下生えに落ちたのは、切り離された蔦の下部にすぎない、と気がついた。

もどって来た蔦に、もはやりよの姿はなかった。

余一郎が跳ね起き、木立の中を剣先で示す。

「団平、追え」

木の幹を背負っていた、薩摩の男がいつの間にかその場を離れ、下生えを踏み散らしながら、逃げて行くのが見えた。

地に伏せていた昌平、茂平の二人のアイノが、男に斬り倒された喜平に這い寄る。

阿部助は、飛び起きるなり大声で何かわめき、男を追って駆け出した。

余一郎も団平も、昌平たちをその場に残して、阿部助のあとを追う。

そのとき、前方から思わぬ呼び声が聞こえた。

「団平しゃあん」

団平は耳を疑い、一瞬足を止めた。

あれは、たねの声ではないか。

いや、そんなはずはない。

たねは、江戸にいる。

こんな、北の果てにいるわけがない。空耳《そらみみ》に違いない。

団平はその場に立ちすくみ、今一度声が聞こえないかと、必死に耳をすました。

先に行っていた余一郎が、あわてたように引き返して来る。

「団平。聞いたか」

余一郎も、声をはずませている。

「橋場さまにも、聞こえましたか」

「確かに、おまえの名を呼んだ。あの声は、おたねではないのか」

「いや、まさか」

団平は、絶句した。

「その、まさかかもしれんぞ。あのりよが、生きていたのだ。何が起きても、おれは驚かぬ。とにかく、あとを追うのだ」

余一郎は言い捨て、ふたたび阿部助と逃げた男のあとを追って、駆け出した。

団平もわれに返り、それに続く。

頭の中で、嵐が吹き荒れるような心地がして、何も目にはいらない。

余一郎の後ろ姿だけを見ながら、必死に足を動かし続ける。

確かにあれは、たねの声だ。

それとも、りよがひとをからかうか惑《まど》わすかするつもりで、声をまねたのだろうか。

もしそうなら、その目的はみごとに達せられた、と認めねばならぬ。

それほど団平は、うろたえていた。

ふと気がつくと、余一郎はしだいに左の方へ向きを変えて、ついには中央の山道を飛び越え、反対側の木立に駆け込んでいた。

そのまま行けば、先ほど迂回した急峻な崖の縁にぶつかり、行き止まりになる。

ということは、りよなりその仲間がたねを連れ去ろうとしても、逃げ場を失うだろう。団平は、にわかに元気が出て、余一郎に追いついた。

「橋場さま。この先は例の崖で、行き止まりになりますぞ」

「そうだ。とにかく、おたねかどうか、確かめるのだ」

息を切らしながら、余一郎が応じた。

二人の先を、阿部助が山刀で木の枝を払いのけながら、猛烈な勢いで走っている。

やがて木立が途切れ、先刻の崖の手前に広がる下生えの草むらに、差しかかった。

にわかに足を止めた阿部助が、大きく息をついて二人を見返る。

余一郎が阿部助に追いつき、横に立って薄暗い前方を透かし見た。

団平も、それにならう。

われ知らず、声が出た。

「おたね」

「団平しゃん」

崖の縁に並んだ、五つの人影の一つが応じた。

それは、見慣れぬ焦げ茶の装束《しょうぞく》を身にまとった、たねだった。

なぜ、ここにいるのか分からぬが、確かにたねだ。

団平は気を鎮め、ほかの者たちを見た。

例の薩摩の男と、もう一人カルサン姿の、痩《や》せた男。

たねと同じ、焦げ茶の装束に身を固めて、白い顔をさらしたりよ。

そして、やはりそのりよとそっくりの装いをした、しげ。

体つきこそ違え、髷を解いて髪を後ろへ流した女三人の姿は、遠目には見分けがつかぬほどだ。

カルサンの男がしげ、薩摩者がたねの襟をそれぞれ捕らえ、刃を首筋に当てている。

団平は、呆然とした。

たねとしげが、なぜ突如としてこの最果ての地に、姿を現したのか。

むろん、りよがなんらかの手段を用いて、二人を遠く拉致《らち》し来たったのだと、頭では分かる。

しかし、にわかにその事実をのみ込むことは、できなかった。

あの、断崖から転落したりよが、生きて姿を現したことさえ、まだ信じられぬほどなのだ。

りよが、口を開く。

「どうしたんだい、あんたたち。カカシのように、突っ立ったままでさ。あたしが生きているのが、そんなに不思議かい」

からかうような口調だ。

団平同様、言葉を失っていた余一郎が、それを無視して声を絞り出す。

「おしげさん。どうして、こんなところへ」

しげが口を開く前に、りよが割り込んだ。

「そんなことを聞いて、どうするのさ。そこを一歩でも動いたら、おしげとおたねの命はないよ」

団平は、唇の裏を嚙み締めた。

しげがここにいるからには、西寺裕之進が用心棒の務めを果たせなかったのだ、とみるしかない。

あの、重蔵に劣らぬ遣い手といわれる裕之進が、よもや不覚を取ったとは思われぬ。

りよは、どんな悪知恵を働かせて裕之進を出し抜き、しげをさらったのか。

いや、出し抜いただけならまだしも、狡猾なりよが何か卑劣な術策を弄して、裕之進を亡き者にしなかった、とは言い切れぬ。

それにしても、りよはしげに加えてなぜたねまでも、拉致する必要があったのか。

そんな数かずの疑問が、一瞬のあいだに目まぐるしく頭の中を、駆け巡った。

なおも余一郎が、語勢鋭く問いかける。

「何が望みだ、りよ。罪もない女子を二人、どうするつもりだ」

りよは、せせら笑った。

「知れたことさ。重蔵はどこにいる。まさか、あたしを怖がって、隠れているわけでもあるまい。さっさとここへ、連れておいで」

団平は、一歩前へ出ようとして、思いとどまった。

声を励まして言う。

「旦那さまは、この島にはおられぬ」

「嘘をお言いでないよ。おまえたちがいて、重蔵がいないわけはあるまい」

「嘘ではない。ご公儀の御用で、クナシリに残られたのだ。信じられぬというなら、この島をくまなく探してみればよかろう」

りよは、真偽を探ろうとするように、じっと団平の顔を見つめた。

「ならば、重蔵をクナシリからこのエトロフへ、呼び寄せるがいい」

「それは、無理というものだ。旦那さまは、御用を中途で投げ出すおかたではない」

「よく考えてから、ものをお言いよ。こっちには、おしげという人質がいるんだ。もし来なければ、おしげの命はない。おしげだけでなく、おまえの女房のおたねも一緒に、死ぬことになるのさ。おまえが、クナシリから重蔵を連れてもどるまで、おたねも預かっておくよ」

りよはそう言い、腰の脇差をすらりと引き抜くと、たねの喉元に刃先を向けた。

団平は、拳を握り締めた。

どこまで、卑劣な女なのだ。

それに引き換え、たねは両脇から刃を突きつけられながら、気丈に胸を張る。

そのとき、しげが口を開いた。

「重蔵さまは、わたくしを人質にされたくらいで、お勤めをおろそかになさるような、腰抜け侍ではございませぬ。あなたが、ご自分でクナシリへ渡るほかは、ございますまい」

その、驚くほど落ち着いた口調に、団平は胸をつかれた。

りよが、きつい声で言う。

「お黙り。だれも、おまえの考えなど、聞いてないよ。団平。おまえはクナシリへもどって、何がなんでも重蔵を連れて来るんだ。いやだと言うなら、おたねの命はないよ」

それを聞いて、たねがいきなり叫んだ。

「こん人の言うこつ、聞いちゃいかんばよ、団平しゃん。旦那しゃんば、呼びに行っちゃいかんばの。うちは、いつ死んでもよかとよ」

不覚にも、団平は喉に込み上げるものを感じて、深く息をついた。

百姓の娘ながら、武家奉公をする夫の立場を理解して、覚悟を決めたのだ。

団平は、声を絞り出した。

「よく言ったぞ、おたね。おまえを、一人では死なせぬ」

りよが、まなじりを吊り上げる。

「勝手に、口をきくんじゃないよ、おたね」

そう言って、脅すようにたねの喉元で、刃先をこじった。

しげが、鋭い声を発する。

「おやめなさい。もし、おたねさんの血を一滴でも流せば、わたくしにも覚悟がございます。あなたは、わたくしを重蔵さまの囮に使うことが、できなくなりましょう」

その凜とした声に、しげの首筋に刃を当てていたカルサンの男が、気後れしたように頬をこわばらせる。

りよも、しげの見幕《けんまく》に気勢をそがれたごとく、少し刀を引いた。

しかし、すぐにせせら笑う。

「そんな脅しには、乗らないよ。だが、おたねもだいじな人質だ。むやみに、傷つけたりはしないさ」

団平は、生唾をのんだ。

ようやく、事の次第が分かってくる。

もし、りよがしげ一人を人質にしようとすれば、しげは自分を重蔵の囮にさせまいと、自害して果てる恐れがある。

それを阻止するために、りよはどのようにかしてたねの身柄を押さえ、一緒に連れて来たに違いない。

もししげが自害すれば、たねの命も同時に失われることになる、と脅しをかけているのだ。

りよはしげの気質から、たねを道連れにしてまで自害することはない、と読んだのだろう。

りよの、人の心を見透かした悪知恵には、ほとほとあきれてしまう。

突然、余一郎が気をそらすように、男たちに向かって声をかけた。

「おぬしら、あくまでもりよのたくらみを承知の上で、手を貸しているのか」

薩摩者が、ためらわずに応じる。

「いかにも、さよう。おいたちは、義によってりよどんの無念を晴らすため、助太刀申すのだ」

薩摩訛りの抜け切らぬ、ぎこちない物言いだった。

「無念だと。ばかを言うな。ただの遺恨、逆恨みにすぎぬ。おぬし、島津の家中か」

余一郎の詰問に、男がたじろぐ。

「うんにゃ。島津とは、関わりなか」

「関わりがないなら、名を名乗れ。おれはさっき、名乗ったぞ」

男は虚勢を張るように、ぐいと顎を突き出した。

「南郷源右衛門じゃ」

余一郎が、もう一人の男に目を向ける。

「おぬしは」

その勢いに気おされたように、カルサンの男はしぶしぶ答えた。

「国谷軍太夫だ」

いずこの生まれか知らぬが、いかにも小ずるい気配を漂わせた、目つきの鋭い男だ。

黙って、考えを巡らしていたらしいりよが、いらだちもあらわに割り込む。

「いいかげんに、おしゃべりはおやめ。それより、団平。いやか応か、返事を聞こうじゃないか」

そう言いながら、あらためてたねの喉元に、刃を向け直した。

「そうたやすく、クナシリへの行き帰りはできぬ。クナシリとエトロフの瀬戸は、潮の流れが恐ろしく荒い。アイノの船で、乗り切れるものではない」

団平が答えると、りよは鼻で笑った。

「それなら、おまえたちはどうやってこのエトロフへ、渡って来たのさ」

「高田屋という、腕のいい船頭が巧みに図合船を操り、連れて来てくれたのだ」

かすかな木漏《こも》れ日が、りよの顔をまだらに染めた。

「だとしたら、何も悩むことはない。もう一度、その船頭に船を操らせて、もどればいいじゃないか」

「高田屋は今朝、島の西側の海辺をさかのぼって、北端のカモイワッカオイへ向かった。当分は、もどって来ぬ」

りよは唇を引き締め、少しのあいだ考えを巡らしていた。

やがて、きっぱりと言う。

「いいだろう。三日だけ、待ってやる。あたしたちは、人質も入れて三日分の食いものしか、持ってないんだ。今日から、人質は水だけにする。もし、三日のうちに重蔵を連れて来ないと、しげもたねも腹を減らして死ぬことになる。覚悟しておきな」

「むちゃを言うな。クナシリは、まともに行き来するだけでも、二日かかるのだぞ」

団平が気色《けしき》ばんで言うと、りよはせせら笑った。

「あたしの知ったことかい。船頭を呼びもどすなり、おまえが泳いで渡るなり、好きにするがいいさ」

そのとたん、そばに立っていた阿部助が喉を鳴らし、目にも留まらぬすばやさで下から上へ、腕を一振りした。

手に握られていた山刀が、真一文字の光の矢となって宙を飛び、まともにりよの胸に突き刺さる。

いや、そのように見えた。

しかし、突き刺さる寸前にりよは身をかわし、草むらに転がった。

山刀は、りよの背後にいた国谷軍太夫の胸に、深ぶかと突き立った。

軍太夫は、一声叫んで仰向けざまに吹っ飛び、あっけなく崖の上から姿を消した。

はずみながら、斜面を転げ落ちる重苦しい物音が大きく、小さく、長ながと続く。

しげが、糸の切れた操り人形のように、草むらに倒れ伏した。

間髪をいれず、余一郎が刀を上段に振りかぶり、りよに向かって突進する。

われに返った団平も、一瞬気をそらした南郷源右衛門を目がけて、まっしぐらに突っ込んだ。

不意をつかれた源右衛門が、あわてて たねの首筋から刀を引き、団平を迎え撃つ。

しかし、得手のとんぼの構えを取る余裕はなく、団平の初太刀を鍔元で受けるのが、精一杯だった。

源右衛門は、必死の形相《ぎょうそう》で地に足を踏ん張り、団平を刀ごと押しもどそうとした。

そうはさせじと、上背で勝る団平は全身の力を振り絞って、源右衛門の上体に鍔ごとのしかかる。

ここで体が離れたら、源右衛門にとんぼの構えを、取られてしまう。

それを許せば、形勢が逆転する。

「逃げろ、おたね」

声を振り絞って、呼びかけた。

30

しかし、たねは逃げなかった。

草むらから、太い枯れ枝を取り上げるなり、南郷源右衛門の背中にはっしとばかり、叩きつける。

「むう」

源右衛門はうなったが、それでも根岸団平の体を押し返そうと、鬼のように顔をゆがめた。

そのとき、橋場余一郎に斬りつけられたりよが、ふたたび草むらを転がって刃を避け、はずみをつけて飛び起きた。

身を沈めて、余一郎の追い太刀を巧みにかわすなり、いきなりたねに飛びつく。

「なんばすっとね」

たねが叫び、りよと激しく揉《も》み合った。

それを横目に見ながら、源右衛門と真っ向から対峙する団平は、一瞬も力を抜くことができず、歯を食いしばるしかなかった。

次の瞬間、りよはたねの体に抱きついたまま、崖に身を躍らせた。

とっさに、団平は源右衛門を突きのけるとともに、大きく飛びしざった。

「おたね」

大声で呼んだが、斜面をすべり落ちる鈍い音が、もどってきただけだった。

余一郎が、構え直そうとする源右衛門に、鋭く斬りかかる。

源右衛門はそれをかいくぐり、一転してしげのそばに駆け寄るなり、むずとばかり足首をつかんだ。

そのまま、りよと同じように、崖に飛び込む。

しげは、ずるずると崖っぷちまで引きずられ、何かにすがろうと手を伸ばした。

団平は刀を投げ出し、かろうじてその手をつかんだ。

しげの体が縁を越え、斜面をすべり落ちる。

それと一緒に、崖へ引き込まれそうになった団平の足に、今度は余一郎と阿部助が飛びついた。

源右衛門が、しげを一緒に引きずり落とそうと、しきりに体を揺すり立てる。

しげが足をばたつかせると、源右衛門はつかんでいた手をすべらせ、ずるずると崖を落ちて行った。

団平は、余一郎と阿部助に助けられて、しげを崖の上に引きもどした。

しげを二人に任せ、団平は崖から身を乗り出した。

「おたね。おたね」

大声で呼びかけると、はるか下方からかすかな声が、もどってきた。

「団平しゃあん」

どっと冷や汗が出る。

よかった、無事だったのだ。

少なくとも、たねは生きている。

団平はわれを忘れて、崖に飛び込もうとした。

「待て、団平」

背後から、余一郎に抱き止められる。

「しかし、橋場さま」

「早まってはいかん。今、おまえを呼ぶ声が聞こえたからには、おたねは無事ということだ」

「それゆえ、助けに参らねば」

「へたにすべりおりれば、ただではすまぬぞ」

「いや、なんとかなりましょう」

崖は急峻ながら、下生えが生い茂っているので、落ちる勢いがそがれるだろう。

しかし余一郎は、力を緩めなかった。

「落ち着け、団平。おたねが無事なら、りよも無事ということだ。軍太夫は死んだかもしれぬが、源右衛門も生きているに違いない。へたにおりて行けば、返り討ちにあうのが関の山だぞ」

団平は、言い返す言葉がなかった。

余一郎が続ける。

「幸いおしげさんが、こっちの手にもどった。りよの狙いはおしげさんだから、おた

ねに理不尽なまねはすまい。おしげさんを手の内に入れねば、近藤さまの弱みをつくことができぬからな」

団平は、耳をすました。

しかし、それきり下の方からは何の物音も、人声も聞こえてこない。

息をつき、体の力を抜く。

余一郎は、回した腕を離した。

団平は気を鎮《しず》めるため、投げ捨てた刀を拾い上げて、鞘にもどした。

向き直ると、いつの間に追って来たのか、昌平と茂平が阿部助に手を貸し、草むらに伏したしげを、いたわっている。

喜平の姿が見えないことから、やはり源右衛門に斬られて命を落としたのだ、と察しがついた。

昌平たちの、すっかり気落ちした様子を目にすると、まだしも生きているたねには救いがある、と思われてくる。

余一郎が、しげのそばに膝をついて、問いかけた。

「大事ないか、おしげさん」

しげはゆるゆると体を起こし、蒼白な顔で余一郎と団平を、交互に見上げた。

「おたねさんは。おたねさんは、どうなりましたか」

「りよに抱きかかえられて、崖の下へすべり落ちた。声が聞こえたから、命に別状はないようだ」

団平が応じると、しげは眉根を寄せた。

「かようなことにあいなり、おわびの次第もございませぬ。おたねさんを巻き添えにしたのは、ひとえにこのわたくしのせいでございます」

そう言って、面目なげに身を縮める。

団平は、首を振った。

「気にしなくてよいぞ、おしげさん。それより、西寺さまはどうなされたのだ。おしげさんの身辺に、目を配ってくれるはずであったのに」

しげが顔を伏せ、さらに身を縮める。

「りよの手にかかって、亡くなられました」

団平は、余一郎と顔を見合わせた。

やはり、そうか。

どのような手立てを用いたにせよ、あの西寺裕之進を死に追いやるとは、りよは底なしに恐ろしい女だ。

昌平と茂平を相手に、阿部助が何か言うのが聞こえる。

どうやら、喜平の死を慰めているようだ。

阿部助は、団平を見返った。

「おれ、この二人と一緒に、喜平、埋めに行く。いいか」

「かまわぬ。ここで待っている」

団平が応じると、三人は山道の方へ引き返して行った。

アイノには、死者を送るそれなりの儀式があるはずだが、とりあえず仮埋葬をするつもりらしい。

余一郎が、ため息とともに言う。

「阿部助も、思い切ったことをしたものよ。おれには、山刀がまともにりよに当たった、と見えた。あれを避けるとは、まったく身ごなしの軽い女だ」

団平もうなずいた。

「わたくしの目にも、そのように見えました。しかし、りよの後ろにいたのが軍太夫とやらで、ようございました。あれがおしげさんなら、こうはしておられなかったでございましょう」

「わたくしに当たった方が、よかったかもしれませぬ」

なおも、身をすくませるしげの肩に、団平は軽く手を置いた。

「それを言ってはならぬぞ、おしげさん。おまえさんが死んだら、おたねはただの足手まといになるから、りよに殺されてしまう。せいぜい、その身を大切にするのだ」

余一郎が、口を挟む。

「それより、おしげさん。いったい、どんないきさつでおまえさんたち二人は、りよにここへ連れて来られたのだ。手短に、聞かせてくれ」

「はい」

しげによると、西寺裕之進は三月ほど前の四月二十日、駒込追分のしげの家の裏庭で、りよが連れて来た薩摩示現流の剣客と、斬り合った。

みごとに仕留めたものの、その直後裕之進はりよに盆のくぼを刺されて、あえなく絶命した。

そのいきさつを、りよは自慢げにしげに話した、という。

それと並行して、たねはりよの手の者におびき出され、しげの家に来て囚われの身になった。

「わたくしたちは、しばらく島津家の高輪御殿に閉じ込められ、その後品川沖から長栄丸という船で、蝦夷地へ向かったのでございます。どこをどう走ったものやら、ようようこの島の沖へ着いたのが、つい一昨日のこと。そして昨日、親船から伝馬船でわたくしたち五人が、この島へ送り届けられたのでございます」

「その伝馬船は、どうしたのだ」

「親船へもどりました。親船はそのまま去りましたが、一月後にもう一度同じ沖合にやって来て、りよたちを連れもどす段取りと聞いております」

「おしげさんとおたねさんは、その数にはいっておらぬのだろうな」

しげが、顔を上げる。

「はい。おそらく源右衛門と軍太夫も、はいっておりますまい。りよ一人が、船にもどる算段でございましょう」

団平は、また余一郎と顔を見合わせ、首を振った。

しげの言うとおり、りよは首尾よく近藤重蔵を倒した暁には、自分だけ船にもどるつもりだろう。

むろん、そうさせてはならぬ。

余一郎が言う。

「さてと、どうしたものかな、団平。このまま、手をこまねいているわけにもいくまい。おたねを取りもどす、何かよい知恵はないものかな」

「そんな知恵はあるまいよ」

突然、どこからかりよの声が聞こえ、団平ははっとあたりを見回した。

崖の下から、ふわりと焦げ茶の羽衣が舞うような具合に、りよが飛び上がって来る。

団平と余一郎は、しげをかばって前に立ちはだかり、鯉口を切った。

「おのれ。女とはいえ、卑怯な振る舞い。手加減はせぬぞ」

余一郎が呼びかけると、りよは高笑いをした。

腕を組んで言う。

「よまい言は、聞きたくないよ。さっさと、おしげをこっちへ渡すんだ」

団平は草むらを踏み締め、崖を背負ったりよに半歩、にじり寄った。

「もう、あきらめるがよいぞ、りよ。どのみちおまえは、旦那さまに勝てるわけがないのだ。いいかげんに心を入れ替えて、おとなしく縛《ばく》につくがよかろう」

りよが、さげすむように団平を見る。

「たわごとはおよし。おまえのおたねは、崖の下で源右衛門に見張られている。だいじな人質だから、崖を落ちるときもあたしが下になって、かばってやったんだ。おかげで、ちょっとした擦り傷で、すんだのさ。おまえには、礼を言ってもらいたいくらいだよ」

「ばかな」

そう言い返しながら、団平はたねにさしたる怪我がなかったと分かって、ほっと安堵の息を吐いた。

りよが、頬を引き締める。

「考えてる暇はないんだ。おしげを、こっちへよこしな。よこさないと、おたねの命はないよ」

団平は、しげとたねの板挟みになったかたちで、答えあぐねた。

余一郎も同じらしく、歯嚙みしながら黙っている。

そのとき、しげが二人を押しのけるようにして、前に出た。

「わたくしがもう一度人質になれば、おたねさんを団平さんに返してくれますか」

りよは鼻で笑った。

「あんたたち、取引できる立場かい。言うことを聞くよりほかに、道はないんだよ」

「おたねさんをもどしてくれたら、わたくしがあなたの言いなりになりましょう。たとえ一人になっても、自害はせぬとお約束いたします」

「だめだ。あたしは、だれも信用しない。ことに、おまえは油断がならないからね、おしげ。隙があれば、あたしの寝首を掻こうとしているくらい、お見通しさ。おたねがいればこそ、おまえはおとなしくしてるんだ。軍太夫がくたばった今、源右衛門一人じゃあ心細い。あいつは、女の扱いを知らないからね。どうでもおたねはそばに置いて、おまえの足手まといにさせておくのさ」

団平は、口を開いた。

「おまえの望みは、旦那さまと決着をつけることだろう。おたねやおしげさんに、遺恨はないはずだ」

「遺恨はないが、二人を始末するのに、ためらったりはしないよ」

りよはうそぶき、冷たい笑みを浮かべた。

団平は、深く息をついた。

「やむをえぬ。わたしが、クナシリから旦那さまを、お連れして来る。それまで、おたねは預けておく。指一本、触れるでないぞ」

「おたね一人が人質では、重蔵はやって来まいよ。お役目第一の重蔵が、たかが若党の女房のために、危ない橋を渡るものか」

「いや、かならずお連れする。三日待ってくれ」

そう言いながら、団平も確かな自信はなかった。

もし、重蔵が少しでも難色を示すようなことがあれば、しげも一緒に人質になっていると、嘘をついてでも連れて来なければならない。

りよは少し考え、腕組みを解いた。

「いいだろう。四日目の朝までに、島の東側のルチャロというところへ、船で連れて来るんだ。ただし、タンネモイとかいう浜から、この山道伝いにやって来たりしたら、おたねの命はないよ」

余一郎が、口を挟んでくる。

「何ゆえ、ルチャロでなければならぬ。クナシリから近くて、いちばん船をつけやすいのは、西側のタンネモイだ。タンネモイから東側の浜までは、二刻ほどしかかからぬぞ」

「陸伝いに来れば、おまえたちがどんな小細工をするか、知れやしない。船ならば、その心配もあるまいよ。それに、あたしも重蔵を始末したあと、その船で逃げることもできるからね」

「しかし、クナシリからエトロフの東側へ船を着けた者は、だれもおらぬはずだ。無事に着けられるかどうか、請け合えぬぞ」

「知ったことかい。何があろうと、重蔵が期日までに来なければ、おたねの命はない。それだけは、請け合うよ」

団平は拳を握り締め、じっと怒りを押し殺した。

この女には、何を言ってもむだだ。

なんとしてでも、言われたとおりにするしかない。少しでも望みがあるかぎり、いや、たとえ千に一つも望みがなかろうと、たねを見捨てるわけにはいかぬ。

団平は言った。

「分かった。おまえの言うとおりにしよう。しかし、間違いなく旦那さまをお連れするには、せめて五日の猶予がほしい。瀬戸渡りは、それなりの天候と風向きに恵まれねば、果たせぬことだ。船の手配もあるゆえ、三日ではとてもこなせぬ。小細工をするつもりはない。それだけは、譲ってもらいたい」

そのとき、余一郎があわてて、声を発した。

「ま、待て」

同時に、伸ばされた余一郎の腕をかいくぐって、しげがりよのそばに駆け寄った。

りよは、虚をつかれたように身構えたが、しげはその手前で団平たちの方へ、くるりと向き直った。

「団平さん。どうぞ、重蔵さまをお迎えに、クナシリへおいでください。わたくしは、おたねさんと一緒に、人質として残ります」

団平はあっけにとられ、その場に立ちすくんだ。

「な、何を言うのだ、おしげさん」

余一郎も、うろたえた様子で言う。

「それでは、りよの思う壺《つぼ》ではないか」

りよはほくそ笑み、脇差を抜いてしげの胸元に、突きつけた。

「いい覚悟だ、おしげ」

それを相手にせず、しげは団平たちに言った。

「いくら団平さんのお連れ合いとはいえ、重蔵さまはおたねさん一人のために御用をなげうち、ここへ渡っては来られますまい。わたくしのためならば、あるいは渡って来られるやもしれませぬ。もしそうなさらぬとすれば、わたくしもあきらめがつきます。そのときは、わたくしが命に代えてもおたねさんを、お守りいたします。どうか、団平さん。重蔵さまを、お迎えに行ってくださいませ」

団平は、唇を噛み締めた。

しげが、ようやく助かったみずからの体を、ふたたびりよの手にゆだねようとは、考えもしなかった。

とはいえ、しげの心が分からぬでもない。

重蔵も、たねとしげの二人が人質になっていると知れば、いやも応もなく腰を上げるだろう。

それだけではない。

ただ一人、囚われの身に残されたたねが、どれだけ寂しく、恐ろしい思いをしているかは、想像にかたくない。

しげは、そのつらい気持ちを思い量って、今一度ともに人質として残ろう、と決心したに違いない。

余一郎が、そばから言う。

「分かった。近藤さまには、何があってもこの島へお運びいただくよう、団平から説得させる。そのためにも、団平の申すとおり、五日は必要だ。それだけは、のんでもらうぞ、りよ」

りよは、わずかしか考えなかった。

「いいだろう。五日目の昼まで、待ってあげるよ。ただし、そのあいだ、おとなしくしてるんだよ。アイノたちを使って、あたしたちの居どころを探したり、人質を取りもどそうとしたりしたら、おたねとおしげをその場で殺す。分かったかい」

「分かった」

団平と余一郎は、同時にうなずいた。

次の瞬間、りよは脇差を引いて鞘にもどし、しげの胴に腕を回したとみる間に、さっと崖から身を躍らせた。

団平も余一郎も、急いで崖の縁に飛びつき、下を見下ろした。

黒い塊が一つになり、生い茂った草むらをなぎ倒しながら、転がり落ちて行く。

二人は顔を見合わせ、互いに首を振るしかなかった。

31

「しげが、エトロフに連れて来られた、と。まことか」

近藤重蔵の顔に、驚きの色が広がる。

根岸団平は、その場に平伏した。

「まことでございます。おたねとともに、拉致されてまいりました」

「おたねもか」

団平は、面《おもて》を上げた。

【アイノ語＝和語一覧】

アイノ	蝦夷地の先住民族。アイヌ
アツシ	アイノの着衣
イカヨプ	矢筒
イタオマチプ	木をくり抜いて作った夷舟
オプ	鎗
カムイ	神、自然、熊
コタン	村、集落
シャモ	和人
チセ	家
パシクル	鴉
マキリ	小刀
マタンプシ	刺繡入りの鉢巻き
メノコ	アイノの女性
ユクウル	袖なしの鹿皮胴着
ワッカ	水

【江戸時代の単位】

●距離・長さ

一里＝三十六町
　→ 約3930メートル
一町＝六十間
　→ 約110メートル
一丈＝十尺
　→ 約３メートル
一間＝六尺
　→ 約180センチメートル
一尺＝十寸
　→ 約30センチメートル
一寸＝十分
　→ 約３センチメートル

●時間の長さ

小半刻／四半刻 → 約30分
半刻　→ 約１時間
一刻　→ 約２時間
一刻半 → 約３時間
二刻　→ 約４時間

「はい。おたねは、おしげさんを自害させぬための人質、というわけでございます」

重蔵は唇を引き締め、太い腕を組んだ。

天を仰いで言う。

「りよめが。やはり、生きておったのだな」

「さようでございます。これまでにも何度か、りよではないかと思われる怪しい影に、遭遇いたしております。オシャマンベへ向かう船の爆発、さらにはユウラップ付近での襲撃と、いずれもりよのしわざに間違いない、と存じます。橋場さまともども、この目でしかと面体《めんてい》を見極めましたゆえ、りよが生きていることは確かでございます」

重蔵は上を向いたまま、深くため息をついた。

「うむ。今さら言っても遅いが、やはり長崎で斬り捨てておくのであった。少しでも、苦しみを長く味わわせてやろうと考えたのが、裏目に出おったわ」

「まことにもって、執念深い女でございます」

団平が応じると、重蔵は目をもどした。

「りよが、しげとおたねをかどわかしたからには、裕之進も無事ではすまなんだであろうな」

「はい。おしげさんによれば、西寺さまは薩摩の刺客を返り討ちにしたのち、りよの手にかかって落命なされた、とのことでございます」

重蔵の顔に、沈痛の色が浮かぶ。

「やはり、そうか。どのみち、まともな勝負を挑んだのでは、あるまいな」

「おそらく、西寺さまが刺客の息の根を止め、ほっと気を緩められたところを、不意打ちにしたのでございましょう」

重蔵は、唇を引き締めた。

「たとえ汚い手を使ったにせよ、あの手だれの裕之進を仕留めるとは、よくよく腕の立つ女よ」

「感心しておられる場合ではございませぬ。さっそくにも、エトロフへお運びくださいますよう。りよから、旦那さまを五日目の昼までにお連れせよ、と期限を切られました。団平めが、このアトイヤへもどるのに三日、すでに三日を費やしております。それゆえ、残り二日しか、猶予がございませぬ」

団平はたった今、エトロフからようやくクナシリへ立ちもどり、ここアトイヤの〈喜晴軒〉で、重蔵と対面したばかりだった。

重蔵は、そばに控える山田鯉兵衛を、ちらりと見た。

団平に目をもどし、おもむろに言う。

「今さら、あわてても始まらぬ。ともかく、アトイヤを出航したあたりから、事の次第を詳しく話してみよ」

「はい」

団平は息をついた。

自分の心を鎮めるためにも、重蔵の言に従った方がよさそうだ。

高田屋嘉兵衛が宜温丸を巧みに操り、エトロフのタンネモイに着岸したところから、順を追って話を進める。

橋場余一郎、阿部助らとともに、エトロフの東海岸へ向かう途中、りよの一行に遭遇したこと。

そこで初めて、しげとたねが人質になっているのを、知ったこと。

りよには、南郷源右衛門という薩摩の剣客、国谷軍太夫なる得体の知れぬ男が、助っ人についていたこと。

その事実から、りよには薩摩島津家の後ろ盾がついている、と察せられること。

また、供のアイノの一人が源右衛門に、斬り捨てられたこと。

阿部助が山刀を投げ、軍太夫を討ち取ったこと。

そして、たねを救うことはかなわなかったものの、しげを一度は奪い返したこと。

最後に、そのしげが団平と余一郎の制止を振り切り、ふたたびりよの人質にもどったと聞くと、重蔵はいかにも不機嫌そうに口元を歪めた。

「ばかなやつめ」

団平の耳には、その苦言がしげの心根に打たれたのを隠すための、強がりのように聞こえた。

重蔵にも、しげがたねのために身を投げ出したものと、分かったに違いない。

話し終えると、そばで黙って聞いていた鯉兵衛が、口を開いた。

「ところで、橋場どのは今、どこにいるのだ」

「エトロフに、お残りいただきました。クナシリへのもどり船が、もしも覆没《ふくぼつ》するような事態となれば、二人ながら海の藻屑《もくず》と消えてしまいます。それだけは、避けたいと存じまして」

「おお、いかにもそのとおりだ」

鯉兵衛はそう応じて、重蔵の方に向き直った。

「それがし、詳しいいきさつは承知いたしませぬが、ただ今のお話しぶりからよほどの子細あり、とお見受けいたします。公儀御用はそれがしにお任せあって、ただちにエトロフへ向かわれるのが、よろしゅうございましょう」

　重蔵は、少しのあいだ考えを巡らしていたが、やがて腕を解いて鯉兵衛に頭を下げた。

「お気遣いのほど、まことにかたじけない。仰せのとおり、これよりエトロフへ渡ることにいたす」

　それを聞いて、団平はほっとした。

　鯉兵衛が、軽く眉をひそめる。

「ただ、アトイヤには高田屋のような手だれの船頭が、残っておりませぬ。エトロフの瀬戸を、無事に渡れましょうや」

　重蔵は、団平を見た。

「おまえは、イタオマチプでもどって来た、と申したな。あの荒い瀬戸を、よくアイノの小舟で、押し渡ったものよ。何か、方策があるのか」

「はい。往路で、高田屋嘉兵衛が船を走らせた海路を、逆に取ったのでございます。だいぶ遠回りになりますが、両島のあいだに渦巻く三つの潮を、一つずつ順に乗り切って行けば、かならず押し渡れます。ただし、団平めがタンネモイから乗り出したときは、天候が悪かったために二度も引き返し、ここへもどるのに三日を費やしました。さきほど申しましたとおり、期日まで二日しか残っておりませぬ」

一度言葉を切り、続けて言う。

「しかも、りよの意向に従うとすれば、こたびは船をエトロフの東側の、ルチャロという浜へ、乗りつけねばなりませぬ。ベルタルベの岬を、うまく回り込めればよいのでございますが、回り切れずに東の大海へ押し出されますと、めんどうなことになりましょう」

「タンネモイから、陸路を行くことはできぬのか」

「その方が楽でございますが、りよはそれを許さぬと申しております。陸路を許せば、われらが何か小細工をするのでは、と疑っているのでございます。船で来れば、それができぬというわけで」

重蔵が、また口元を歪める。

「したたかな女よのう。確かに陸路を使えば、いくらでも手勢を引き連れて行けるし、浜を取り囲むこともできる。りよは、それを嫌ったのであろうな」

「はい。それにりよは、旦那さまをはじめわれらを倒したあと、同じ船でどこかへ逃亡を図る所存、と思われます」

団平が言うと、重蔵は鼻で笑った。

「笑止な。やすやすと、その手に乗るものか」

「ともかく、ルチャロへ船で乗りつけねば、おしげさんとおたねの命はなくなる、と存じます」

「さもあろうが、ともかく一度はタンネモイに立ち寄り、余一郎を拾って行かねばなるまい。そうせねば、あとがうるさいからな」

「橋場さまは当初、ご自分だけひそかに陸路をたどり、海陸からりよを挟み撃ちにしようか、などと申しておられました。しかし、りよの目を逃れることはできぬと存じ、そのお考えは捨てていただきました。いずれにせよ、旦那さまがりよのお相手をされるあいだ、源右衛門と斬り合うのに団平一人では、手不足でございます。橋場さまのご助勢がなくては、とてもかないませぬ」

「それほどの手だれか、その源右衛門なる者は」

「さように存じます。少なくとも、西寺さまが倒したという刺客と同格か、それ以上と考えてよろしゅうございましょう」

鯉兵衛が、口を出す。

「ぐずぐずしてはおられませぬぞ、近藤さま。ただ今、ネモロより回航してまいった図合船、清風丸《せいふうまる》がアトイヤに船繋《ふなが》かりをしております。それがしが、上乗《うわの》りの者に話をつけますゆえ、その船をお使いくださいい」

「しかし、清風丸は公儀の御用で」

重蔵が言いかけるのを、鯉兵衛は手を上げて制した。

「あいや、しばらく。聞けば、りよとか申す女賊の背後には、薩摩の姿がちらちらしておる様子。かねて、近藤さまは薩摩島津家に抜荷の疑いあり、と指摘しておられます。さすれば、この一件も公儀御用と、関わりなきにあらず。心置きなく、お使いください」

重蔵は、珍しく板の間に拳をつけて、もう一度鯉兵衛に頭を下げた。

「重ねがさね、かたじけない。お言葉に甘え、清風丸を使わせていただく」

格下ながら、鯉兵衛には年長者なりの思慮と胆力があり、重蔵もそれを感じ取ったようだ。

団平はさっそく、出航の手配に取りかかった。

鯉兵衛の談判のおかげで、清風丸の上乗り役を務めた公儀の役人は、船の使用をしぶしぶ許した。

しかし、もとから乗り組んで来た者たちは、エトロフ渡海の話など聞いていない、と言って乗船を拒んだ。

高田屋嘉兵衛が、南部の野辺地で募った船頭と水主も、前回同様強く難色を示した。

しかし、嘉兵衛が首尾よく渡海したことと合わせ、団平が夷船で無事にもどり着いたことを知って、少し心を動かされたようだった。

団平が、渡海中つきっ切りで海路を示すと約束し、報奨金を奮発して説得にこれ努めたので、儀三郎《ぎさぶろう》という船頭と三人の船乗りが、ようやく引き受けてくれた。

儀三郎は、日焼けしたしわだらけの男だが、まだ三十代半ばの若さだという。

翌日。

幸い朝から天気がよく、南の風が吹いていた。

清風丸は出航の用意を整え、朝五つにアトイヤを出航した。

乗り込んだのは重蔵、団平のほか、儀三郎と舵取の若者文蔵《ぶんぞう》、雇いの水主にアイノら、合わせて九人だった。

嘉兵衛の教えに従って、団平は東方に横たわるエトロフに見向きもせず、儀三郎に針路を北に取るよう、指示した。

船を進めながら、儀三郎も文蔵もしばらくのあいだは、不安の色を隠さなかった。

しかし、団平がそのわけを説いて聞かせると、どうにか納得した。

清風丸は、嘉兵衛とともに渡った宜温丸より少し大きい、八十石積みの図合船だ。

南からの追い風とはいえ、前回よりも風の力が弱いせいか、それとも潮の流れが強いせいか、船の進みがはかどらない。

ようやく、北西から寄せるカラフトの潮に乗り入れたときには、すでに日は中天にのぼっていた。

清風丸は、針路を北へ向けながらも潮に押されて、少しずつ東から南東の方向へ、流された。

このままでは、南下する北海の潮の流れに到達しないうちに、三筋が合流する最大の難所へ、押しもどされてしまう。

団平は儀三郎と相談の上、水主とアイノに命じて船に車櫂《くるまがい》を取りつけ、風に手漕ぎの力を加えて、潮を乗り切ることにした。

前と同じく、しだいに海上に靄が立ち込め始め、目路《めじ》が悪くなる。

一刻ほどすると、船底に当たる潮の流れが変わり、強く南へ押しもどされる気配が伝わった。

団平は儀三郎を通じて、文蔵に針路を東へ変えるように、指示した。

青い顔をした重蔵が、いかにも船酔いをこらえるように、顎の筋を張りながら言

「だいじょうぶか、団平。どこへ向かっているのか、皆目見当がつかぬぞ」

「団平めにも、よく分かりませぬ。運を天に任せるほかはない、と存じます」

元気づけに、冗談めかしてそう答えたが、重蔵はむしろ憂慮が増したとみえ、そっぽを向いてしまった。

なにしろ、重蔵はまるで水練がだめときているから、不安もひとしおだろう。

とはいえ、幸い日が傾くころには靄が晴れ、前方にエトロフの島影が迫ってきた。

それを見て、儀三郎も文蔵も、水主もアイノたちも、いっせいに歓声を上げた。

重蔵の顔にも、ようやく安堵の色が浮かぶ。

しかし、いちばん安堵したのは、むろん団平自身だった。

さすがに、嘉兵衛の見立てに誤りはなく、あらためてたいした男だ、と思う。

船が、タンネモイの入澗にはいったときは、すでに暮れ六つに近かった。

船影に気づいた、島のアイノがいち早く知らせに走ったらしく、船着き場には重蔵を待ちかねる、橋場余一郎や阿部助の姿があった。

「今日は一日、はらはらいたしておりました。もし今日中に、団平が近藤さまとともにもどらねば、明日の昼までにルチャロへ回ることは、かないませぬ。気がもめて、飯も喉を通らなかったほどで」

　リコップの丘へ向かう途上、余一郎はそんなことをしゃべり散らした。よほど、気が気ではなかったらしい。

　重蔵が言う。

「もし、おれたちが期日までにもどらなかったら、おぬしはどうするつもりだったのだ」

　余一郎は、胸を張った。

「そのときは、陸路を単身ルチャロへ乗り込んで、命に代えてもおしげさんとおたねを、救い出す所存でございました」

「それはまた、ありがとう存じます」

　団平が神妙に礼を言うと、余一郎は疑わしげな目で見返した。

「万に一つも、おれがあの南郷源右衛門に勝てるとは、思っておらぬ顔だな」

「めっそうもないことで。この団平も、いざとなれば源右衛門ごときに、後れを取るものではございませぬ」

　重蔵が口を挟む。

「源右衛門とやらはともかく、りよを仕留めるのは至難のわざだぞ」

これには、余一郎も団平も、沈黙した。

乙名のルリシビをはじめ、島のアイノたちは前年オロシャ人とイコトイを相手に、みごとな戦いぶりを見せた重蔵を、拝まぬばかりにして歓迎した。

重蔵が、リコップの丘に立つ〈大日本惠登呂府〉の標柱を、感慨深げに眺める。

重蔵にしてみれば、イコトイこそ手なずけそこなったものの、オロシャ人を追い払ったのは上出来、という思いがあったのだろう。

その日は重蔵、余一郎、団平に加えて、アイノの阿部助の四人が、仮小屋に泊まることになった。

雁首《がんくび》をそろえて、翌日の策を練る。

りよが、呼び寄せた重蔵に対してどのように出るか、予断を許さぬものがあった。

十中八九、まず重蔵に大小など得物を捨てるよう、求めるだろう。

それから、おもむろに重蔵を始末すべく、仕掛けてくるに違いない。

「まず第一に、おしげとおたねを無事に救い出すこと、これが肝要だ。そのために、おれはりよの言うままになる。しかし、むざと斬られるつもりはない。時を稼ぐゆえ、余一郎と団平は源右衛門にかかって、動きを封じるのだ。いかな手だれでも、一度に二人は斬れぬ。その、わずかな間合いを狙えば、勝機はある。分かったか」

「はい」

余一郎と一緒に返事をしたものの、むろん団平も事がそうたやすく運ぶとは、思っていない。

しかし、大枠は重蔵が言ったとおりの展開になる、とみてよかろう。

その夜、団平はなかなか、寝つかれなかった。

32

翌朝。

前日とは打って変わって、風の強い曇りがちの天気だった。

しかも風は、北から南へ吹いている。北海の潮の流れとあいまって、船が南へ強く押し流される恐れも、なしとしない。

タンネモイを出たあと、ベルタルベの岬の西側を陸に沿って回り、東側へ抜けるのが唯一の海路だった。

高田屋嘉兵衛なら、また別の筋を考えつくかもしれないが、まだ漁場開設のための見分から、もどっていない。

儀三郎ら船乗りたちのほか、阿部助と一緒に昌平と茂平も供をしたい、と申し出た。

二人には、仲間の喜平を斬り捨てた南郷源右衛門に、一矢《いっし》を報いたいとの思いがあるのだろう。

いざというときには、漕ぎ手が必要になることもあるので、近藤重蔵はとりあえず三人の乗船を許した。

そのほかに、上陸に必要となるかもしれぬ伝馬船を、一艘《そう》積み込むことにする。

清風丸は、まだ東の空も明るくならぬうちに、タンネモイの入澗を出た。

儀三郎は、強風に船が岩場へ吹き寄せられぬよう、舵取の文蔵を叱咤《しった》激励《げきれい》した。

間なしに、半分しか上げていなかった帆を、全部下ろしてしまう。

島の西側を行く清風丸は、強い北風と激しい北海の潮に駆り立てられ、すさまじい勢いで南へ疾走した。

船は木の葉のようにもまれ、波が容赦なく飛び込んでくる。曙光《しょこう》を背負って、左手にそびえるベルタルベ山の影が、前後左右に大きく揺れて見えた。

重蔵はもちろん、橋場余一郎、根岸団平、それに阿部助らアイノも船酔いして、したたかに吐いた。

平然としていたのは、儀三郎と文蔵だけだった。

二人とも、エトロフ渡海にあれだけ尻込みしていたのに、今やそれが嘘だったかのごとく、獅子《しし》奮迅《ふんじん》の働きをした。

「ぎ、儀三郎。このままでは、せ、瀬戸の地獄へ、ま、まともに突っ込んでしまうぞ」

反吐《へど》を吐きながら、余一郎が切れぎれに呼びかける。

団平も、それを恐れていた。

このまま、大荒れの瀬戸へ引き込まれれば、間違いなく船はばらばらになるだろう。

「任しときなせえ」

儀三郎は、ただちに水主とアイノに車櫂を取らせ、船端の左右で前後逆方向に漕ぎ立てるよう、指図した。

位置を定めた漕ぎ手が、言われたとおりに櫂を振るい始める。

同時に、儀三郎は文蔵とともに舵柄《かじづか》にしがみつき、櫂の動きに合わせて取舵を取る。

船は大きく揺れながらも、船首をしだいに左へ変えていった。

途中、船が真横になったときは重蔵も余一郎も、たまらず踏立板《ふたていた》の上を転がった。その上に、波がおおいかぶさる。

団平は、必死に伝馬船を縛りつけた縄に取りつき、危うく海中へ転落するのを免れた。

ほどなく、清風丸は前後を逆向きに位置を変え、吹きまくる風と潮の流れに向かって、舳先を転じた。

そのまま、釣り合いを取りながら流されるに任せて、岬の裾を南下する。

船を逆向きにしたおかげで、揺れ方がいくらかしのぎやすくなり、速さも減じたようだった。

半刻もすると、島影が緩やかに東側へ曲がり込む、岬の最西端に差しかかった。

それまで、櫂を休めていた漕ぎ手に、儀三郎がどなる。

「舳先を、もとへもどすぞ」

それに応じて、漕ぎ手も舵取もしゃにむに力を振るい、船の向きをもとにもどした。

なんとか岬を左へ回り込むと、儀三郎は余一郎と団平に声をかけて手伝わせ、一挙に帆を上げた。

横風を受けながら、ふたたび突っ走る。

儀三郎は、なおも叱咤した。

「漕ぐんじゃ。力いっぱい、漕ぐんじゃ。陸地から、離されるな」

漕ぎ手は、なりふりかまわず漕ぎまくる。

やがて、島の最南端と思われる険しい岬を回ると、強風も激浪も申し合わせたように収まり、船の揺れが穏やかになった。

同時に、海の果ての雲間に日が顔を出し、海上に光の筋が走る。

団平も余一郎も、ほっと安堵の息をついた。

漕ぎ手は、死んだように踏立板の上に転がり、荒い息を吐いている。

儀三郎が、同じように肩で息をしながら、文蔵に言った。

「まだ、油断はならねえ。このあたりは、親潮のきついところだ。しっかり、舵を取っていろ」

団平も、それを恐れていた。

大海へ流されると、一気に陸奥沖まで運ばれる恐れがあり、さらにやっかいなことになる。

しかし、それは杞憂に終わった。

親潮に押されて、波がいくらか重くなったように感じられたが、幸い北からの風が西へ移り、さらに南西からの風に変わった。

雲もおおかた、吹き払われた。

船は追風に乗り、陸沿いに北東へのぼって行く。

船足は落ちず、むしろ速まったほどだった。

気持ちが高ぶるにつれて、団平は水に濡れた着物から冷えが染みとおり、体が震え出すのを覚えた。

あるいは、武者震いかもしれなかった。

左手に続く断崖が、しだいにその険しさを緩めていくとともに、低い岩場が顔を出し始める。

余一郎が、びしょ濡れになった着物の懐から、油紙に包んだ島の略図を取り出し、広げて見せた。

団平も重蔵と一緒に、それをのぞき込む。

重蔵は、略図と陸地を交互に見比べ、独り言のように言った。

「ルチャロまで、あと二里半から三里、というところだな」

略図には、ルチャロと記された長い浜の先に、木の生えた小さな岬が描いてあった。

それが、目印になりそうだ。

一刻もすると、切れ目なしに続く長い岩場の向こう側に、延々と横たわる白い砂浜が見え始めた。

この岩場続きでは、嘉兵衛の言うとおりすぐに漁場を開くのは、むずかしいだろう。

余一郎が、だいぶ高くなった日を仰いで、不安げに言った。

「何刻ごろかな」

団平も空を見上げ、日の位置を確かめる。

「五つごろでございましょう」

「昼までに、着けると思うか」

「りよが、浜で待ち構えているとすれば、ほどなくこの船影が見えましょう。多少遅れたとて、約定《やくじょう》を違えたことにはなりますまい」

ほどなく、略図にあった目印と思われる、上に木の生えた小さな岬が、左前方に見えてきた。

儀三郎は文蔵に舵を操らせ、船をしだいに陸地に近づけた。

しかし、行けども行けども砂浜ばかりが目にはいり、人影はいっこうに見当たらない。

重蔵が言う。

「これでは、埒《らち》が明かぬ。浜へ上がって、様子を見ようではないか」

余一郎が、その言を待っていたというように、うなずいた。

「いかにも。われらを目にすれば、りよの方から出てまいりましょう」

団平の指図で、儀三郎はさらに船を陸地に寄せた。

岩場になっているため、浜から半町ほど手前で船足を停め、碇《いかり》を投げ込む。

団平と余一郎は、儀三郎に手を貸して伝馬船を下ろし、海上に浮かべた。

儀三郎は、文蔵に伝馬船を漕ぐように言いつけ、自分は船に残った。海に出た船頭は、めったに船を離れるものではない、ということらしい。

阿部助らアイノが、一緒に連れて行ってほしいと願い出たが、重蔵はそれを許さなかった。

あまり大勢で上陸すれば、りよは警戒して姿を現さぬかもしれぬ、というのだ。

団平は、阿部助を慰めた。

「旦那さまだけでも重いのに、おまえさんのような大男を乗せたら、伝馬船が引っ繰り返る恐れがある。かならずもどるゆえ、こらえてもらいたい」

「船、乗れなければ、泳いで行く。おれ、泳ぎ、うまい」

阿部助が言い張るのを、団平はしきりになだめた。

「もし、おまえの助けが必要になったら、きっと合図をする。そのときは、泳いで来るがいい。それまでは、ここに控えておれ」

阿部助は、不承不承引き下がった。

団平は、昌平と茂平の二人にも、きっと喜平のかたきを取る、と請け合った。

重蔵は、革袋にはいっていた大小の差し料を、腰に差し直した。

ついでに、愛用の赤い鞭も取り出して、腰の後ろに差し加える。

文蔵、重蔵、余一郎、団平の順に船端を綱で伝いおり、伝馬船に乗り込んだ。

文蔵は、櫓を取って伝馬船を漕ぎ出し、浜に向かった。

岩場のあいだを巧みにすり抜け、ぎりぎりのところまで漕ぎ入れる。

三人は、砂浜まで十間ほど残したあたりで、船をおりた。

重蔵は、一緒におりようとする文蔵を、押しとどめた。

「おまえは、ついて来なくてよい。ここで、待っておれ。もし、おれたち以外の者がやって来たら、即座に沖へ漕ぎ出すのだ。だれも、乗せてはならぬぞ」

「分かりやした」

文蔵は、そのまま伝馬船に残った。

三人は相前後して、磯に広がる岩場のあいだを伝いながら、浜に上がった。

右も左も、見渡す限り広びろとした砂浜だ。奥行きは四十間、ないし五十間というところか。

砂浜の奥に、屏風《びようぶ》のように切り立った蔦蔓《つたかずら》の壁が、立ち塞がっている。

団平は、水を吸った裁着袴を絞りながら、北側の砂浜のかなたに目を向けた。

奥の崖が、しだいに海側へせり出して浜の幅を狭め、すぐ前面は岩場になるようだ。

目印にした、例の岬はその向こう側に位置しており、海の上に少しだけ顔をのぞかせている。

前後を何度も見返った余一郎が、途方に暮れた口調で言った。

「りよどころか、人っ子一人見えませぬな」

重蔵が、砂の上に水をしたたらせながら、おもむろに応じる。

「どこかで、様子を見ているに違いないわ」

「りよが出て来るのを、待つしかないのでございますか」

重蔵は少し考え、北側の遠い崖に目をやった。

「ここにぼんやり、立っているわけにもいかぬ。あの岬の方へ、行ってみよう。もしかすると、崖の上から見張っているやもしれぬ」

「かしこまりました」

余一郎は、先に立って歩き始めた。

砂浜には、腐った昆布や漂流物が落ちているだけで、人の足跡らしきものはない。

団平は、重蔵の後ろについてしんがりを務め、袖の水を絞りながら歩いた。水を吸ったままでは、体の動きが悪くなる。

見た目には、さほど遠いと思えなかった崖の端だが、実際にははるかに距離があった。

砂地で、歩きにくかったこともあるにせよ、四半刻近くもかかった。おそらく、十五町を超えていただろう。

せり出した崖と、岩場のあいだに幅一間ほどのわずかな砂地があり、向こう側の浜に通じていた。

先頭に立った余一郎が、その砂地を過ぎて新たな砂浜にはいったとたん、足を止めた。

振り向きざま、裏返ったような声で叫ぶ。

「近藤さま」

重蔵も団平も、急いで余一郎に並んだ。

「これは」

団平は、そう言って絶句した。

そこは、奥の崖と目印にした岬に囲まれた、ほぼ半円形の砂浜だった。

崖は、やはり蔦蔓でほぼ埋め尽くされており、その手前の小高いところに、横幅五、六間もありそうな、広い岩棚がそびえている。

見たところ、砂浜からの高さはおよそ二間、海辺からの距離は二十間から二十五間。

その岩棚の上に、中天にのぼり切った日を全身に浴びて、腕を組んだまま傲然《ごうぜん》と立ちはだかる、りよの姿があった。

五日前と同じ、焦げ茶の装束だ。

しかし、団平が絶句したのは、そのせいではない。

岩棚の上方の崖に、蝦夷松らしい太い木の枝が張り出しており、そこに同じ色の衣装に包まれた人間が、縄で吊るされていたのだ。

余一郎が、声を絞り出す。

「あれは、おたねではないか」

団平は、思わず叫んだ。

「おたね」

縄がかすかに揺れ、人の形がゆっくりと回って、白い顔がこちらに向く。

「団平しゃん」

上方から、かすかに応じた声が、そう聞こえた。

「うぬ」

われを忘れ、駆け出そうとした団平の肩を、重蔵がぐいとつかんで引き止める。

「待て、団平。あわてるでない」

「し、しかし」

「おたねは、生きておる。逆さ吊りではないゆえ、今のところは大事あるまい。落ち着くのだ」

「とはいえ、もしあの縄が切れるようなことがあれば、おたねは岩棚の上へ転落いたします。ひとたまりもございませぬ」

崖の高さは十二、三間、吊るされたたねと岩棚のあいだも、同じくらい離れている。落ちれば、死ぬかもしれない。

かりに命を取りとめても、一生体が不自由になることは、避けられまい。

団平は、頭がくらくらした。

「りよは、おまえの頭に血をのぼらせて、楽しんでいるのよ。その手に乗ってはならぬ」

重蔵の落ち着いた声に、かろうじて怒りを押し殺し、肩の力を抜く。

確かに、あの木からたねを無事に下ろすのは、たやすいことではない。

そもそも、りよはどうやってあのような場所へ、たねを吊ったのだろうか。考えるだけでも、胸が悪くなる。

余一郎が言った。

「お、おしげさんの姿が、見当たりませぬが」

団平も、あらためてりよに目をもどし、その周辺にしげの姿を探し求めた。

しかし、余一郎の言うとおり、りよの周囲に人影はない。

しげもいなければ、南郷源右衛門の姿もない。

重蔵が、呼びかける。

「りよ。しげは、どこにいる」

りよは、少しのあいだ黙ったままでいたが、やおら口を開いた。

「船頭はどうした。始末をつけたあと、あたしはおまえたちが乗って来た船で、逃げることにした。船頭を、ここへ一緒に連れて来なけりゃ、話にならないだろう」

声が背後の崖に反響して、妙に大きく聞こえる。

団平は拳を握り、りよに答えた。

「船頭は向こうの浜で、伝馬船の見張りをしている。それを使って、沖繋かりをしている親船に、乗りつければよかろう。もし、われらを倒すことができたら、の話だがな」

りよが、顎をのけぞらして、笑い出す。

ひとしきり笑ったあと、勝ち誇ったように言った。

「おまえたちでなしに、あたしや源右衛門が浜をもどって行ったら、伝馬船は逃げ出す算段だろう。それくらい読めなくて、どうするのさ」

奥歯を嚙み締める。

まったく、どこまで気の回る女なのだ。

重蔵も余一郎も、口を閉じたままでいる。

りよは続けた。

「いい考えがある。団平。あたしは、おまえとおたねを連れて、浜へもどるよ。おまえを見れば、船頭も乗せてくれるだろう」

何を言い出すのだ。

りよは、さらに続けた。

「そうだ、おまえとおたねは、殺さずにおく。場合によっては、余一郎も一緒でいいよ。あたしの狙いは、重蔵ただ一人だからね。そのかわり、いっさい手出しをしない、と約束するんだ。そうすれば、三人の命は助けてやる」

33

近藤重蔵が、脇でささやく。

「おれたち三人の離反を、図っているのだ。あざといやつめ」

橋場余一郎が、りよに問いかけた。

「おしげさんは、どこにいる。無事を確かめるまで、おまえの言うことは聞かぬぞ」

りよは、軽く斜め後ろを振り向いて、顎をしゃくった。

すると、奥へ傾斜しているらしい岩棚の陰から、人影が二つのぼって来た。

根岸団平は、二人に目をこらした。

先日と同じ、焦げ茶の装束に身を包んだしげと、南郷源右衛門だった。

しげは、両方の手首を前で縛られた上に、五尺ほどの腰縄をつけられていた。

源右衛門が、その縄尻を取っている。

余一郎が、しげに呼びかけた。

「おしげさん。大事ないか」

しげは声を出さず、ただうなずいただけだった。

しげの目に、むろん重蔵の姿もはいったはずだが、その様子に変わったところはない。

喜びの色もなければ、安堵の色も見せない。

救いを求める、無言のしぐささえない。

平然としているのは、重蔵も同じだった。

団平は横顔を盗み見たが、重蔵は眉一つ、頰の筋一本も動かさない。

二人ながらの無表情は、この期に及んでもりよに弱みを見せぬための、強がりのように思われた。

とはいえ、互いの心根を外へ出すまいとする、二人の断固たる覚悟を見る心地がして、団平は胸をつかれた。

自分やたねには、とてもできぬことだ。

余一郎が、大声を出す。

「約定に従って、近藤さまをお連れした。おしげさんを解き放って、おたねを崖から下ろすのだ。あのようなところへ吊るすなど、正気の沙汰とは思えぬぞ」

りよは笑った。

「あたしは、はなから正気じゃないのさ。おたねを、あの木の枝からおろすのは、たやすいことだよ。これをごらん」

そう言って、背後の岩の出っ張りに取りつき、からみ合う蔦の一本をつかんで、強く揺すった。

すると、どこでどう縄とつながっているのか、枝からぶら下がったたねの体が、ゆらゆらと揺れた。

危ない。

団平は息をのみ、砂地に足を踏み締めた。

りよが続ける。

「この蔦を切れば、おたねはこの岩の上に落ちる。ただ、落ちるだけじゃないよ。落ちるときに体が回って、頭が下になるように、縛ってあるのさ。そうなったら、おたねはここへ真っ逆さまだ。おしげも、よく聞いておきな。おまえが、妙なまねをしようものなら、おたねの頭は粉ごなにつぶれて、あの世行きになるんだよ」

団平は、怒りのあまり目の前が暗くなり、歯嚙みをした。

万が一にも、あの高さから真っ逆さまに落ちたら、死ぬしかないだろう。

まったく、どこまで悪知恵の働く、冷酷な女なのだ。

りよは、もとの位置にもどった。

余一郎が詰め寄る。

「何が望みだ。望みを言え、望みを」

りよは、背中に背負った刀をすらりと抜き、刃先をしげの喉元に突きつけた。

「余一郎。重蔵の大小を、取り上げるんだ」

余一郎が躊躇すると、重蔵はみずから差し料を腰から引き抜き、手渡した。

「赤い鞭もだよ。腰の後ろに、差しているだろう」

りよに指摘され、余一郎はしぶしぶ重蔵の後ろ腰から、鞭を取り上げた。

りよの周到さに、団平はつくづく舌を巻いた。

「ここへ、持って来るんだ」

りよはそう言って、岩棚の真下を指で示した。
重蔵がうなずくのを待って、余一郎は砂浜を岩棚へ向かった。
団平はなすすべもなく、砂を踏む余一郎の足跡を眺めた。
余一郎が、差し料と鞭を岩棚の下に置き、引き返して来る。
もとの場所にもどるのを待って、りよは岩棚から軽がると砂浜へ、飛びおりた。
重蔵の差し料を、岩棚の上にいる源右衛門に向かって、投げ上げる。
それから自分は、赤い鞭を取り上げた。
その威力を試すように、二度、三度と空気を切り裂く。
りよは、重蔵を見ながら岩棚の五、六歩手前へ出て、横柄《おうへい》に呼びかけた。
「重蔵。ここへおいで」
それを聞くなり、重蔵はとうに分かっていたというように、躊躇なく歩き出す。
団平はかたずをのんで、その後ろ姿を見送った。
余一郎がささやく。
「どうする」
「分かりませぬ。手の施しようが、ございませぬ」
正直に答えるほかになかった。

今の位置が変わらぬかぎり、りよの背後を突く策もとれぬ。

崖の上へ回るにしても、ずいぶん時がかかるだろう。

重蔵が、三間ほどのところまで近づいたとき、りよは言った。

「そこでお止まり」

重蔵が止まる。

りよは一度、岩棚の方を振り向いた。

それは、しげに自分と重蔵の姿が見えるかどうか、確かめるしぐさのように思われた。

団平は、りよに新たな怒りを覚え、唇の裏を嚙み締めた。

りよが重蔵に目をもどし、妙にやさしい声で言う。

「裸になるんだ」

団平は耳を疑い、余一郎の顔を見た。

余一郎も、驚いた顔で見返す。

「何をする気だ」

「分かりませぬ」

二人に目をもどすと、重蔵はそれもまた予期していたかのごとく、迷わず裁着袴を取りはずした。

袷も肌着も脱ぎ捨て、手甲脚絆《てっこうきゃはん》に革足袋《かわたび》と、下帯だけの裸になる。

背後から見ると、重蔵の肩や尻の筋肉の盛り上がりが、よく分かった。

まるで、雷電為右衛門《らいでんためえもん》を思わせるような、隆々たる体軀だ。

七月とはいえ、エトロフはすでに綿入れを着てもいいほど、冷え込みがきつい。

見ているだけで、団平は体に震えがきた。

右手に刀、左手に鞭を持ったりよは、重蔵に何を仕掛けようというのか。

また重蔵は、りよをどのようにあしらおう、というのか。

いくら、しげが人質になっているとはいえ、むざとりよに斬られるつもりはない、と思いたい。

下帯に手をかけた重蔵が、わざとらしくりよに声をかける。

「これも取らせて、おれの一物《いちもつ》を拝みたいか」

たわむれではなく、いかにもまじめな口調だった。

団平は、珍しくりよがたじろぎ、目元を赤くするのを見た。

りよが、声を励ますようにして、言い返す。

「だれが、おまえのお粗末な一物など、見たいものか。砂の上に、膝をおつき」

重蔵は、ほとんど素裸のぶざまな格好で、その場にひざまずいた。

団平はようやく、りよが何をしようとしているのか、察しがついた。

りよが言う。

「いいかい。かりにも、あたしのすることに逆らったりしたら、おしげの命はないよ。そばにいるのは、薩摩でも一、二を争う示現流の遣い手、南郷源右衛門だ。おまえが、あたしに少しでもそむいたときは、容赦なくおしげを斬るように、言ってある。分かっているね」

最後の言葉だけ大声で言ったのは、源右衛門に聞かせるためだったらしい。

岩棚の上から、源右衛門が応じた。

「分かっちょる。おまはんに何かあったら、おいがここにいるやつらば、みんな斬り捨つるつもりじゃ」

りよが、満足げにうなずく。

右手に持った刀をかざし、すばやく背の鞘に収めた。

鞭を右手に持ち替えると、重蔵から一間ほど離れたところをぐるり、と半周する。

団平たちに、背を向けるかたちになった。

団平も余一郎も、刀の柄に手をかける。

すると、岩棚の上から源右衛門が手を上げ、二人の動きを制した。

「動くでない」

やむなく、二人は手を下ろした。

源右衛門は、いつでもしげを刺し殺すことができるし、たねをつなぎ留める蔦を切ることも、たやすい仕事だ。

手も足も出なかった。

りよは黙ったまま、重蔵の背後に立っていた。

それから、ふたたびゆっくりと半周して、正面にもどる。

そのあいだ重蔵は、ぴくりとも動かなかった。

りよは、じっと重蔵を睨みつけていたが、唇を醜く歪めたかと思うと、にわかに鞭を頭上に振り上げ、はっしと肩口に打ち下ろした。

鋭い音が耳に届き、団平も余一郎も自分が打たれたように、体をびくりとさせた。

同時に、岩棚から見下ろすしげも体を揺らし、足元を乱すのが見える。

重蔵の体は微動だにせず、うめき声さえ漏れてこない。

しかし、肩から背にかけてみるみる赤黒い筋が、浮き上がった。

りよはものも言わず、今度は鞭を逆手に振るって、反対の肩口を打ちのめした。

鞭の色が、そのまま白地に移ったごとく、重蔵の肌がたちまち赤く染まる。

それでも、重蔵は声も上げなければ、体を揺らしもしない。

りよが、甲高い声で叫ぶ。

「どうした、重蔵。痩せがまんも、たいがいにおしよ。そこに、這いつくばるがいい。痛けりゃ痛いと、わめくがいいよ」

りよの高ぶりとは逆に、重蔵は落ち着き払った声で応じた。

「なんの。所詮、おまえは女だ。女の力で、その鞭は打てぬ。蚊が止まったほどにも、感じぬぞ。痛くもかゆくもないわ」

団平は、奥歯を嚙み締めた。

重蔵の言葉は、りよの怒りに油を注ぐだけだ、とはらはらする。

一方で、それが重蔵の狙いかもしれぬ、という気もした。

しかし、りよもさすがにその挑発には、乗らなかった。

自分の勝ち目を誇るように、またゆっくりと重蔵の横に回る。

くるりと体を一回転させ、その勢いを利して重蔵の胸元に、したたかな一撃を食らわした。

さすがの重蔵も、今度は少し体をのけぞらす。

しかし、声は上げなかった。

りよは、悔しげに唇を引き締め、反対側へ回る。

鞭を振り上げようとした瞬間、突然岩棚の上からしげが叫んだ。

「おやめなさい、りよ」

りよは、ぎくりとして鞭を下ろし、岩棚を見上げた。

しげが、それを見下ろす。

「見とうもないぞ、りよ。おまえは、重蔵さまを慕《した》っているのであろう。かわいさが余って、憎さ百倍になったのじゃ。だが、いくら鞭で打とうとも、重蔵さまはおまえのものにならぬ。重蔵さまは、このわたくしのものじゃ。口惜しいか。口惜しくば、ここへ上がって刺すがよい。わたくしを殺したところで、重蔵さまはおまえのものにはならぬ。ばかな女子よのう」

そう言って、狂ったように笑い出した。

団平は、しげが唐突に武家言葉を遣ったことに驚き、実際に気がふれたのではないか、と危ぶんだ。

りよが、叫び返す。

「黙れ、黙れ。重蔵は、おまえのものではない。あたしの餌食《えじき》だ。ゆっくり料理してやるから、そこでおとなしく見ているがいい。それ以上ほざくと、源右衛門に言っておたねをそこへ、吊り落としてやるぞ」

「なんの。示現流の達人が、聞いてあきれるわ。女子に指図されて、人形遣いの人形のように動く、ただの芋侍《いもざむらい》ではないか。真の遣い手ならば、重蔵さまと尋常に勝負するのが、筋というもの。違うか、源右衛門」

しげはそう言って、きっと源右衛門を見返った。

「お、おのれ、言わしておきゃあ」

源右衛門は言葉を詰まらせ、左手に縄尻をつかんだまま右手をひるがえし、大刀の柄をつかんだ。

それを見透かしたように、しげがためらいもなく岩棚の端から、身を躍らせる。

源右衛門は、あわてて柄から右手を離し、両手で縄を引き止めようとした。

しかし、ぴんと張った縄に引きずられてこらえ切れず、しげとともに岩棚からもんどり打って、転げ落ちた。

「団平」

余一郎が叫ぶより早く、団平は岩棚目がけてまっしぐらに、走り出していた。

34

根岸団平は、砂を蹴立てて疾走した。

遅れじと、橋場余一郎もあとに続く。

南郷源右衛門は、岩棚から身を躍らせたしげともども、どうとばかり砂地に転げ落ちたが、すぐさま跳び起きて抜刀した。

しげは、砂上に倒れ伏したまま、ぴくりともしない。

転落の衝撃で、気を失ったようだ。

背後の異変に気づき、とっさに岩棚の方へ体を回したりよに、一瞬の隙が生じた。

団平は疾駆《しっく》しながら、その瞬間をはっきりと見た。

近藤重蔵が、すばやく片膝を立てて一歩踏み出し、りよの背に猿臂《えんぴ》を伸ばしたのだ。

重蔵は、りよが背負った刀の柄《つか》をむず、とつかんだ。

気配を察したりよが、あわてて向き直ったそのはずみに、刀はすらりと引き抜かれて、重蔵の手に残った。

重蔵はそれを、高だかと振りかざした。

りよは、さすがに不意をつかれて立ちすくみ、鞭を持ったまま凍りついた。

間髪をいれず、重蔵の刀が風を巻いて、その頭上を襲う。

走りながら、やった、と団平は思った。

しかし、とっさにわれに返ったごとく、りよは危うく体をひねって、刃先を避けた。

「覚悟」

同時に、砂の上を横ざまに転がって、身をかわす。

なおも、重蔵が追撃しようと刀を構え直したとき、源右衛門が横合いから鋭い気合とともに、胴を払いに出た。

重蔵は、からくもかざした刀をひるがえし、源右衛門の太刀をはねのけた。

しかし、源右衛門の太刀筋はすさまじく、りよから奪った小ぶりの刀は、その一撃に耐え切れなかった。

がん、というすさまじい音を発して、半ばから折れ飛ぶ。

「くそ」

重蔵はののしり、折れた刀を源右衛門めがけて、投げつけた。

源右衛門は、それを軽がるとはじき飛ばし、せせら笑った。

すかさず、とんぼの構えをとる。

「旦那さま」

ようやく、岩棚の下に駆けつけた団平は、手にした自分の刀を重蔵目がけて、えいやとほうった。

重蔵は、その柄を右手でつかみ取るなり、勢い猛に斬り込んで来る源右衛門の刃を、寸前で受け止めた。

初太刀で仕損じたとみるや、源右衛門は一歩も引かず、がむしゃらに二の太刀、三の太刀を繰り出す。

体の大きさで、はるかに源右衛門に勝る重蔵も、その勢いに押されて砂の上を、たじたじとしりぞいた。

その隙に、団平は脇差を抜き放って、余一郎とともにりよに殺到する。

それを見たりよは、砂地に倒れ伏したしげのところまで、猫のように転がった。

身を起こすより早く、手にした鞭を投げ捨てる。

伏したままの、しげの後ろ襟をぐいとくつろげ、右手に握った針のようなものを、うなじに突きつけた。

「動くんじゃない。それ以上近づいたら、ここを一突きだよ」

それは香道で使う、火匙のように見えた。

その鋭い先端で、盆のくぼを刺し貫かれたら、ひとたまりもない。

団平も余一郎も、りよとしげの二間ほど手前でのめり、危うく踏みとどまった。

りよのまなじりは、こめかみから糸で引かれたように吊り上がり、瞳の色はすでに正気を失っている。

言うとおりにしなければ、実際にしげを殺しかねないだろう。

余一郎が呼ばわる。

「観念しろ、りよ。もう、逃れられぬぞ」

「お黙り。二人とも、刀を捨てるんだ。捨てないと、おしげの命はないよ」

団平は、砂地に爪先を食い込ませたまま、ためらった。

ここで刀を捨てたら、りよの思う壺にはまる。

捨てようと捨てまいと、とどのつまりは重蔵ばかりでなく、ここにいる者すべてを始末する、それがりよの腹づもりに違いない。

刀を捨てず、りよと戦い続ける道を選べば、どうなるか。

りよは言葉どおり、しげを刺し殺すだろうか。

いや、そうはしないはずだ。

もししげが死ねば、重蔵はもはや何も失うものがなくなり、存分にりよを成敗《せいばい》しにかかる。おそらく怒りにまかせ、今度こそりよを血祭りに上げるまで、容赦なく刃を振るうに違いない。

足かせを解かれた重蔵が、どれほど手ごわい相手になるか、りよもよく承知している。

だとすれば、だいじな人質をそうたやすくは、殺すまい。

そんなことを、団平は瞬時に考えた。

しかし、その思いを断ち切るように、余一郎が言い放つ。

「りよ。取引をしようではないか」

りよは、せせら笑った。

「ばか言っちゃいけないよ。おまえたちに、あたしと取引する持ち駒なんか、何もないじゃないか」

「近藤さまお一人を、無腰《むこし》で残して行く。ほかの者は、ここからこのまま立ち去る。おしげさんも、おたねも、おれたちもだ。それで、文句はあるまい」

団平は、何を言い出すのかと驚きあきれて、余一郎に目をくれた。

余一郎の顔は、真剣そのものだ。

団平はちらり、と背後の様子をうかがった。

下帯一つの重蔵は、とんぼに構えた源右衛門と睨み合ったまま、微動だにしない。さすがの源右衛門も、岩のような重蔵と真っ向から対峙して、にわかに打ち込む隙を見出だせないようだ。

団平は焦った。

真意はともかく、よもや余一郎がほかの者たちを救うために、重蔵を無腰で残すなどと言い出すとは、思いもしなかったのだ。

りよに、目をもどす。

りよは、口元を歪めた。

「甘く見るんじゃないよ。おまえたちに、重蔵を売ることができるものか。だまそうったって、そうはいかないよ」

りよにすれば、そう考えるのが当然だろう。

そのとき、背後で重蔵の声がした。

「余一郎の言うとおりだ」

団平は、驚いて振り向いた。

構えを解いた重蔵が、無造作に刀を砂の上に投げ捨てる。

「おれが、無手で残る。無手ならば、人質はいるまい。ほかの者たちを、ここから逃がしてやってくれ」

「だ、旦那さま」

団平は思わず、重蔵の方に一歩踏み出した。

源右衛門が、すかさず刀を返して、団平に刃先を向ける。

「動くでなか」

団平は足を止め、歯嚙みした。

りよが、少し間をおいてから、勝ち誇ったように言う。

「いいだろう。取引に乗ろうじゃないか。おまえたちも、さっさと刀を捨てるがいいよ」

団平は躊躇したが、余一郎があっさり刀を投げ捨てたので、やむなくそれにならった。

「鞘もだよ」

りよに念を押され、団平も余一郎も従うしかなかった。

鞘には小柄《こづか》が仕込まれており、りよはそれを用心したのだろう。まったく、抜かりのない女だ。

源右衛門は、まず重蔵が捨てた刀を拾い上げて、団平の鞘にもどした。

さらに余一郎の大小、団平の脇差を鞘に入れて取りまとめ、りよのもとに運ぶ。

りよは、その中から団平の脇差を抜き取り、自分の腰に差した。

残りの刀に、顎をしゃくる。

「岩の上に、運んでおくれ」

りよに命じられて、源右衛門は横手の崖のくぼみに回り、刀を抱えたまま出っ張りを伝って、岩棚に上がった。

団平は、りよに向けた目の隅にそれを収め、そののぼり口を頭に入れた。

たねを助けるためには、どうしても岩棚にのぼらねばなるまい。

さりげなく、吊り下げられたたねの方に、目を向ける。

後ろ手に縛られたたねの体が、風に揺られてかすかに回るのが見えた。

重蔵は、逆さ吊りでないから大事ないと言ったが、長いあいだあの格好で吊るされていれば、男でも音を上げるだろう。

早く、助けてやりたい。

りよに向かって言う。

「これでよかろう。おたねを、あの木から下ろしてやるように、源右衛門に言ってくれ」

りよは砂地に膝をつき、しげのうなじに火匙を突きつけたまま、冷笑を浮かべた。

「まだだよ。おまえたち二人は、さっきここへはいって来た浜の境まで、もどるんだ。そこから、あたしがゆっくり重蔵を料理するのを、見物するがいいよ」

団平は、喉がからからに渇くのを覚え、生唾をのんだ。

「それから、どうするつもりだ」

「余一郎としげは、重蔵の骨を拾うがいい。団平とたねは、あたしと源右衛門と一緒に、船に乗り込むんだ。逆らいさえしなければ、命だけは助けてやる」

源右衛門が、同じ経路をたどって砂地へおり立ち、りよのそばに並ぶ。

「船を乗っ取って、どこへ行こうというのだ」

余一郎の問いに、りよは薄ら笑いを浮かべた。

「どこへでも、行ってみせるさ。おまえたちの、知ったことじゃないよ」

団平は、拳を握った。

りよが、そんな口約束を守るだろうか。

かりに、自分とたねを生かしておいたとしても、船に乗ってしまえば用ずみになる。


そこで、船から海へ投げ込まれたら、一巻の終わりだ。

いや、その心配をするのは、早すぎる。

何より、りよにむざと重蔵を、殺させるわけにはいかぬ。

とはいえ、この窮地をいかにすれば、脱することができるのか。

切羽《せっぱ》詰まって、体中が冷たくなる。

そのとき、団平はりよに向けた目の端に、かすかな動きを認めた。

35

しげの、砂地に伸ばされた右手の先の細い指が、じりりと動く。

喪心《そうしん》したまま、と思っていたしげがようやく、正気を取りもどしたらしい。

りよも南郷源右衛門も、根岸団平ら三人に気を奪われているせいで、それが目に留まらないようだった。

「さあ、二人ともぐずぐずせずに、浜の境までおもどり」

りよが言い、団平はしげを見ないように、天を仰いだ。

「やむをえぬ。おまえを信じて、ここは一つ言いなりになろう」

橋場余一郎も、続けて言う。

「誓って、約定をたがえるなよ」

団平は目の端で、しげの右手がゆっくりと拳を握るのを、見届けた。

団平は、余一郎とさりげなく、目を見交わした。

その色から、余一郎もまたしげの右手の動きに、気づいたと確信する。

団平は目をもどし、りよと源右衛門を交互に睨み据えて、二人の注意を自分と余一郎から、そらさせまいとした。

団平と余一郎は、りよと源右衛門の目をとらえたまま、砂浜をあとずさりした。

りよが、しげのうなじに火匙《ぎ》を擬したまま、それを油断なく見つめる。

団平と余一郎は、近藤重蔵の立っているところまでしりぞき、そこで一度足を止めた。

りよが、いらだちを込めて言う。

「止まるんじゃないよ。さっさと」

そのとたん、突っ伏したしげがくるりと身をひるがえし、右手に握った砂をりよめがけて、叩きつけた。

りよは声を上げ、反射的に左手で顔をおおうと、身をのけぞらせた。

時をおかず、跳ね起きたしげが源右衛門にしがみつき、腰に腕を回して刀の柄を押さえ込む。

「ウナ、ワッガ」

源右衛門はののしり、しげを振り放そうとした。

しかし、しげは糊で貼りつけられたように、離れない。

ほとんど同時に、重蔵が砂を蹴って突進する。

団平も余一郎も、負けじとそれに続いた。

目つぶしを食らったりよは、火匙を投げ捨てて脇差を引き抜き、もみ合う源右衛門としげの背後に、回り込んだ。

源右衛門は、なおも激しくののしり声を上げながら、やっきになってしげを振り落とそうとした。

「放せ。放せっちゅうに」

しげは、てこでも手を放そうとしない。

りよは、顔を歪めながらも目をこすらず、せわしく瞬《まばた》きして涙を流し続ける。

こすって瞳を傷つけないよう、涙で砂を洗い流すつもりなのだ。

この期に及んでも、まだ冷静さを失っていない。

重蔵が、もつれ合う源右衛門としげに向かいながら、声を発した。

「団平、刀だ」

「はい」

先刻、源右衛門が取りついた岩鼻へ回り、しゃにむにのぼる。

岩棚に上がった団平は、たねを振り仰いで叫んだ。

「おたね、心配するな。すぐに下ろしてやるぞ」

返事も聞かず、その場に捨て置かれた大小の刀を、ひとまとめに取り上げた。

下も見ずに、岩棚から身を躍らせる。

砂煙とともに着地した団平は、しげにしがみつかれた源右衛門に、重蔵が一挙に迫るのを見た。

しげのせいで、源右衛門が抜刀できずにいるうちに、二人ながら巨体で押しつぶすつもりらしい。

それを察知したか、源右衛門が短軀《たんく》に似ぬ大力を振るって、必死にしがみつくしげを体ごと、振り回した。

しげの足が砂地を離れ、つかみかかろうとする重蔵の胴を、まともに払う。

重蔵は、とっさにしげの足をとらえようとして、とらえそこなった。

体の平衡《へいこう》を失い、砂の上に膝をつく。

余一郎が、立ち上がった団平に駆け寄り、自分の大刀を取った。

払った鞘を投げ捨て、源右衛門としげの背後に回ったりよを、追いにかかる。

団平も、重蔵と自分の大刀を引き抜き、両手に握った。

「旦那さま」

呼びかけて、振り向いた重蔵に刀を投げ渡す。

重蔵は、体勢を立て直してそれを受け止め、横手にぐいと構えた。

余一郎が、しげを振り回す源右衛門の背後へ、回り込もうとする。

源右衛門の動きに合わせ、機敏に右へ左へ跳び移っていたりよが、いきなりその足を止めた。

と見る間に、りよは源右衛門の背に飛びつき、脇差をぐいと刺し入れた。

刃が、源右衛門の脇腹をかすめるようにして、前へ突き抜ける。

源右衛門としげは、同時に声を上げた。

源右衛門が、しげを力任せに突きのけて、一歩下がる。

今度ばかりは、しげも源右衛門の胴から振り捨てられ、砂の上に倒れ伏した。

同時に、りよの刃に突かれた胸のあたりから、血しぶきが上がる。

「しげ」

叫んだ重蔵が踏み込もうとすると、すかさず抜刀した源右衛門が真正面に、立ちはだかった。

「勝負じゃ、重蔵」

重蔵が、血相を変えてどなる。

「どけ、この芋侍」

余一郎が、血糊に濡れた脇差を構えたりよに、斬りかかった。

りよは、それをやすやすとかいくぐって、砂浜を走った。

余一郎が、必死にあとを追う。

団平は、重蔵のために源右衛門の隙を誘おうと、大刀を前に伸ばしてまっすぐに、突っ込んだ。

その勢いに気おされたか、源右衛門は岩棚に沿って右へ逃げた。

重蔵も、それを追うように向き合ったまま、横に走る。

走りながら、叫んだ。

「団平。しげを頼む」

「はい」
団平は刀を引き、しげのそばに取って返した。
しげの胸から噴き出した鮮血が、見るみる砂浜を赤く染めていく。
膝をついて、呼びかけた。
「おしげさん、しっかりするのだ」
しげは、かすかにまぶたを震わせただけで、返事をしない。
後ろに長く垂らした髪が、打ち捨てられた海藻のように、砂の上に散り広がる。
「おしげさん。旦那さまは、無事でおられる。気をしっかり保つのだ」
団平は、しげの腰に巻きついた縄を、取りのけた。
次いで、装束の胸元を刃先で切り裂き、ぐいとくつろげる。
抜けるように白い、左の乳房の下に刃と同じ形に開いた、細長い傷口が見えた。
そこから、どっと血が噴き出す。
何はさておき、血止めをせねばならぬ。
団平は、急いで自分の懐をはだけ、腹に巻いたさらしを引きほどいた。
三尺ほど裁《た》ち切り、丸めてしげの傷口に押し当てる。
さらに、残ったさらしをその上に重ね、しっかりと押さえつけた。

砂地に、仰向けに横たわったしげは、唇を半開きにしたまま、微動だにしない。

顔から、少しずつ血の気が失せていくのを、団平はなすすべもなく見守った。

これは、いかぬ。

「おしげさん。しっかりするのだ。旦那さまを、すぐに呼んでくるぞ」

団平は立ち上がり、源右衛門と対峙する重蔵のそばに、駆けもどった。

声を絞る。

「旦那さま。ここは団平めに、お任せください。どうか、おしげさんのそばに」

重蔵は、一瞬ためらいの色を見せたが、すぐに刀を引いた。

「薩摩の田舎侍に、後れをとるでないぞ。しばらく、持ちこたえよ。すぐにもどる」

そう言い残して、しげのそばに駆け寄る。

重蔵の言葉に、源右衛門は頭に血をのぼらせたと見え、顎の筋をうねらせた。

団平は、身をかがめて砂を左手いっぱいに握り取り、右手の大刀を源右衛門に向けた。

大声で呼びかける。

「いつでも、斬りかかるがよい。砂が目にはいれば、そうは動けまいぞ」

ほんの気休めにすぎないが、なんとしても源右衛門の平常心を崩し、勝負を長引かせねばならぬ。

源右衛門が肩で息をして、とんぼの構えを少し崩した。

重蔵との睨み合いで、かなり精根をすり減らしたらしい。

源右衛門の後方で、余一郎とりよの斬り結ぶ姿が、目にはいる。

りよの動きは相変わらず身軽で、しげが食らわせた目つぶしの効き目は、すでに薄れたようだった。

りよに逃げ回られて、余一郎は息が切れてきたらしく、ときに足をもつれさせる。

それを同じ眼界《がんかい》にとらえながら、団平は源右衛門にじりじりと迫った。

息を整えた源右衛門が、あらためてとんぼの構えを取り直し、砂地に足を踏み締める。

源右衛門の初撃を、この腕で受け止められるかどうか、団平は危ぶんだ。

「団平しゃん。気張ってくれんね」

頭上から、たねの声が降ってきた。

とたんに、むらむらと闘志がみなぎり始める。

さらしをはずした胴に、冷たい風がはいってきた。

それで、目が覚めた。

団平は左手の砂を捨て、正眼に構え直した。

初撃を恐れず、源右衛門の刀がわが身に届くその寸前に、斬り込めばよい。

気後れさえしなければ、少なくとも相討ちに持ち込めるだろう。

いや。

相手が、打ち込んで来るのを待つよりも、こちらから仕掛けるのだ。

よく見ると、源右衛門の着衣の右脇腹に裂け目ができ、そこが赤く染まっている。

先刻、りよがしげの胸に刃を突き入れたとき、あいだに立っていた源右衛門が小さく、声を漏らしたのを思い出す。

あのとき、源右衛門もわずかながら脇腹をそがれ、傷を負ったとみえる。

それがしだいに、こたえてきたのかもしれぬ。

団平は、ためらわずに刀を大きく振りかぶり、源右衛門目がけて真一文字に、突っ込んだ。

拝み打ちに、斬りつける。

先を取られた源右衛門は、虚をつかれたように一瞬たじろいだ。

すぐに、とんぼの構えから刃をひるがえして、団平の斬り込みをはねのけようとする。

しかし、重蔵との睨み合いでよほど力を使いすぎたのか、かろうじて刃を受け止めるだけに、とどまった。

団平は、しのぎを削る勢いで鍔元を押しつけ、上背を利してのしかかった。

源右衛門が、ただでさえ赤黒い顔を鬼のように染めて、歯をむき出す。

さすがにその膂力はすさまじく、団平の刀を少しずつ押しもどし始めた。

とても、手負いとは思えぬ底力だった。

団平は、歯を食いしばった。

砂地に踏ん張った足が、ずずずと後退していく。

膝に力がはいらず、しだいに浮き足立つ格好になった。

源右衛門の体が、同じ高さまで盛り返してくる。

やがて、源右衛門が逆に団平にのしかかり、体を押しつぶしにかかった。

団平は、源右衛門を刀ごとはねのけられるかどうか、彼我の力の差を測った。

いずれにせよ、このまま押しつぶされたのでは、勝ち目がない。

一か八か、やってみるまでだ。

団平は、渾身の力を振り絞ってかかとを踏ん張り、源右衛門をはねのけた。

しかし、力が足りなかった。

源右衛門は半歩引いただけで、すばやくとんぼの構えを取るが早いか、裂帛《れっぱく》の気合とともに斬り込んできた。

団平は、頭上に刀をかざして受けようとしたが、腕に力がはいらなかった。

南無三。

一瞬、死を覚悟する。

刀ごと、頭を断ち割られたと思った。

すさまじい音がして、頭上を襲った源右衛門の一撃がはねのけられ、団平は仰向けに砂上に倒れた。

重蔵が、鬼神のように裸の肌を赤く染め、源右衛門に向かってどなる。

「推参。受けてみよ」

言い終わらぬうちに、大上段に振りかぶった大刀ごと宙を飛んで、源右衛門に大鷲のように襲いかかった。

源右衛門は、その一撃を受け切ろうと砂地に足を踏ん張り、刃を頭上にかざした。

重蔵の大刀が、源右衛門の刃を真二つに叩き折り、さらに深ぶかと斬り下げる。

源右衛門は、額から胸元まで一刀のもとに断ち割られ、血を噴きながらどうと倒れた。

そのとたん、源右衛門が起き上がったかと思われるほどの、ものすごい勢いでりよが体を踏み越え、重蔵に向かって跳躍する。

重蔵は、斬り下げた刀を引き抜く暇とてなく、手を離して仰向けに転がった。

りよは、跳びながら重蔵に刀を叩きつけ、頭を越えて砂地にすとんとおりた。

重蔵は、肩口を斬られながら一声も漏らさず、すばやく片膝をついて体を起こした。

団平も半身を起こし、りよの方に向き直る。

りよは、鬼女のような笑みを重蔵に向けて、うそぶいた。

「おまえには、死ぬよりつらい目を見せてやるわ」

止める間もなく、りよは横たわったままのしげのそばに駆け寄り、脇差を逆手に持ち替えた。

それを、真上に振りかざす。

「やめろ」

そう叫んだのは、息を切らせた余一郎だった。

りよは聞かず、容赦なく膝にはずみをつけて、構えた脇差を勢いよくしげの体に、突き立てようとした。

しかし、りよはにわかに悲鳴を上げて構えを崩し、その場に膝から崩れ落ちた。

それを見るなり、団平はりよに向かって、突進した。

りよは跳ね起き、左の足をわずかに引きずりながら、岩棚の横手に隠れた崖の窪みへ、逃げて行く。

岩棚に上がる気だ。

「団平。逃がすでないぞ」

背後に余一郎の声を聞きながら、団平は猛然とりよのあとを追った。

りよが、例の岩鼻に飛びついて、のぼり始める。

動きが、いくらか鈍いところを見ると、足を痛めたらしい。

それでも、息をつく間もなく、岩棚へのぼってしまう。

団平も、死に物狂いで岩鼻に取りすがり、あとを追った。

ようやくのぼり切ったとき、りよはすでに崖側の岩の出っ張りに、取りついていた。

たねの体をつなぎ留める、命綱の蔦《つた》に脇差の刃を当てて、団平に呼びかける。

「寄ってたかって、あたしに盾ついた罰だ。おまえの上に、たねを落としてやるよ」

その目の光から、本気だと分かる。

「待ってくれ、りよ。おたねには、なんの罪もない。この身を斬るなら、斬られてやる。おたねだけは、助けてやってくれ」

「しげもたねも、この世から消えるのさ。重蔵とおまえは、この世に残るんだ。せいぜい余生を、楽しむがいいよ」

りよは言い放ち、目当ての蔦に刃を当てた。

「やめろ、やめてくれ」

団平は、りよに駆け寄ろうとして足を滑らせ、岩棚に這いつくばった。

源右衛門とのせめぎ合いで、ほとんど力を使い果たしている。

気ばかり焦って、体がついていかない。

それでも、無我夢中で膝立ちになり、りよに迫ろうとする。

その刹那、団平の脇を風が吹き抜けた。

いや、血刀を下げた重蔵が岩棚に駆け上がり、りよに向かったのだ。

それを見たりよが、蔦にからませた刃を一息にこじり、根元から切り離した。

同時に、重蔵がりよに斬りかかる。

蔦が、ものすごい勢いで葉をまき散らしながら、蛇のように崖を上方に走った。

重蔵の一撃を、脇差で受けようとしたりよの右腕が、斬り飛ばされて宙に舞う。

たねの体が、がくんと揺れて逆さになったかと思うと、そのまま岩棚に向かってまっすぐに落ちた。

団平は、われを忘れて落ちて来るたねの真下へ、体を投げ出した。

36

ぎしぎし、と何かがきしむ音がする。

根岸団平は、自分の上に落ちて来るはずのたねが、いっこうに落ちて来ないのに、気がついた。

夢を見たような気分で、仰向けに転がる。

なんと、真っ逆さまになったたねが、少しずつ、少しずつ、おりて来るではないか。

近藤重蔵が、団平のそばにひざまずく。

「危ないところだった。あれを見よ」

団平は、重蔵の目を追って崖の上を見上げ、あっけにとられた。

アイノの阿部助が、蝦夷松の根元に両足をむずと踏ん張り、切れた蔦の端を引き留めている。

「あ、阿部助」

団平は呼ばわり、思わず体中が熱くなるのを覚えた。

あふれる涙で、眼界がぼやける。

阿部助はゆっくり、ゆっくりと引き絞った蔦を繰り出し、たねの体を岩棚に下ろそうとしている。

団平は、あわてて立ち上がった。

たねの体を両腕に抱き留め、少しずつ平らに向きを変えながら、そっと岩棚の上に横たえる。

たねは、血が下がって顔を紅潮させたままだったが、気を失ってはいなかった。

「団平しゃん」

名を呼んだきり、ぼろぼろと涙を流す。

団平は、急いで体を縛り上げた縄を切り放ち、たねを抱き締めた。

「もう、だいじょうぶだ。よく、こらえたぞ」

「う、うちはなんともなかとよ。おしげしゃんは、おしげしゃんはどげんしたと」

たねに聞かれて、団平はかたわらに立つ重蔵の顔を、恐るおそる見上げた。

肩口から血を流しながら、重蔵は低い声で言った。

「まだ、息はある。だが、もう助からぬ」

団平は、顔を伏せた。

重蔵の足元に、肘《ひじ》から先を斬り落とされたりよの右腕が、ごろんと転がっている。

その手は、団平の脇差を、握り締めたままだった。

「りよは。りよは、どうなりましたか」

団平の問いに、重蔵は口元を引き締めた。

「余一郎が、追っておる。りよめ、岩棚から飛びおりて、裏手の崖へ逃げたのだ。腕を切られた体では、そう遠くへは逃げられまい」

たねが、気丈に自分の足で、立とうとする。

「無理をするな。少し、じっとしていろ」

「じっとなんか、しとられんばい。おしげさんの様子ば、見なけりゃいかんばの」

そうだった。

まだ息があるなら、せめて声をかけてやりたい。

阿部助が崖を伝い、岩棚におりて来た。

「おれ、泳いで来た。崖の上から、見ていた」

に、逃げ去りました。わたくしの足では、とうてい追いつけませせぬ」

あたりが、しんとする。

団平は、にわかに冷たい浜風を肌に感じて、身震いした。

重蔵が、独り言のように言う。

「早いうちに、斬り落とされた腕を手当せねば、壊疽《えそ》を起こす。どのみち、一人ではこの島を出られまい。いずれまた、姿を現すだろう」

団平は、その場に立ち尽くして、拳を握った。

あそこまで追い詰めながら、またもりよに逃げられてしまったことが、悔やまれる。

しげのためにも、引導を渡してやりたかった。

目を赤くした阿部助が、決然とした口調で言う。

「おれ、あの女、追う」

なるほど、アイノならば木立の中でも谷あいでも、身軽に動けるだろう。

重蔵が、口を開いた。

「まあ、待て。その詮議はあとにしよう」

右手に、抜き身を下げたままでいた余一郎が、思い出したように自分の鞘を拾い、差しもどす。

団平もそれにならい、落ちた鞘と鞭を取り集めて、重蔵に渡した。たねが、しげに使った団平のさらしの一部を切り裂き、重蔵の肩の傷に押し当てる。

さしたる傷ではなく、出血も止まっていた。

重蔵は、そのさらしを落とさぬように、脱ぎ捨てた着物をゆっくりと身に着けて、団平らに向き直った。

「おまえたちは、一足先に清風丸の待つ向こうの浜へ、もどっておれ。伝馬船を、できるだけ磯の近くに呼び寄せて、いつでも乗れるようにしておくのだ」

「近藤さまは」

余一郎の問いに、重蔵はしげを見下ろした。

「しばらく、ここにいる。二人だけにしてくれ」

その声は、ふだんとまったく変わらぬ、落ち着いたものだった。

それだけに、団平はいっそ胸を締めつけられた。

重蔵としげをその場に残し、団平はたねに手を貸しながら余一郎に従って、浜の境へ向かった。

阿部助が、しょんぼりとあとをついて来る。

境のところで振り向くと、しげのそばに正座した重蔵が身をかがめ、口を動かすのが見えた。

それはいかにも、二人で何か語り合っているような風情だったが、もはやしげが口をきけるはずはない。

「団平。行くぞ」

余一郎が、重蔵に気遣いを見せるように言い捨て、磯伝いに向こう側の浜へ向かった。

団平は唐突に、自分が脇差を腰にもどさずにいたことを、思い出した。

その脇差は、りよの切り落とされた腕と一緒に、岩棚の上に残してきたのだ。

しかし、もはや未練はない。

団平は、余一郎を見た。

「まいりましょう」

突き出した崖の先を回ると、一面の白砂がまぶしいほどに広がって、目がくらんだ。

遥か前方の沖合に、清風丸が船繋かりしている。

その手前の岩場に、伝馬船をもやう舵取の文蔵の姿が、かろうじて見えた。

手近の岩によじのぼった余一郎が、文蔵に大きく手を振って船をこちらへ寄せるよう、合図する。

それに気づいたらしく、文蔵は伝馬船を操り始めた。

余一郎が、団平に言う。

「伝馬船には、近藤さまとおしげさん、それにおたねを乗せる。おれとおまえ、それに阿部助は陸路をとって、タンネモイへもどる。近藤さまとは、向こうで落ち合うのだ」

それを聞いて、たねが不安げに団平を見る。

団平は言った。

「おしげさんを陸路で運ぶのは、おれたちにとってもおしげさんにとっても、いささか難儀だろう。日暮れまでには、向こうで落ち合える」

とはいえ、島の西側に沿って帆を張るのは、南下する北海の潮をまともに受けるので、よほど風に恵まれないときつい船旅になる。

一抹の不安も残るが、船頭の儀三郎と文蔵は思ったより度胸がありそうだから、任せるほかはない。

「おしげしゃんは、だいじょぶじゃろか」

たねに聞かれて、団平は一瞬言いよどんだ。

たった今、しげを生きているものとして説き聞かせたが、確信はない。

「なんとも言えぬが、タンネモイにもどれば手立てもある。おまえが付き添って、しっかり励ますのだ」

たねは、けなげにうなずいた。

阿部助が、口を開く。

「おれたち、山道、行く。あの女、見つかるかもしれぬ。おれ、殺す」

阿部助は阿部助なりに、りよのことをかたきと思っているのだ。

伝馬船が、すぐ近くの岩場の先まで、乗りつけて来た。

余一郎が眉を上げ、浜の境に目を向ける。

団平もたねも、振り返った。

重蔵が、両腕にしげを横抱きにして、浜に姿を現す。

しげの手足は、だらりと垂れ下がっていた。

たねの悲鳴が、浜を走り抜ける。

団平は唇を嚙み締め、たねの肩を抱き寄せた。

重蔵が、砂を一歩一歩踏み締めながら、やって来る。
にわかに、静まり返った白浜を一陣のつむじ風が襲い、砂を天に巻き上げた。

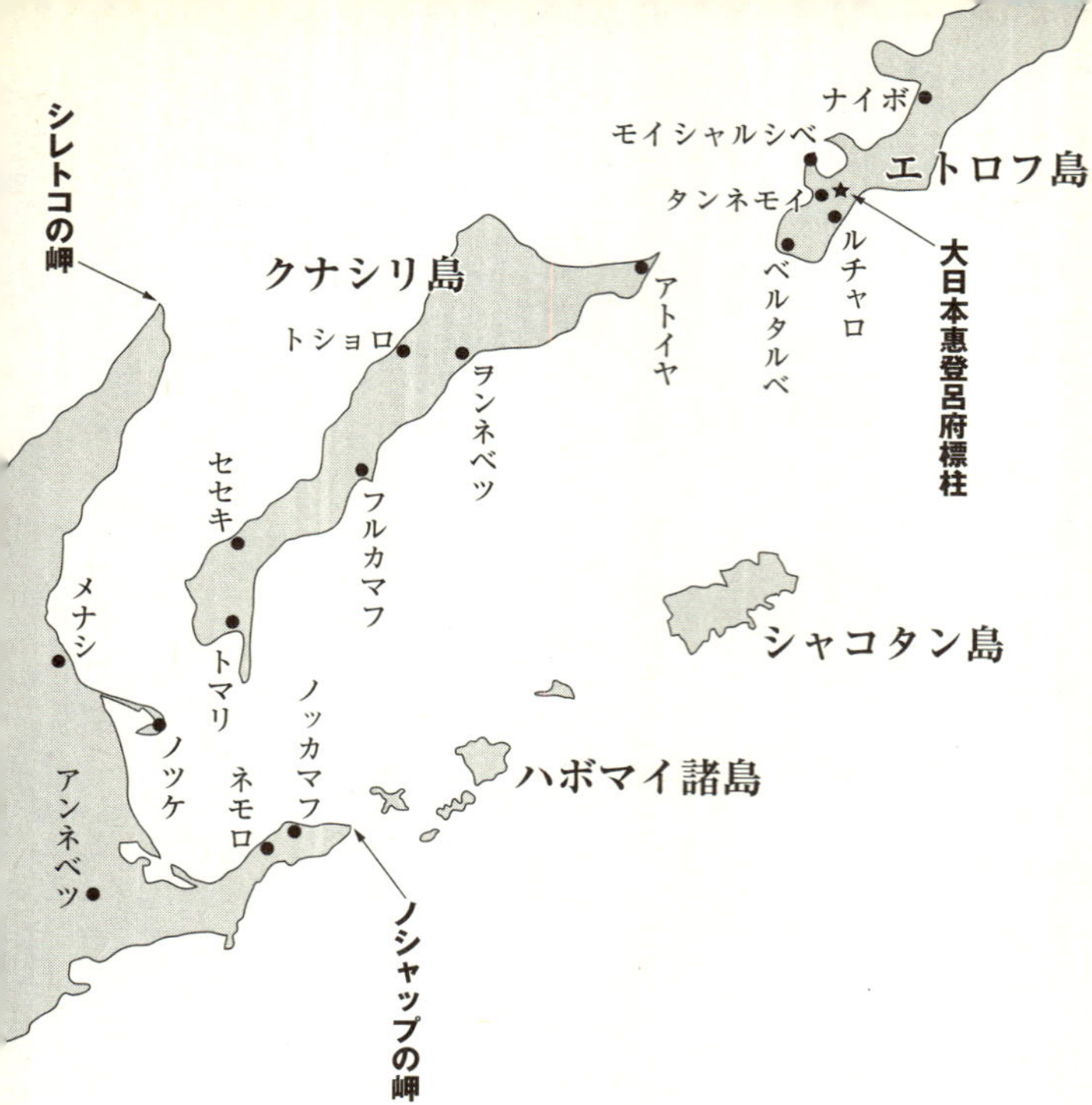

シレトコの岬
クナシリ島
エトロフ島
ナイボ
モイシャルシベ
タンネモイ
ルチャロ
ベルタルベ
大日本恵登呂府標柱
アトイヤ
トショロ
ヲンネベツ
セセキ
フルカマフ
トマリ
メナシ
ノッケ
アンネベツ
ネモロ
ノッカマフ
ノシャップの岬
シャコタン島
ハボマイ諸島

近藤重蔵・寛政十〜十一年蝦夷地巡見行図

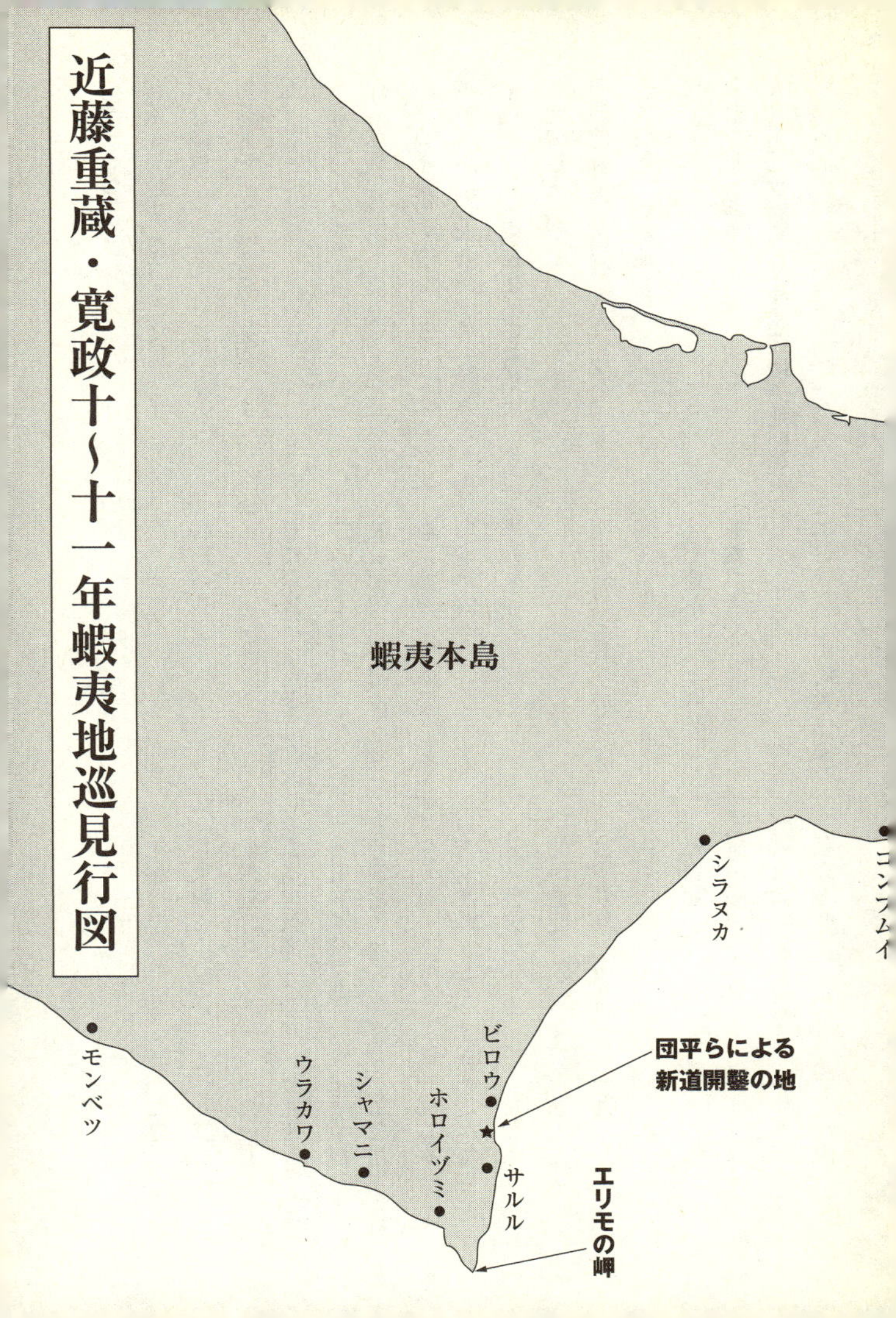

〈参考文献〉

新撰北海道史　第5巻　史料・1　北海道庁　一九三六
木村謙次　杉田雨人　私家版　一九三七
新撰北海道史　第2巻　通説・1　北海道庁　一九三七
最上徳内　皆川新作　電通出版部　一九四三
東遊雑記　古川古松軒　平凡社東洋文庫　一九六四
蝦夷草紙　最上徳内（吉田常吉編）　時事通信社　一九六五
菅江真澄遊覧記2「えぞのてぶり」他　菅江真澄（宮本常一他編訳）平凡社　一九六六
東海参譚（日本庶民生活史料集成・4）東寧元槙　三一書房　一九六九
東遊記（日本庶民生活史料集成・4）　平秩東作　三一書房　一九六九
新北海道史　第7巻　史料・1　北海道庁　一九六九
明治前　日本人類学・先史学史　明治前日本科学史刊行会　日本学術振興会　一九七一
幕政史料と蝦夷地　海保嶺夫　みやま書房　一九八〇
北行日録　木村謙次（山崎栄作編）　私家版　一九八三
幕藩体制と蝦夷地　菊池勇夫　雄山閣　一九八四
大日本近世史料　近藤重蔵蝦夷地関係史料・1～4　東京大学史料編纂所　一九八四～九三
蝦夷日記　木村謙次（山崎栄作編）　私家版　一九八六

最上徳内　島谷良吉　吉川弘文館　一九八九
蝦夷草紙　最上徳内（須藤十郎編）　MBC21　一九九四
和船　Ⅰ・Ⅱ　石井謙治　法政大学出版局　一九九五
萱野茂のアイヌ語辞典 増補版　萱野　茂　三省堂　二〇〇二

解説

細谷正充（文芸評論家）

近藤重蔵《こんどうじゅうぞう》を知ったのは、いつ頃だったのだろう。新田次郎の短篇「近藤富士」か。あるいは、みなもと太郎の大河歴史コミック『風雲児たち』か。もしかしたら学習雑誌に掲載された、歴史読物かもしれない。すでに記憶は、あやふやである。だが、何で知ったかは忘れても、近藤重蔵という人物を忘れることはなかった。それほど印象的な経歴の持ち主だったのだ。

御先手《おさきて》組与力・近藤右膳《うぜん》の三男に生まれた重蔵は、幼少時から神童と呼ばれ、十七歳にして私塾「白山義学」を開いた。父親の隠居に伴い、御先手組与力になると、火付盗賊改方や長崎奉行手附出役を経て、寛永九年、支配勘定に抜擢された。そして翌十年、蝦夷《えぞ》地巡見隊に加わり、かねてより関心を寄せていた蝦夷地を探検することになる。日本が北方四島を自国の領土だと主張する根拠のひとつに、重蔵がエトロフ島に立てた「大日本《だいにほん》恵登呂府《エトロフ》」の木標があるが、それはこのときのものである。以後、さらに四度、蝦夷地を踏んだ重蔵は、順調に出世したものの、傲岸な性格が問題になり、大坂勤番弓矢奉行に左遷された。さらに文政四年には、小普請《こぶしん》入りを命じられる。

これにより歴史の表舞台から消えたと思われた重蔵だが、思いもかけぬことから脚光を浴びることになる。近藤家の所有する三田村の土地に富士塚（富士山を模した人造の小山）を築き、大いに賑《にぎ》わったのだが、村の家の管理を任せていた息子の富蔵《とみぞう》が、敷地争いから町民七人を殺害してしまったのだ。とんでもない大事件である。これにより富蔵は八丈島に流され、連座した重蔵は近江《おうみ》国大溝《おおみぞ》藩に預けられ、そこで没した。実に振幅の激しい一生といえよう。

本書は、その近藤重蔵を主人公にした、逢坂剛の「重蔵始末」シリーズの第七弾だ。「小説現代」二〇一一年三・五〜七・九・十・十二月号、二〇一二年二〜七月号にかけて連載された。単行本は、二〇一二年九月に上梓されている。内容に触れる前に、まずは作者の時代小説と、本書に至るまでのシリーズの経緯について述べておきたい。

第九十六回直木賞を受賞した『カディスの赤い星』に代表されるスペインを舞台にした冒険小説や、テレビドラマ化されて好評を博した「百舌《もず》」シリーズ等の警察小説で有名な逢坂剛が、時代小説に進出したのは、「週刊新潮」一九九四年五月二十六日号に掲載された、読み切り短篇「いその浪まくら」によってであった。相撲を題材としているが、これは作者が相撲好きだからである。「重蔵始末」シリーズの初期に、鬼《おに》ヶ嶽谷《たけたに》右衛《え》門《もん》という相撲取りが、ちょこちょこ顔を覗《のぞ》かせるが、やはり作者の相撲好きゆえであろう。

以後、やはり「週刊新潮」に、同系列の「相撲稲荷」「五輪くだき」を発表。周知の事実だが、作者の父親は、池波正太郎の「鬼平犯科帳」シリーズ等の挿絵で知られる、有名な挿絵家の中一弥《なかかずや》であり、前述の作品も担当している。ちょっと珍しい父子のコラボレーション作品となっているのだ。

そして「小説現代」二〇〇〇年八月号に掲載された「赤い鞭」から始まる「重蔵始末」シリーズにより、本格的に時代小説と取り組むことになる(もちろん挿絵は、中一弥だ)。エッセイ集『小説家・逢坂剛』に収録されている「近藤重蔵を探して」によれば、作者が寺島三郎の『幕末維新雑話』という私家版の本を読み、晩年の傷害事件に好奇心を掻《か》き立てられ、重蔵に関する資料を細大漏らさず集めようと決心したことが、この作品へと繋がっていったという。そこで作者は重蔵の生涯を俯瞰《ふかん》し、

「このような、波瀾万丈だった重蔵の生涯に興味を持ったことが、時代小説を書きたいというわたしの意欲を具現化した、といってよい」

と、述べている。なるほど、近藤重蔵という人物への関心が、作品の原動力であったのだ。

しかしである。シリーズを主人公の火付盗賊改方与力の時代から開始したところに、私は「鬼平犯科帳」シリーズの影響を感じずにはいられない。本シリーズの初期が、逢坂版〝鬼平犯科帳〟だと思わずにはいられない。父親と「鬼平犯科帳」シリーズとの関係から生まれた妄想であるが、こんな埒《らち》もないことをあれこれと考えるのも、ひとつの小説の楽しみ方なのである。

ついでに付け加えると、後に作者は、長谷川平蔵《はせがわへいぞう》を主人公にした連作シリーズ『平蔵の首』『平蔵狩り』を上梓している。その原点になっているのが、「重蔵始末」シリーズであることは間違いないのである。

とはいえ、逢坂剛は池波正太郎ではない。近藤重蔵は長谷川平蔵ではない。知識と武勇が抜群で、自分に自信がありすぎる重蔵が、若党の根岸団平《ねぎしだんぺい》や同心の橋場余一郎《はしばよいちろう》を引き連れて、江戸の悪党を退治する。冒険小説やミステリーで鍛えた小説技法を、惜しげもなく投入した物語は、どれも独自の面白さに満ちているのだ。

しかも重蔵を主人公にしたことで、舞台も作風も広がっていく。第四巻『嫁盗み』、第五巻『陰の声』では、重蔵が長崎奉行手附出役になったという事実に従い、「長崎篇」となる。そして江戸からの因縁が続く、女賊のりよと対決したり、薩摩藩の抜け荷（密貿易）を追及したりするのだ。

さらに第六弾『北門の狼』から、いよいよ「蝦夷篇」に突入。しかもここから、従来の連作短篇のスタイルから離れ、完全な長篇になっている。主人公が内包する史実が、それだけの長さを求めたのであろう。実際、重蔵たちがたどった蝦夷の道程が、克明に活写されているのである。また、松前藩によってアイノ（アイヌ）が、いかに搾取され、差別されているのかも、しっかりと書き込まれているのだ。もちろん状況は違うのだが、隣国に対するヘイト・スピーチが蔓延《はびこ》る現在の日本が、本シリーズから得るものは大きい。

しかし作者は、史実の力に寄りかかってはいない。一方で、フィクションの面白さを、これでもかと盛り込んでいるのだ。それを象徴するのが、女賊のりよである。りよとの悪縁は尽きることなく、重蔵の存在を煙たく思う薩摩藩の後ろ盾を得た彼女は、遥々《はるばる》、エトロフ島で一行を襲撃。からくも重蔵はこれを退け、りよは崖下に落ちて消えた。だが、彼女は死んでいなかった。それどころか、とんでもない罠を、重蔵たちに仕掛けようとしていたのである。

おっと、先走り過ぎた。話を少し戻そう。本書は重蔵たちが、エトロフ島での決死行を終えたところから始まる。一行の軋轢《あつれき》や、松前藩とのやり取りを経て、重蔵たちは江戸に戻る。しかしそれも束の間、重蔵たちは再び、蝦夷地に赴くことになる。重蔵は囲っているしげと、団平は新妻のたねと、またもやしばしの別れとなった。その、しげとたねに目を付けたのがりよである。ふたりを人質にして、蝦夷地まで連れていき、重蔵たちを殺そうというのである。驚くべき計画だ。でも、りよならば、それくらいやるのではないかと思ってしまう。いままでのシリーズの積み重ねで創り上げられた、彼女のモンスターのごときキャラクターが、それを納得させてくれるのだ。このような悪党の描き方は「百舌」シリーズとも通じ合うものがある。作者の得意とする手法なのであろう。その手法により、どす黒い存在感を伴って屹立《きつりつ》するりよと、重蔵たちが繰り広げるクライマックスの死闘は、読む手の止まらぬ面白さ。興奮しながら、闘いの決着を見届けることになるのである。

また、りよが執拗に重蔵を狙う根底には、彼に対する愛情がある。それを認めたくないからこそ、彼女の行動は過激になるのだ。そんなりよと、重蔵を愛するしげが舌戦を交わす場面は、まさにヒロイン同士の名勝負である。正邪がぶつかり合うような、ふたりのヒロインの対立も、本書の大きな魅力になっているのだ。

この他、前作で取り逃がした赤熊との激突や、次々と現れる重蔵と同時代の有名人たちなど、読みどころは多い。史実と虚構を大胆に混ぜ合わせ、傑物の生涯を描き尽くそうという作者の壮図が、本書に結実しているのである。

なお、「小説現代」二〇一四年十二月号から、「重蔵始末」シリーズの完結篇となる『奔流恐るるにたらず』の連載が始まった。重蔵の最期まで描くのか、それとも別のラストを用意しているのか。この解説を書いている時点では、まったく分からない。でも、いいではないか。第二次世界大戦を背景にした国際冒険小説「イベリア」シリーズを、十年以上の歳月をかけて、見事に完結させた作者である。その筆先から生まれる文章を追っていれば、必ずや満足のできる物語の着地点に行き着くはずだ。遠からず訪れる、その日が、いまから楽しみでならないのである。

初出
小説現代二〇一一年三・五〜七・九・十・十二月号、二〇一二年二〜七月号
本書は二〇一二年九月、小社より刊行されました。

|著者|逢坂 剛　1943年東京都生まれ。中学時代から探偵小説、ハードボイルド小説を書きはじめ、'80年「暗殺者グラナダに死す」でオール讀物推理小説新人賞を受賞。'86〜'87年、ギターとスペイン内戦を扱った『カディスの赤い星』で第96回直木賞、第40回日本推理作家協会賞、第5回日本冒険小説協会大賞をトリプル受賞。著書には、現在7冊まで刊行されている「近藤重蔵シリーズ」「イベリアシリーズ」（ともに講談社）、「長谷川平蔵シリーズ」（文藝春秋）、映像化されて話題となった「百舌シリーズ」（集英社）など多数。

逆浪果《げきろうは》つるところ　重蔵始末《じゅうぞうしまつ》（七）蝦夷篇《えぞへん》
逢坂《おうさか》　剛《ごう》

講談社文庫
定価はカバーに
表示してあります

2015年1月15日第1刷発行

発行者――鈴木　哲
発行所――株式会社　講談社
東京都文京区音羽2-12-21　〒112-8001
電話　出版部（03）5395-3510
　　　販売部（03）5395-5817
　　　業務部（03）5395-3615
Printed in Japan

デザイン―菊地信義
本文データ制作―講談社デジタル製作部
印刷―――豊国印刷株式会社
製本―――加藤製本株式会社

ISBN978-4-06-293008-6

講談社文庫刊行の辞

二十一世紀の到来を目睫に望みながら、われわれはいま、人類史上かつて例を見ない巨大な転換期をむかえようとしている。

世界も、日本も、激動の予兆に対する期待とおののきを内に蔵して、未知の時代に歩み入ろうとしている。このときにあたり、創業の人野間清治の「ナショナル・エデュケイター」への志を現代に甦らせようと意図して、われわれはここに古今の文芸作品はいうまでもなく、ひろく人文・社会・自然の諸科学から東西の名著を網羅する、新しい綜合文庫の発刊を決意した。

激動の転換期はまた断絶の時代である。われわれは戦後二十五年間の出版文化のありかたへの深い反省をこめて、この断絶の時代にあえて人間的な持続を求めようとする。いたずらに浮薄な商業主義のあだ花を追い求めることなく、長期にわたって良書に生命をあたえようとつとめるところにしか、今後の出版文化の真の繁栄はあり得ないと信じるからである。

同時にわれわれはこの綜合文庫の刊行を通じて、人文・社会・自然の諸科学が、結局人間の学にほかならないことを立証しようと願っている。かつて知識とは、「汝自身を知る」ことにつきていた。現代社会の瑣末な情報の氾濫のなかから、力強い知識の源泉を掘り起し、技術文明のただなかに、生きた人間の姿を復活させること。それこそわれわれの切なる希求である。

われわれは権威に盲従せず、俗流に媚びることなく、渾然一体となって日本の「草の根」をかたちづくる若く新しい世代の人々に、心をこめてこの新しい綜合文庫をおくり届けたい。それは知識の泉であるとともに感受性のふるさとであり、もっとも有機的に組織され、社会に開かれた万人のための大学をめざしている。大方の支援と協力を衷心より切望してやまない。

一九七一年七月

野間省一

講談社文庫 最新刊

逢坂 剛
逆浪《げきろう》果つるところ
〈重蔵始末(七)蝦夷篇〉
再び蝦夷地巡見へ。最果ての地で暗躍する薩摩藩、待ち受ける女賊の罠。入魂の時代小説。

上野 誠
天平グレート・ジャーニー
〈遣唐使・平群広成の数奇な冒険〉
史上最も苛酷な旅を強いられた遣唐使たちを万葉びとの心とともに描ききった歴史小説。

三津田信三
シェルター 終末の殺人
仮面姿の奇っ怪な死体、不可解な連続密室殺人、殺されていく生存者。驚愕《きょうがく》の結末が待つ！

高里椎奈
来鳴《きな》く木菟《みみずく》 日知《ひし》り月《つき》
〈薬屋探偵怪奇譚〉
遺体の口から「深山木薬店」の名刺が。少女の日記通りに起こる連続殺人事件の真相は？

土居良一
京 都 花 暦
〈直参松前八兵衛〉
京都町奉行に昇進した松前八兵衛が、古都に巣くう深い闇をえぐり出す！〈文庫書下ろし〉

中村彰彦
幕末維新史の定説を斬る
竜馬暗殺の黒幕、孝明天皇急死の真相など、幕末維新の転換点となった事件を徹底検証。

矢野 隆
清正を破った男
熱い魂、躍動する命、漢《おとこ》の生き様。矢野作品にはそれがある。——葉室麟（直木賞作家）

本格ミステリ作家クラブ・編
からくり伝言少女
〈本格短編ベスト・セレクション〉
有栖川有栖、東川篤哉、初野晴ら10名の本格ミステリの傑作を収めた絶品アンソロジー。

岩明 均
文庫版 **寄生獣 7・8**
生きるため最後の戦いに向かった新一とミギー。生物にとっての正義とは。ついに完結！

ラズウェル細木
う 松の巻
奇跡の食材・うなぎを味わい尽くせ。熟練の技による最高の料理を描くグルメ・コミック！